LISE GAST

DIE UNSICHTBAREN FÄDEN

LISE GAST

DIE UNSICHTBAREN FÄDEN

Roman

EUGEN SALZER VERLAG HEILBRONN

Zweite Auflage 1977

Umschlaggestaltung: Karlheinz Groß BdG
Satz: G. Müller Heilbronn
Druck und Einband: Wilhelm Röck Weinsberg
ISBN 3 7936 0190 0

Das Festeste,
wovon wir wissen,
sind die unsichtbaren Fäden
von Herz zu Herz.

Aus einem Brief (Seite 153)

»RICHARD!«
Keine Antwort. Er schlief noch.
»Richard!«
Dumpfes Stöhnen.
Bess gab nicht nach. »Richard Löwenherz!«
»Nein!« Das klang wütend und zugleich um Erbarmen oder doch wenigstens um Aufschub flehend.
Beinahe wäre Bess weich geworden. »Du schläfst ja gar nicht mehr.«
»Doch!«
»Löwe, bitte, du mußt aufwachen. Heute – weißt du, was heute vor fünfundzwanzig Jahren war?«
»Vermutlich unser Hochzeitstag.« Diesmal klang es verzweifelt. Bess fühlte Mitleid in sich aufsteigen, sah nach der Uhr. Erst halb sieben. Der Gottesdienst begann um halb zehn. Es war in der Tat früh.
Mit einem ihrer Blitzentschlüsse sprang sie aus dem Bett, zog die Decke um Richards Schultern, lief hinüber ins Bad und rettete so den Morgenschlaf ihres Mannes. Er war ein Nachtvogel, sie eine Frühaufsteherin. Gemeinhin heißt es, solche Ehen könnten nie gutgehen. Pfarrer Richard Lauterbach und seine Frau Elisabeth bewiesen das Gegenteil.
Elisabeth. Der Name war entschieden zu lang für die kleine Person, zu der er gehörte, und sie mochte ihn nicht. Er hatte jedoch den Vorteil, daß er sich unendlich

abwandeln ließ. Lisa, Lilli, Betti, Lisette, Elsbeth, Lisawett – Richard erwies sich auch in dieser Beziehung als schöpferisch und voller Einfälle. Er war überhaupt im Gegensatz zu seiner Größe und Schwere, ganz abgesehen von Alter und Amt, in mancher Hinsicht noch herzerfrischend unerwachsen, ja, jungenhaft vergnügt. Bess, wie sie bei ihm zur Zeit hieß, fand das immer wieder reizvoll, denn sie lachte so gern. Sie war in einem Kreis von Brüdern aufgewachsen, in dem es laut und lustig zuging, dieses Elternhaus hatte sie geprägt.
Unter der heißen Dusche sang sie, wie sie meinte, leise, in Wirklichkeit ziemlich kriegerisch vor sich hin. Sie sang meist, während sie brauste. Heute war es ein altes Jägerlied, von dem sie nicht wußte, wann und wo sie es gelernt hatte. »Ich bin ein freier Wildbretschütz und hab ein weit Revier . . .« Richard sollte weiterschlafen, denn er hatte wohl wieder erst gegen Morgen zur Ruhe gefunden. Daß er gedacht hatte, er hätte den Hochzeitstag vergessen! Der Arme. Nein, daß ihm das nicht passierte, dafür sorgte sie jedes Jahr. Aber bei ihr gab es darüber hinaus noch unzählige Gedächtnistage.
Heute vor fünfundzwanzig Jahren! Das war ihr erstes großes Fest gewesen. Besser: Kristers Fest. Kristian Richard Amadeus Lauterbach. Schöne Namen, geliebte Namen. Als der letzte Vers »Und daß er einem andern g'hört, macht keine Sorge mir . . .« zu Ende war, murmelte Bess diese Namen vor sich hin, zärtlich wie damals, als der lange Kerl, der sie bekam, noch als winziges Menschlein auf ihrem Schoß lag. Und dann sogleich – nur keins der Kinder vorziehen! – die der anderen: Martin Emanuel und Hans Dietrich Theophil. Ganz gerecht war es ja nicht, daß der erste und der dritte je einen Namen mehr hatten – der erste, weil er der

älteste, der dritte, weil er das Nesthäkchen war. Aber vielleicht empfanden sie es nicht so, jedenfalls nicht mehr heute.
Heute! Im selben Augenblick wurde ihr bewußt, daß sie zu diesem Wochenende ja alle hier waren. Wahrhaftig, ein Fest! Hoffentlich trug keiner von ihnen einen Dolch im Gewande, der den Frieden des Sonntags stören könnte – etwa, sich ein Motorrad kaufen zu wollen, wovor Bess schon lange heimlich zitterte, oder vielleicht umzusatteln. Oder weltschmerzliche Gespräche zu führen über eine alte, neu aufgewärmte Liebe, die hier angeschleppt wurde und mit der die Streiterei sogleich wieder losbrach. Alle drei befanden sich zur Zeit in dem Alter, in dem die Liebe großgeschrieben wird.
Bess stoppte ihre wildwuchernde Phantasie und gleichzeitig die heiße Dusche, drehte das kalte Wasser auf und rettete sich prustend in den Bademantel. Befriedigt tappte sie ins Schlafzimmer zurück, rubbelte sich ab, stieg in die nagelneue beigefarbene Hose und nahm den quergestreiften braunen Pulli aus dem Fach. Als sie auf dem Stuhl am Fenster saß und ihre Schuhe zuschnürte, hatte Richard die Augen längst geöffnet und beobachtete sie belustigt.
»Weißt du, wie du aussiehst?« fragte er nach einer Weile halblaut, so, als hätten sie sich längst unterhalten. »Nicht wie eine Pfarrsche ...« Er sprach das Wort im Dialekt seiner Heimat aus, es klang ein wenig nach »Parrsche«, zwischen P und Pf.
Bess sah amüsiert auf. »Sondern?«
»Wie ein Eisläufer.«
Es war eine seiner liebenswerten Eigenschaften, daß er hübsche Komplimente machte, mitunter sogar schon früh am Morgen. Ihn zu wecken war kein Spaß, sondern

oft eine Schwerarbeit; war er aber einmal wach, gab es nichts von vorwurfsvollem Schweigen oder gar Brummen.

»Danke! Hör mal, was mir vorige Woche passierte, als du in Göttingen warst. Ich stand im Garten, und jemand aus Herhofen, einer, der noch nicht lange dort wohnt, er wollte – ach, gleichgültig, was er wollte, ich weiß es auch nicht mehr. Der stand also hinter mir und rief: ›Du, Kleine, kannst du deinem Vater was ausrichten?‹ «

Richard lachte. »So alt bin ich!«

»Alt. Unsinn!« Sie ging zu ihm hinüber, setzte sich auf seine Bettkante und sah in sein Gesicht, in das breite, massige, rotbraune Gesicht mit dem Bärtchen über der ein wenig aufgestülpten Oberlippe und den schönen, dunklen Augen, die man jetzt, da er keine Brille trug, so gut sah. »Unfug: alt! Richtig bist du. Genau richtig. So wie ich dich haben möchte.« Sie küßte ihn ganz schnell. Dann, wie um zu verwischen, in welchen nachdenklichen Ernst sie plötzlich geraten war, sagte sie gewollt munter: »Löwe, brüll mal!«

»Uaaah! Übrigens ...«

»Was denn?«

»Du fragtest vorhin ...«

»Ja? Was denn?«

»Was heute vor fünfundzwanzig Jahren war – ich weiß es.« Er blickte sie an, stolz wie ein Kind, das vom Lehrer aufgerufen wurde und gut gelernt hat.

»Na? Hochzeitstag hast du gesagt. Wo Krister schon über fünfundzwanzig ist! Gehört es sich, daß eine Pfarrsche ihr erstes Kind zu früh bekommt?«

»Nein.« Er lachte. »Das gehört sich nicht. Ich hatte mich um ein Jahr verrechnet. Aber etwas ganz, ganz Wichtiges war es, deshalb ... Kristers Taufe, stimmt's?«

»Stimmt. Einen rauf mit Schulmappe. Ach, was war das für ein Tag!«
Sie lachten alle zwei. Beiden stand der Tag wieder vor Augen, jener erste große Festtag ihrer Ehe, der so anders verlief, als sie es sich ausgemalt hatten.
»Erstens das Wetter. Nein, wie war ich enttäuscht!«
Bess war aufgesprungen und lief über den Flur zur Küche, ohne die Tür hinter sich zu schließen. Wortlos waren sie sich darüber einig, daß heute »großes Fest« gefeiert werden müsse. »Großes Fest« – was das war, wußten nicht einmal die Jungen. Das gehörte ganz ihnen beiden allein! Frühstück im Bett für Richard, lang, gemütlich, wobei sich der Genuß von Minute zu Minute steigerte, je mehr man fühlte, daß man »eigentlich« aufstehen sollte.
Bess trug das Tablett herein, wobei sie unaufhörlich schwatzte. »Ich hatte mir vorgestellt, daß der Tauftag des Erstgeborenen hell sein müsse. Sonnig, zart, lieblich. Wie heimlicherweise ein Engelein leise mit rosigen Füßen die Erde betritt ... So. Damals verstand ich das Mörike-Gedicht zum ersten Mal richtig, ich sah geradezu die rosigen Füße des Engels vor mir, so rosig und süß wie die von Krister. Und ich wußte, daß du das Gedicht in der Predigt bringen würdest. Aber dann goß es und war kalt, und ...
›Es klärt auf. Es klärt bestimmt auf‹, sagtest du. Du sagtest es auch zu Hennings, als sie kamen. Und Henning antwortete in seiner trockenen Art: ›Und wieder gilt der alte Spruch: Es klärt sich auf zum Wolkenbruch.‹
Das hörte ich damals zum ersten Mal.«
»Richtig, Hennings! Hennings kamen.« Richard lachte in sich hinein, während er herumrutschte, damit das Tablett, das eben auf seinem Bauch landete, nicht schräg

zu stehen kam. »Sie hatten sich zwar angesagt, aber der Brief muß verlorengegangen sein, oder – nein, Telefon hatten wir damals noch nicht. Und auch nicht allzu viel zu essen. Heute kann man sich das gar nicht mehr vorstellen ... Wir ahnten überhaupt nicht, was uns bevorstand.«

»Und es schüttete. Und dann kam ein Sturm auf, der eine ganze Reihe von Dachpfannen abriß, und du und Henning – ich seh euch noch klettern, und ...«

»Und ihr standet unten und habt gezetert, ihr beiden holdseligen jungen Mütter, wie es immer heißt.«

»Es war die reine Liebe. Wir hatten Angst um euch, Eve und ich.«

»Eve, richtig! Eve Henning mit ihrer kleinen Christiane. Sie wollten ihr erstes Kind hier taufen lassen, weil ihr Vater hier einmal Pastor gewesen war oder ihr Großvater.«

»Großvater. Und da kamen sie also, und wir hatten es vergessen. Besser: ich. Jaja, ich, du konntest nichts dafür. Und für das Wetter auch nicht, und das Essen reichte nicht ...«

»Es hat gereicht!« Richard, der wie viele Männer seiner Statur gutes und reichliches Essen sehr schätzte, sagte es im Brustton der Überzeugung. »Du hast großartig gekocht, und wenn man dünne Scheiben schneidet, werden es bekanntlich mehr. Es war, alles in allem, ein gelungenes Fest, an das man gern zurückdenkt, auch noch nach einem Vierteljahrhundert.«

»Und du hast Wein herbeigezaubert in Mengen, ich habe nur so gestaunt. Hennings blieben über Nacht, es war so gemütlich.« Sie strich ihm ein zweites Brötchen und legte es auf den Teller vor ihn. »Komm, iß ... Ja, und Christiane wurde die Kleine getauft, das paßte gut zu

Krister. Sie haben noch eine Tochter bekommen, Hennings, eine Friederike, soviel ich mich erinnere.«
»Und keinen Sohn?«
»Doch, auch. Nur wir ...«
»Du bekommst mal Schwiegertöchter«, sagte er tröstend.
»Jaja!« Sie lächelte, ihm zuliebe. Er wußte es.
Zu gern hätte sie wenigstens eine Tochter gehabt. »Kein Kind mehr, unter gar keinen Umständen«, hatte der Arzt nach der Geburt des dritten Sohnes gesagt. Eine Zeitlang hatten sie dann eine Tochter annehmen wollen, ganz klein, als Säugling, am liebsten als Neugeborenes. Aber das war schwierig, ja unmöglich, da sperrte sich der Amtsschimmel, es kam jedenfalls nicht dazu. Nein, es *wäre* möglich gewesen, dachte Bess. Man hätte ...
»Bess, Lilli, Isawett! Willst du wirklich unser großes Fest trüben!« Er zog sie an sich, das Tablett verrutschte rettungslos. Es klirrte und rasselte.
Und es rasselte noch etwas anderes in ihren Kuß hinein: das Telefon. Bess richtete sich auf und knurrte ein höchst unchristliches Schimpfwort, das er anstandshalber überhörte, während sie die Bettkante verließ und hinüberlief und den Hörer abhob.
»Ja? Bitte? Hier Lauterbach. Wer? Was? Eve, du? Nein, sowas! Ihr kommt? Heute? Natürlich sind wir da, und ... Na, ob wir uns freuen! Nein, wirklich. Wir sprachen gerade von euch, von der Taufe Kristers und eurer Ältesten. Also ihr kommt? Ausgezeichnet, bei uns ist sowieso heute großes Fest.«
Während sie umherlief, um alles für den Besuch vorzubereiten, dachte Bess an Eve Henning. Die war nun schon seit ein paar Jahren Witwe, sie hatte ihren Mann, einen älteren Studienfreund von Richard, durch einen Herzinfarkt verloren. Dabei war er schlank, ja mager

gewesen und hatte vernünftig gelebt. Schlanke Menschen bekommen seltener Herzinfarkte als beleibte, das wußte Bess. Richard wäre da viel gefährdeter.
O Richard!
Nein, jetzt wollte sie nicht daran denken. Nur daran, es Eve schön zu machen, sie herzlich zu empfangen und ihr alles zuliebe zu tun, was sie nur konnte. Vor dem Mittagessen würden sie nicht dasein, hatte Eve gesagt, vielleicht reichte die Zeit doch noch, daß sie trotz des Besuches mit zur Kirche ging.
Die Zeit reichte. Aber richtig zuzuhören, dazu reichte es bei Bess an diesem Sonntag nicht. Richard sprach auch nicht so gut wie sonst, fand sie, und er sah schlecht aus, müde. Ich hätte ihn länger schlafen lassen sollen, dachte Bess reuig, er braucht seinen Morgenschlaf. Wie oft hatte sie sich das schon gesagt und wie oft dagegen gehandelt! Dafür mußte er sich nach dem Gottesdienst sofort hinlegen. Sie nahm sich fest vor, ihn dazuzubringen, und war mit ihren Gedanken schon wieder bei Hennings. Alle Kinder noch in der Ausbildung, als der Vater starb, wie schwer mußte das sein! Und wie lange würde es noch dauern, bis der Jüngste – ja, das jüngste Kind war ein Sohn, jetzt wußte sie es wieder – fertig und selbständig war!
Bess fuhr auf, als Richard amen sagte. Sie hatte nur Bruchstücke von der Predigt mitbekommen. Beschämt erhob sie sich und legte die Hände zusammen.
Der Sonntag ging nicht so gut weiter, wie er angefangen hatte, Bess mußte das kummervoll feststellen, obwohl sie wirklich alles tat, ihn festlich zu gestalten. Richard hatte sich natürlich nicht hinlegen können; da die Katechetin krank war, hielt er an diesem Sonntag selbst Kindergottesdienst, und als er dann ins Haus herüberkam,

wartete bereits der Amtsbruder des Nachbarortes in seinem Zimmer. Bess brachte den beiden einen Schluck Wein und deckte inzwischen unten den Tisch, weckte die Söhne oder versuchte wenigstens, sie wachzukriegen, ärgerte sich, daß sie nicht aufstanden beziehungsweise schon fort waren. Martin als einziger erschien zur angegebenen Zeit am Mittagstisch, und dann wurde das Essen verschoben, weil man auf Hennings warten wollte. Bess hätte zu gern alle drei Söhne dabeigehabt. Martin war – nun, nicht der am wenigsten hübsche, das fand Bess nicht. »Du bist rettungslos verliebt in deine Brut«, hatte Richard manchmal gesagt. Aber Martin war zum Vortraben, wie die Bauern beim Pferdehandel sagen, vielleicht nicht ganz geeignet. Er trug, wie viele junge Männer, sein Haar allzu lang, jedenfalls nach Ansicht seiner Mutter. Es bauschte sich im Nacken, als wollte er es zum Pferdeschwanz anschonen oder einen Zopf tragen wie die Soldaten des Alten Fritzen. Bess fand das scheußlich, zumal er dazu ein Bärtchen hatte und ein wenig dick war für sein Alter. Er als einziger schlug in der Figur seinem Vater nach; Bess bemühte sich, es so zu sehen und nicht als Folge seiner Verfressenheit. Es brachte sie innerlich auf, wenn sie sah, wie Martin sich den Bauch vollschlug, während gerade er vorsichtig sein sollte mit den Kalorien. Freilich, es gab Fohlenspeck, der sich auswuchs, aber so jung war Martin mit seinen dreiundzwanzig ja auch nicht mehr. Und Bart und Locken als Buchhändler ...

Nun ja, heutzutage fiel so etwas nicht mehr aus dem Rahmen. Heute war alles möglich: Daß Jungen Locken trugen und Bärte, auf die sie wohl nächstens treten würden, am Sonntagmorgen einfach nicht aufstanden oder schon fort waren ... Krister hatte ungefragt den Wagen des Vaters genommen und war damit verschwunden, ohne zu hinterlassen, wohin und bis wann. Der Jüngste schlief noch, herausfordernd und aufsässig, wie Bess fand, und der erwartete Besuch kam und kam nicht. Das Essen ließ sich auch nicht unbegrenzte Zeit warm halten, schließlich aßen sie zu dritt, Richard, Bess und Martin. Es herrschte keine Festtagsstimmung.

»Ich kann nichts dafür, Eve sagte, sie würden mittags dasein«, verteidigte sich Bess kläglich, als Richard noch einmal fragte, was eigentlich verabredet gewesen sei. »Sie wollen nach dem Süden, Urlaub machen, alle vier zusammen.«

»Vielleicht hast du dich verhört? Vielleicht hat sie gesagt: *Nicht* zum Essen?«

»Ich verhör mich doch nicht. Immer soll ich schuld sein!«

»Oder sie hatten einen Unfall und liegen im Krankenhaus«, sagte Martin gemütlich und nahm sich den siebenten Kloß, um seine nicht unbeträchtliche Sahnesauce aufzustippen. »Vielleicht sind sie auch schon tot . . .«

Bess fuhr auf. »Bist du still! Das ist Blasphemie, sowas sagt man nicht. Bei der heutigen Verkehrsunfallziffer. Und den Teufel darf man sowieso nicht an die Wand malen.«

»Und als Pfarrfrau nicht abergläubisch sein«, sagte Martin grinsend. Er grinste wirklich unverschämt, nicht charmant, wie er auch sein konnte. Bess fühlte die Wut aufsteigen.

Und nun war die Stimmung ganz und gar verdorben. Auch Richard in seiner Langmut gelang es nicht, sie wiederherzustellen. Man trennte sich mißlaunig und ohne das übliche und beliebte Täßchen Mokka nach dem Sonntagsessen in Richards Zimmer, das Bess sonst »ausnahmsweise« dort bereitete. Es war seit je koffeinfreier Kaffee, denn Richard brauchte seine Mittagsruhe, und er wußte das auch, spielte aber geduldig den Nichtsahnenden. Bess warf sich wütend auf die Couch in ihrem Zimmer, um ein bißchen zu weinen. So schön hätte der Tag werden können!

Gerade als ein tröstlicher Schlaf sie einzuhüllen begann, erschienen die angekündigten Gäste. Und da paßte es ihr erst recht nicht. So munter und wach sie am frühen Morgen war, so ungeheuer schwer fiel es ihr, nach dem Mittagsschlaf wieder aufzustehen. Und wie sah man da aus! Als wäre man seit zwanzig Jahren im Altersheim oder schon drei Tage im Grab gewesen.

Bess brauchte all ihre christliche Nächstenliebe, um »Da seid ihr ja!« und »Herzlich willkommen!« zu rufen, und es klang trotzdem bemerkenswert lahm. Dabei konnte Eve Henning gar nichts dafür, daß alles verfahren war und verquer. Sie kam ahnungslos herein, sehr gut angezogen und sehr gut aussehend, und auch das empfand Bess als einen Wespenstich des Schicksals. Vor allem ärgerte sie Richards bewundernder Blick, als er Eve begrüßte. Er sollte nun einmal keine andere Frau gut aussehend finden und ihr Komplimente darüber machen – er machte Eve eins in der ersten Sekunde. Na, und den Töchtern!

Natürlich war es keine Kunst, mit so schönen Töchtern Eindruck zu schinden, wenn die eigenen Söhne widerborstig waren und nicht erschienen. Bess goß Kaffee auf und hätte die Kanne am liebsten an die Wand geschmettert, als unversehens Friederike hereinhuschte. Friederike, die jüngere Tochter. Nach ihr kam Daniel.

»Kann ich dir helfen, Tante . . .« Sie stockte. Dann sagte sie mit einem unbeschreiblich lieben und ein wenig verlegenen Ausdruck: »Du, darf ich Tantel zu dir sagen?

Zusammengezogen aus Tant' und Elisabeth: Tant' El? Wir hatten früher eine Tante, die wir Tantel nannten, sie stammte aus Schlesien. Wir hatten sie furchtbar gern. Und dich – darf ich dich so nennen?« fragte sie noch einmal und wurde dunkelrot.

Damit war ein Pflaster auf Bess' wunde Seele geklebt. »Selbstverständlich gern, Kind«, sagte sie schnell.

Friederike sah entzückend aus mit ihrer klaren siebzehnjährigen Haut und den schönen, ein wenig zu hellen blauen Augen. Zu helle Augen hatte auch Eve, fiel Bess jetzt wieder ein. Und die kann sie nicht nachschminken, dachte sie noch rasch, ehe sie kapitulierte vor dem liebevollen Blick dieser jungen Friederike. Eve war zu stark geschminkt, das war ihr sofort aufgefallen. Jetzt aber schob Bess all ihren Groll beiseite und nahm das Mädchen rasch um die Schultern.

»Ja, du kannst mir helfen. Wir dachten, ihr kämt eher. Nun hat Martin alles aufgefuttert.« Sie lachte. Tatsächlich, es ging schon wieder, das Lachen.

»Welcher ist Martin?« fragte Friederike begierig. »Der Mittlere? Mutti wußte nichts Genaues über eure Kinder, nur daß der Älteste so heißt wie Christiane – ich meine: eben passend.«

»Kristian, ja. Wir nennen ihn aber Krister.«

»Krister? Hab ich noch nie gehört. Ein wunderbarer Name!« sagte Friederike begeistert. »Und der zweite heißt Martin? Und der Jüngste ... Es muß herrlich sein, so viele Söhne zu haben. Immer hab ich mir viele Brüder gewünscht, nicht nur einen – immer. Eine aus meiner Klasse hat sieben Geschwister. Wenn jemand sie fragt, wie viele Brüder sie habe, und sie antwortet: drei, dann sagt jeder achtungsvoll: oh! Aber sobald sie hinzusetzt: und vier Schwestern!, kommt ein bedauerndes: oh!«

Friederike setzte die beiden Ohs scharf gegeneinander ab, das erste klang hoch und freudig, das zweite tief und ausgesprochen bedauernd.
Bess mußte lachen. »Sowas Dummes! Schwestern sind doch etwas Schönes, ich hätte so gern wenigstens eine Tochter. Oder zwei. Solche wie dich . . .« Nun wurde sie auch verlegen. »Komm, mach die Kondensmilch auf, da liegt der Öffner. Wie dich und deine Schwester, solche Töchter ließe ich mir gefallen!«
Versöhnt mit der Welt trat sie ins Wohnzimmer, wo Eve mit Richard saß. Sie unterhielten sich lebhaft.
Übermäßig geschminkt ist sie ja gar nicht, versuchte Bess edelmütig zu denken, und bei großen Töchtern muß man wahrscheinlich mehr auf sich achten. Obwohl – nein, die hektische Konkurrenz zwischen den Generationen, in der die Mütter es den Töchtern unbedingt gleich- oder sogar zuvortun wollten, die hatte sie immer als unwürdig abgelehnt. Wenn man alt wird, wird man alt, dafür sind die Kinder jung. Außerdem, auch wenn die Jungen das nicht glauben wollen: Jugend ist nicht das einzige auf der Welt, was glücklich macht. Bess ahnte nicht, daß diese Überlegung rein theoretischer Art und ihr Edelmut ein bißchen billig war. Sie hatte einen Mann, der sie jung fand, der ihr jeden Tag etwas Hübsches sagte, der nie eine andere begehrenswert gefunden hatte. Da war es leicht, zufrieden zu sein.
»Ach, ihr wollt heute noch weiter?« fragte sie enttäuscht.
Eve hob das Handgelenk mit der zierlichen Uhr. »Wir müßten längst weiter sein. Wir wurden aufgehalten. Aber vorbeifahren wollten wir doch nicht. Und da du so freundlich sagtest, ihr hättet gerade von uns gesprochen, setzte ich mich den Kindern gegenüber durch. Sie haben es eilig, weiterzukommen.«

»Wir hatten aber wirklich von euch gesprochen«, sagte Bess und setzte die Kaffeekanne ab. »Und wir dachten, ihr kämt wegen dem Jahrestag.«
»Welchem Jahrestag?« fragte Eve.
»Na, dem von Kristers und Christianes Taufe! Weißt du das nicht mehr? Heute vor fünfundzwanzig Jahren?«
Eve hatte offensichtlich nicht darangedacht und es am Telefon wohl auch überhört, man merkte es deutlich. Aber daß sie es nicht zugab und sofort rief: »Aber natürlich habe ich!« das, fand Bess, hätte nicht sein müssen. Lieber ehrlich sagen: »Oh, das hatte ich vergessen!« oder so etwas. Sie mußte doch sicher vielerlei im Kopf behalten. Jawohl, das kam auch im nächsten Augenblick.
»Weißt du, es lastet so viel auf mir. Der Bruder meines Mannes – er war nicht der Vormund der Kinder, das bin ich, solange ich nicht wieder heirate, und ich denke nicht dran, ein zweites Mal zu heiraten – der ist vor kurzem auch gestorben. Es war vorauszusehen und für ihn sicherlich eine Erlösung. Aber er war der einzige Mensch, an den ich mich manchmal wenden konnte, wenn ich in Schwierigkeiten war. Ich meine nicht wirtschaftliche Schwierigkeiten, denn ich bekomme ja meine Pension als Beamtenwitwe; doch wenn ich Sorgen hatte mit den Kindern und der Schule oder Scherereien mit dem Hausbesitzer oder wenn ich im Umgang mit Behörden nicht weiterwußte, da stand er mir immer bei. Jetzt haben wir niemanden mehr, keinen Verwandten, keinen Freund, keinen Kollegen, der sich um uns kümmert oder uns hilft. Mein Schwager war der einzige. Es ist schon nicht einfach, wenn man Witwe ist und so eine Anzahl Kinder hat . . .«
Es klang, als wäre es ein Dutzend, fand Bess. Sie rief sich gleich zur Ordnung; natürlich hat es eine Frau in so

einem Fall nicht leicht. Aber es klang so wehleidig, so süchtig nach Bedauern und Trost ...

»Um so mehr sollte man sich da an alte Freunde halten«, sagte sie so warm wie möglich. »Wie gut, daß ihr gekommen seid!« Sie verteilte die Tassen auf dem Tisch, Friederike die Tellerchen. Der dreizehnjährige Daniel saß stumm dabei, sein schmales Gesicht war verschlossen.

Christiane war auf die Veranda hinausgegangen. Krister erschien genau in dem Augenblick, als Bess die erste Tasse Kaffee eingoß, und er sah so nett aus, groß und schlank und hell und sauber, daß ihr Herz einen kleinen Hopser machte.

»Komm, setz dich hier neben Christiane. Ihr seid über dasselbe Taufbecken gehalten worden, ihr zwei – erinnert ihr euch denn gar nicht mehr aneinander? Da muß ich mich doch wundern.«

Krister zeigte sich von seiner besten Seite. »Natürlich, ich weiß es noch wie heute. Grüß dich, Taufschwesterchen«, sagte er mit seinem bezauberndsten Lächeln, während er Christiane ansah, und mit einem Schlag war alles gut.

Auch Hans erschien sehr vergnügt und unbefangen und kuchenhungrig, und Bess war insgeheim froh, daß Martin nicht kam, denn Eve verbreitete sich soeben ausführlich über die bärtigen und unmanierlich gelockten jungen Männer unserer Zeit. Da war es gut, daß Martin nicht die Illustration dazu lieferte.

Hans nahm dann die Gitarre vom Flügel und stimmte ein wenig daran herum, und schon waren sie alle zusammen in einem der Lieder, die jeder kennt, der jung ist oder mit der Jugend lebt. Es wurde ein stimmstarker, bemerkenswert einiger Chor, und jeder erbat sich eins seiner Lieblingslieder. Richard schmunzelte, wenn er die

Singenden ansah. Und nun wurde der Aufbruch der Gäste immer wieder hinausgeschoben.
Schließlich aber war es doch soweit.
»Wir kommen auf dem Rückweg wieder vorbei, ein wenig länger als diesmal, wenn wir dürfen«, sagte Eve, als sie schon im Auto saß, und es klang so ehrlich und herzlich, daß Bess alle geheimen Vorbehalte über Bord warf. »Über Nacht, wenn es euch recht ist, damit wir einen langen Abend haben. Können wir tatsächlich bei euch übernachten, zu so vielen? Sonst gehen wir ins Hotel.«
»Nein, ihr bleibt bei uns, das ist doch klar. Also bis dann. Ich freu mich. Ihr kommt bestimmt!«
Sie wollten nach Italien. Bess winkte und wandte sich dann dem Haus zu; sie hakte sich bei Richard ein.
»Nun war es doch noch ein harmonischer Nachmittag. Glaubst du, daß sie kommen?«
»Die kommen, darauf kannst du dich verlassen.« Richard lachte leise in sich hinein. »Ich käme übrigens auch. Du hast eine Art, es Gästen hübsch zu machen, die unwiderstehlich ist.«
»Ach, Löwenherz! Ich hab halt gern Besuch. Und Eve ist wahrhaftig nicht zu beneiden. Da gönnt man ihr alles Gute. Hoffentlich gelingt ihr die Reise. Es ist nicht einfach, mit drei so verschiedenartigen Kindern unterwegs zu sein. Aber ich denke es mir schön.«
»Möchtest du auch mal nach Italien?«
Bess schüttelte den Kopf. Zu einer gemeinsamen großen Reise mit den Kindern hatte es nie gereicht. »Am liebsten bin ich hier. In unserem alten Haus mit der gräßlich steilen Treppe.« Das Haus war nicht als Pfarre gebaut, und Bess hatte recht, es unpraktisch zu nennen. »Bei dir«, setzte sie ganz schnell hinzu, verschämt, sehr zärtlich.

»Obwohl ich genauso bin wie das Haus: gräßlich, zum Ärgern, und viel zu groß für solch eine Winzperson wie dich. Stimmt's?«
»Bin ich wirklich so winzig?« fragte Bess sofort. Eve war groß und schlank, und Bess beneidete alle großen und schlanken Frauen um ihre Figur.
»Puderwinzig klein. Und wenn du nicht so klein wärst . . .« Er brach ab.
»Dann?« fragte Bess atemlos.
»Dann hätt ich dich nur halb so gern.« Weg war er. Seiner Massigkeit zum Trotz konnte er behende sein wie ein Wiesel.
Bess lachte. Und als sie dann den Tisch abräumte, das Tablett über den Flur schleppte und die Tür mit dem Knie hinter sich zustieß, sang sie vor sich hin, ohne es zu wissen.

Im Spätsommer gab es viel zu tun, viel zu bedenken, viel zu organisieren. Das Semester fing zwar erst im Oktober an, aber Krister fuhr schon jetzt nach Hamburg, wo er Biochemie studierte; dort war es ihm gelungen, einen Laborplatz zu bekommen. Martin blieb in seiner Lehrstelle, er arbeitete in einer Buchhandlung in Göttingen. Hans, der nach dem Abitur seine Militärzeit als Sanitäter abgeleistet hatte, wollte in Erlangen anfangen; er hatte sich zur Theologie entschlossen und würde zunächst bei Bekannten seines Vaters wohnen, bis er ein Zimmer fand. Er brach gleichzeitig mit Krister auf. Vaters Freund in Erlangen hatte ihm einen interessanten Ferienjob vermittelt.
Bess war sehr verwundert, als Martin eines Tages ihr und Richard verkündete, er hätte die Budenwirtschaft satt und habe sich ein Auto gekauft. Er werde täglich zur Arbeit fahren und zu Hause wohnen. Die Aussicht, den Sohn wieder daheim zu haben in der zweifellos kritischen Zeit, in der die Kinder sich vom Elternhaus zu lösen pflegen, beglückte Bess so sehr, daß sie nicht verstand, wie unwillig Richard darauf reagierte.
»Natürlich kann er sich diese alte Schleuder kaufen, wenn er sie selbst bezahlt, dazu braucht er unsere Erlaubnis nicht«, sagte Richard. Martins VW zeichnete sich nicht gerade durch übergroße Modernität aus. »Aber der nächste Winter kommt bestimmt, wie uns die Koh-

lenhändler so klar vor Augen führen. Na, und im Winter damit auf der Straße liegen – danke schön. Außerdem hätte er vorher mit mir sprechen können, statt mich vor vollendete Tatsachen zu stellen. Vielleicht sogar dich fragen, ob es dir recht ist, daß er wieder zu Hause wohnt.«

»Warum soll es mir denn nicht recht sein?« Bess war ehrlich verblüfft. »Es ist doch selbstverständlich, daß er zu Hause wohnen kann.«

»So. Immer. Immer ist es dir selbstverständlich, wenn sie etwas von dir verlangen.« Richard war so heftig, wie es sonst nicht seine Art war.

Bess schwieg betroffen.

Gerade kam die Kindergärtnerin, um etwas zu fragen. Sie war ein nettes junges Mädchen, und Richard widmete sich ihr. Bess ging hinaus in den Garten und sprach mit dem alten Mann, der ihr bei den schwereren Arbeiten half, einem Rentner, dessen Gehör nachzulassen begann. Sie nahm Richards Verstimmung nicht allzu ernst. Vermutlich verstand er seine Heftigkeit selbst nicht mehr.

Bess lief umher und versuchte, die mannigfaltige Arbeit zu bewältigen. Um diese Zeit gab es viel Zusätzliches: Die Wintersachen der Familie sollten durchgesehen und ergänzt werden, Krister und Hans mußte sie einige Kleidungsstücke nachschicken, vielerlei am und im Haus war zu richten. Die Apfelbäume trugen in diesem Jahr schwer. Obst ist eine Gabe Gottes, und Bess erinnerte sich der Zeiten, da eine Handvoll davon ein Vermögen bedeutete. In Süddeutschland vermostete man die Äpfel, hier wurden sie eingekocht, und das brauchte Zeit.

Bess setzte sich an den Gartentisch in die milde Sonne, um Äpfel zu schneiden, und dabei stellte sie sich vor, wie hübsch es wäre, eine Tochter neben sich zu haben, die ihr

dabei half. So eine wie Friederike. Daß diese Tochter gar nicht hier säße, sondern in der Schule wäre, jedenfalls vormittags, und nachmittags ihre Schularbeiten machte oder lieber schwimmen ginge, vermutlich in männlicher Begleitung, das fiel ihr nicht ein.
Gleich darauf erschien eine Gastarbeiterfrau, eine Griechin, mit ihrem Kind, das sie trotz des warmen Tages dick in ein Wolltuch eingewickelt auf dem Arm trug. Es war krebsrot und schrie.
Bess betrachtete es mitleidig.
Diese Frau Zapkeni hatte Vertrauen zu ihr gefaßt, seit Bess einmal alle Griechinnen, Türkinnen und Italienerinnen, die im Dorf lebten, mit ihren Kindern zu einem Gartenfest eingeladen hatte. Lange hatte sie überlegt, was man miteinander treiben könne, ohne die Sprache zu beherrschen, vom Topfschlagen bis zum Wurstschnappen und den Ballspielen. Richard konnte an dem Tag nicht dabeisein, also mußte es Bess allein schaffen. Hans hatte ihr dann geholfen. Ihn darum zu bitten, wagte sie nicht; wie manchmal kam er jedoch später von selbst, scharte die kleineren Jungen um sich und begann, mit ihnen Kreisball im Sitzen zu spielen. Da ging es lustig zu, und man hörte lautes Kreischen in verschiedenen Sprachen, auch mal ein deutsches Schimpfwort dazwischen.
Die Kinder saßen im Kreis auf dem Rasen und mußten einander einen Ball zuwerfen, ohne daß einer, der in der Mitte stand, ihn erwischte. Hans ging zuerst selbst in die Mitte, er warf sich wie ein Torwart hinter dem Ball her, überschlug sich, kugelte zwischen den erst ein wenig verdutzt dreinschauenden kleinen Murillos herum und steckte sie allmählich mit seinem Eifer an. Den größten Erfolg aber hatte Richard, der nach einiger Zeit heim-

kam und sogleich in den Garten ging, um nachzuschauen, wie die Sache lief. Er bat, in den Kreis zu dürfen, und die Jungen klatschten Beifall. Sie wurden aber enttäuscht, wenn sie gehofft hatten, der »Herr Farr« würde sich recht blamieren. Richard hatte früher viel Handball gespielt, er sprang und reckte sich im Sprung, und binnen kurzem hatte er den Ball erwischt, so daß ein anderer in den Kreis mußte. Die kleinen Mädchen, die inzwischen von Bess beschäftigt worden waren, verloren das Interesse und drängten sich zu den Jungen. Zuletzt war alles ein wildes Getobe, sogar ein paar südländische Mütter taten mit. Bess war hinterher zerrauft, erhitzt und sehr glücklich. Sie verabschiedete jede Mutter und jedes Kind mit Handschlag und Namen.

»Und wie schön manche Namen klingen! Evangelia und Romeo und Petros und Antigone – wenn sie auch Antigónne ausgesprochen wird«, sagte sie und lachte erschöpft. »Ja, auch die eigenen Eltern sprechen diesen klassischen Namen unklassisch aus, ich hab aufgepaßt. Fehlt nur eine Penelópe.«

Frau Zapkeni also hatte damals auch mitgespielt oder doch zugesehen, dabeigewesen war sie bestimmt, Bess erinnerte sich jetzt wieder genau. Sie führte sie ins Haus und bat sie, das Kind auszuwickeln. Es hatte überall kleine rote Pusteln, Wind- oder Wasserpocken wahrscheinlich.

»Du zum Doktor gehen, Doktor wieder gesund machen«, sagte sie in der ungeschickten Art, in die man so leicht verfällt, wenn man mit Ausländern spricht.

»Geschrien hast du, als wäre die arme Frau taub«, sagte Richard später, als sie davon erzählte. Er war im Nebenzimmer gewesen.

Bess schämte sich ein wenig. »Aber ...«

»Aber daß sie kam, war ein Erfolg!« Er lächelte. »Hättest du die Frauen damals nicht eingeladen, dann wäre das nicht geschehen. Übrigens, wie ist es mit dem diesjährigen Bazar? Ich will ihn früher ansetzen als im letzten Jahr, damit ich mit meinen Terminen zurechtkomme. Kann ich wieder mit deiner Hilfe rechnen, oder hast du zuviel zu tun?«

»Natürlich helfe ich! Bis dahin habe ich alles Obst im Garten verkraftet«, sagte Bess, beglückt durch sein Lob. Der Spielnachmittag mit den Ausländerinnen war ihre Idee gewesen. Sie rieb die Nase an seinem Ärmel. »Ich mach wieder Pferdchen, die werden so gern gekauft.«

Handgroße Pferdchen aus Leder herzustellen gehörte zu ihren liebsten Basteleien. Sie verstand sie so zu nähen, daß jedes anders, jedes in seiner Art reizend wurde. »Eigentlich zu schade zum Verkauf«, sagte sie manchmal und legte die Wange an das weiche Leder des soeben fertig gewordenen Tierchens. »Na, wer es kauft, der freut sich.«

Beim Bazar im Gemeindehaus hoffte sie, einige der Gastarbeiterfrauen wiederzusehen. Ihr lagen sie sehr am Herzen, vor allem aber deren Kinder. Die Erwachsenen würden sich immer zurücksehnen, sie würden nie richtig heimisch werden in diesem Land, in das sie zogen, weil ihre Männer hier auf Arbeit hofften. »Fern im Süd das schöne Spanien – Spanien ist mein Heimatland.« Ein kitschiges Lied, zugegeben, aber doch eins, das diese Sehnsucht veranschaulichte. Die Kinder jedoch, die hier zur Schule gingen, sich mit deutschen Kindern schlugen und vertrugen, deren Herzen sollten nicht mitten durchgerissen sein zwischen zwei Heimatländern, von denen keins das ganz richtige war. Bess hatte sich von Anfang an dafür eingesetzt, daß sie hier ein Zuhause finden soll-

ten. Nach dem Bazar plante sie in jeder Woche eine Müttersprechstunde einzurichten, und im Januar oder Februar wollte sie mit ihnen eine Schneewanderung machen, allein mit all diesen Kindern, ohne Mütter, die so auch einmal einen freien Tag haben sollten.
Am liebsten wäre sie jetzt schon mit ihnen losgelaufen. Es war ein bezaubernder Spätsommer in diesem Jahr, klar, zart, durchsichtig. In der Frühe dachte Bess immer wieder an das Engelein mit den rosigen Füßen und fand, daß man dieses Gedicht auch singen können müsse. Vielleicht war es schon vertont, und sie wußte es nur nicht? Zu schade, daß man so wenig zur Musik kam! Sie erinnerte sich gern an den Nachmittag, als sie mit Hennings zusammen gesungen hatte. Singen macht froh, und gemeinsam singen erst recht, es verbindet auf eine geheimnisvolle Weise.
Der griechische Besuch hatte noch ein Nachspiel, von dem Bess aus einer gewissen Scheu heraus Richard nichts erzählte. Sie hatte Frau Zapkeni kurz entschlossen in den Wagen gepackt und zum Kinderarzt gefahren, womöglich ging die Griechin sonst nicht hin. Zudem gab es in der Kreisstadt eigentlich immer etwas zu besorgen. Bess tat das in jener Hochstimmung, in der Dorfbewohner die »Stadt« genießen, sah Schaufenster an und kaufte Mitbringsel. Danach lenkte sie den pastörlichen Wagen heimwärts, den sie wieder einmal ungefragt genommen hatte, und hielt an, als ein Mann am Straßenrand winkte. Richard hatte sie oft gewarnt, jemanden mitzunehmen, brachte es aber selbst nicht fertig, an einem armen Tramper vorbeizufahren. Außerdem war die Straße hier belebt, und innerhalb von zehn Kilometern würde schon kein Raubmord an ihr verübt werden, dachte Bess, als sie sich ihren Mitfahrer näher besah.

Er war – Gesetz der Serie – offensichtlich ein Gastarbeiter, Italiener, wie sich alsbald herausstellte. Etwas Deutsch verstand er, und das nützte er sogleich, um Bess nach drei Minuten Fahrzeit zu fragen, ob er sie küssen dürfe. Bess verneinte entrüstet. So weit, meinte sie, gehe die Verbrüderung denn doch nicht.
»Na, man wird ja wohl mal fragen dürfen«, antwortete er friedlich und überraschend flüssig. Da mußte sie wieder lachen.

Und dann kam Eves Anruf: Sie seien auf der Rückfahrt, ob sie tatsächlich kommen sollten? Bess sagte vergnügt und sehr dringlich zu. Dann lief sie hinauf in Richards Reich, klopfte an der »Wartburg«, seinem Zimmerchen unterm Dach, und steckte den Kopf durch den Türspalt.
»Sie kommen, sie kommen doch! Du hast richtig geweissagt – oder heißt das: weisgesagt? Egal, sie kommen. Freust du dich?«
»Hennings? Eve?« fragte Richard.
»Ja, sag ich doch. Ist doch meine Rede Tag und Nacht . . .« Tür zu und wieder hinunter. Hier in seinem Studierzimmer durfte sie ihn eigentlich nicht stören, und wenn, dann nur ganz kurz. Mit manchem aber mußte sie zu ihm, sofort, mit sehr guten und – natürlich – auch sehr schlimmen Nachrichten.
Hennings kamen spät in der Nacht, sie waren braun gebrannt und schienen von ihrem Urlaub höchst befriedigt zu sein. Eve saß noch eine Weile mit Richard und Bess wach, die Kinder trollten sich eher.
»Wir bleiben ja noch einen Abend! Ihr habt uns versprochen, daß wir bleiben dürfen«, sagte Eve, als sie sie schlafen geschickt hatte.
»Eine tolle Unternehmung«, sagte Richard bewundernd,

als er hörte, wo überall sie gewesen waren. »Und du bist alles selbst gefahren? In Italien, wo Stoppschilder überbraust und Kurven geschnitten werden, daß es nur so raucht?«

»Nicht alles«, gestand Eve. »Christiane hat mich oft abgelöst, aber eine Strapaze war's schon manchmal. Immerhin, solch eine Familienunternehmung hat es noch nie gegeben, und wer weiß, wann es wieder einmal dazu kommt. Ich bin froh, daß ich es riskiert habe. Zu Hause wartet allerlei Mißliches auf mich, da ist es gut, wenn man vorher Sonne und Abwechslung genossen hat. Wir sind länger weggeblieben, als wir eigentlich wollten.«

Am andern Morgen war sie zeitiger auf als erwartet. Sie frühstückte mit Bess allein. Richard war noch nicht wach. Sie schwatzten. Die Sonne schien. Es war ein Morgen mit Seidenwölkchen.

»Ihr hattet es also schön? Wie ich dir das gönne!« sagte Bess herzlich.

Eve nickte ihr zu. »Ja, wirklich. Die Kinder waren nett und aufgeschlossen. Es ist doch heute so«, sie lachte ein wenig trübe, »daß die Eltern erleichtert sind, wenn die Kinder nur gute Laune haben. Als wir Kinder waren, war es genau umgekehrt. Da hatten wir uns nach der Stimmung der Altvorderen zu richten. Jetzt tanzt man Eiertänze, damit man die holde Nachkommenschaft nicht verärgert.«

»Sollte man aber nicht«, sagte Bess und wußte, daß es tatsächlich so war, mehr oder weniger ausgeprägt natürlich, aber doch fast überall. »Ich tu es auch, mitunter jedenfalls. Was meinst du, wie es mir den Tag verdirbt, wenn Martin mit seinem Brummgesicht auftaucht und sich kaum herabläßt zu antworten, wenn ich ihn was frage! Er ist das, was man einen Morgenmuffel nennt.

Freilich fall ich ihm wiederum auf die Nerven, wenn ich früh gesprächig und munter bin . . .«

»Und vielleicht nicht ganz leise?« fragte Eve ein wenig hinterhältig.

Bess mußte das leicht beschämt zugeben. »Kann sein. Aber Richard stört es ja auch nicht. Doch um noch einmal darauf zurückzukommen: Da wird immer von Partnerschaft zwischen jung und alt geredet, aber da müßten sich doch beide Partner bemühen, meine ich. Früher, als die Eltern einfach verlangten, die Kinder hätten so zu sein, wie sie es sich wünschten, war es auch verkehrt. Nein, beide sollten aufeinander Rücksicht nehmen und den andern respektieren.«

»Sollten, ja.« Eve seufzte. »Aber man ist goldfroh und dankbar, wenn. Unterwegs ging es ja ganz gut, wie gesagt. Meistens wenigstens. Ich habe mich sehr bemüht und die Kinder wohl auch. Es war sehr schön – wer kann das schon sagen am letzten Urlaubstag!«

Ich glaube, ich würde es immer sagen können, dachte Bess. Wir haben es nur noch nicht ausprobiert. Immer kam was dazwischen, wenn wir einmal fortwollten, aber ich denke es mir sehr schön. Und Eve hat vielleicht ein bißchen ein negatives Talent. Wenn sie von ihren »vielen« Kindern spricht, seufzt sie. Dabei kann sie mit ihnen wahrhaftig zufrieden sein. Früher hatte Eve, meine ich, mehr Humor, aber zur Ängstlichkeit neigte sie wohl von jeher.

Zu Eve aber sagte sie: »Du hast es wohl verdient, daß es so schön und ohne Trübung war.«

»Ich weiß nicht. Hoffentlich bleibt es nun auch daheim erträglich zwischen uns. Du glaubst nicht, welche Schwierigkeiten Töchter oft machen, du hast keine, da ahnst du es nicht. Söhne, ja, mit denen auszukommen ist für eine

Mutter viel leichter. Auf Daniel kann ich mich am meisten verlassen.«
»Söhne können auch schwierig sein, wenn sie größer werden.« Bess dachte an Krister, der mit achtzehn, neunzehn Jahren plötzlich Nacht für Nacht wegblieb, der ... Nein, sie sagte nichts davon.
Eve tat ihren Einwand auch sofort ab. »Vielleicht. Aber mit Töchtern ist es zweifellos schwieriger. Wenn sie anfangen sich zu verlieben und man ahnt nicht, in wen. Du machst dir keinen Begriff. Sei froh!«
Es klang betrüblich. Bess wollte widersprechen, ließ es dann aber sein. Eve mußte sich wohl einfach einmal aussprechen.
»Du hast es gut. Mit dir würde ich tauschen. Dieses geräumige Haus« – du würdest dich schön bedanken, wenn du hier treppauf treppab laufen müßtest, dachte Bess – »und dieser Mann! Zu zweit sein, beschützt zu werden, ja, wer das noch hat, schätzt es nicht oder doch zu wenig. Ich bliebe am liebsten hier, weißt du das? Verzeih, Bess, wenn ich das sage. Aber es ist schwer, ohne Mann durchzukommen, die Sorgen um die Kinder allein zu tragen, jedem Vorwurf der jüngeren Generation allein gegenüberstehen zu müssen, als Witwe immer nur halb zu zählen – ja, das ist so. Als Witwe ist man abgewertet in der Gesellschaft. Man wird geradezu bestraft dafür, daß einem der Mann genommen wurde. Gerecht ist das nicht und schön auch nicht, kann ich dir sagen.« Sie schwieg.
Bess schwieg ebenfalls. Was sollte sie auch sagen. Natürlich war es leichter zu zweit. Aber ein bißchen ärgerlich war sie doch, daß Eve dachte, sie selbst trüge alle Last der Welt und Bess habe es wie ein Königskind. Drei Söhne großzuziehen, war das gar nichts? Und Eve war

sicherlich der Meinung, alle Verantwortung für die Erziehung trage Richard. Freilich, er gehörte nicht zu der Art von Vätern, die der Mutter die ganze Erziehung überlassen und nur schelten, wenn es einmal nicht geradeläuft, sondern schief. Dennoch: der Mann mußte ja auch umsorgt und vor vielem abgeschirmt und gesundheitlich überwacht werden, aber davon wußten die Frauen wiederum nichts, die keinen mehr hatten, obwohl sie sich eigentlich erinnern müßten. Daß man ihm vieles nicht sagen konnte, weil man ihn nicht aufregen oder verstören wollte, daß man ausglich und zum Guten wendete und damit oft den Kindern gegenüber falsch handelte oder sich entscheiden mußte: Hier Mann, hier Kinder . . . Trotzdem!

»Hauptsache, ihr hattet es schön, das ist doch unverlierbar«, sagte Bess sozusagen als Resümee. »Und heute nachmittag singen wir, nachmittags und abends. Ich habe viele Liederbücher herausgesucht und zurechtgelegt. Ich freu mich, daß ihr euch Zeit mitgebracht habt.«

»Ja, ich freu mich auch. Ich möchte aber erst noch einmal in die Stadt, einiges besorgen, ehe die Kinder aufwachen«, sagte Eve. »Deshalb bin ich so zeitig aufgestanden. Vielleicht fährst du mit?« Es klang sehr herzlich.

Bess bedauerte, nein sagen zu müssen. »Heute nicht, Eve, schade. Aber könntest du mir ein paar Kleinigkeiten besorgen? Damit tätst du mir einen großen Gefallen. Soll ich es dir aufschreiben?«

»Ja, bitte. Aber schreib groß, damit ich die Brille nicht brauche.« Eve zog die Mundwinkel herab. »Jetzt ist man ja schon in dem Alter, in dem man bei allem, was man lesen will, nach der Brille greift. Freilich . . .«

»Du könntest bald Großmutter sein«, sagte Bess. Es klang belustigt und gleichzeitig ein wenig neidvoll.

»Mädchen beeilen sich mehr als Jungen. In Christianes Alter haben manche Töchter längst mit der nächsten Generation angefangen.«
»Wahrhaftig. Ist das nun ein Vor- oder ein Nachteil?« fragte Eve lachend.
Bess erinnerte sich später, daß sie eigentlich nie so nett und jungmädchenhaft gelacht hatte wie in diesem Augenblick. Der Urlaub hatte sie erfrischt. Das Haar, ein wenig verwildert, sträubte sich um das gebräunte Gesicht, jung sah sie aus, absolut nicht nach Großmutter. Bess hatte nur sekundenlang aufgesehen und schrieb dann weiter. Als sie den Blick erneut hob, stand Eve am Fenster.
»Es wird ein schöner Tag. Heute möchte ich nochmal richtig im Urlaub sein, faul und glücklich. Nur noch die Besorgungen. Ich bin bald zurück.«
Sie nahm Bess um den Hals und küßte sie, rasch, ein wenig verlegen. Das hatte sie noch nie getan. Dann ging sie schnell hinaus.
Bess sah ihr nach, wie sie ins Auto stieg und anfuhr, erst ein Stückchen rückwärts, nach rechts ausscherend, dann vorwärts. Sie fuhr den Gartenzaun entlang und bog auf den Weg ins Dorf ein. Bess trat vom Fenster zurück an den Tisch. Da lag der Zettel mit den Notizen.
Sie überlegte, nahm das Papier und lief damit in den Flur. Gerade kam Richard die Treppe herunter, schon im Mantel.
»Fährst du etwa in die Stadt, Löwe? Jetzt gleich? Eve ist eben fort und hat meinen Besorgungszettel vergessen. Wenn du sowieso hinein mußt . . .«
»Ich muß, ganz rasch.« Er nahm ihr das Papier aus der Hand und steckte es ein. »Du bist nicht böse, wenn ich nicht frühstücke, nein? Vielleicht treffe ich sie. In unserer

City ist das ja nicht schwierig. Jedenfalls sehe ich mich nach ihr um.«

»Vielleicht erreichst du sie sogar schon unterwegs, sie ist ja gerade erst weg. Es kann ja auch sein, daß sie es merkt und umkehrt.«

»Ich denke, man soll nicht umkehren? Unter gar keinen Umständen?« fragte er und gab ihr im Vorbeigehen einen Kuß auf die Nasenspitze. Er neckte sie manchmal damit.

»Soll man auch nicht. Aber sie ist vielleicht gescheiter als deine Frau – und nicht so abergläubisch.«

Als sie aus der Haustür trat, saß er schon im Wagen, winkte und schaltete. Bess winkte auch. Dann lief sie ins Haus zurück. Ihr war es recht, wenn sie jetzt allein war; da konnte sie die Zeit gut nützen, um nachher für den Besuch welche zu haben.

Richard fuhr durchs Dorf, während er über die Reihenfolge seiner Besorgungen nachdachte. Wenn man zeitig in die Stadt kam, konnte man noch einen günstigen Parkplatz bekommen, von dem aus sich eins nach dem andern erledigen ließ. Erst Amtsgericht – hoffentlich hatte das schon auf. Und dann . . .

Dort fuhr Eve. Er erkannte ihren Wagen und war froh, sie noch vor der Stadt erreichen zu können. Da brauchte er nicht nach ihr zu suchen. Hier auf der geraden Strecke fuhr er sonst schneller, jetzt aber blieb er im Abstand von etwa fünfzig Meter hinter ihr. Wie gut! Eben überholte ihn im kleinen Sportflitzer einer jener rasenden jungen Rolande, die jede auch nur einigermaßen kurvenlose Strecke als Rennbahn benützen. Hui, war er vorüber und blieb gleich auf der linken Fahrbahn, um an Eves Wagen vorbeizukommen. Die schien ihn nicht zu bemerken, jedenfalls fuhr sie nach links, um die nächste Kurve etwas zu schneiden. Da aber mußte sie doch in den Rückspiegel gesehen haben ...

Richard fühlte, wie sich alles in ihm zusammenzog. Er starrte vorwärts, während er automatisch das Gas wegnahm, sah Eves Wagen unmittelbar vor dem kleinen silbernen Sportwagen, der noch mehr nach links ging, um nicht aufzufahren, da zog Eve im letzten Moment nach rechts. Sie mußte sehr erschrocken sein, denn sie verriß das Steuer und kam ins Schleudern. So geschah das Unglück.

Richard war sofort an der Unfallstelle, allein. Der andere hatte nicht gehalten, doch das fiel Richard erst später auf. Jetzt war es nur Eve, an die er denken konnte. Er sah sofort, daß hier jede Hilfe zu spät kam. Der Wagen hatte einen Heckmotor, so daß vor dem Fahrer unter der Kühlerhaube nichts als Luft war, es sei denn ein Reservetank. Wie oft wird das bei Heckmotor-Wagen beanstandet! Der Baum, auf den der Wagen frontal geprallt war, hatte die Achse zusammengebogen und war durch die Windschutzscheibe direkt in den Führersitz hineingeschlagen. Eve mußte auf der Stelle tot gewesen sein.

Das war der einzige Trost überhaupt. Wenn sie noch etwas gespürt hätte – entsetzlich. Es war unmöglich, den Körper herauszuziehen. Richard sah das und versuchte es trotzdem. Dabei flüsterte er unentwegt: »Nein, nein, nein!« Schließlich ließ er es sein, wischte sich das Gesicht und sah sich um. Allein. Ganz allein. Er dachte an jenen Augenblick im Krieg, an dem er auch so gestanden hatte, völlig allein und ausgeliefert ...

Letzten Endes ist jeder allein. Aber es ist grausam, das so stark zu wissen und zu fühlen.

Er riß sich zusammen, überlegte, ging dann zu seinem Wagen und holte die Wolldecke, die immer auf dem hinteren Polster lag. Er konnte Eve nicht so liegen lassen, der Sonne und dem Wind und jedem, der vorbeikam, preisgegeben. Vorsichtig und mühevoll breitete er die Decke so über den Trümmern des Wagens aus, daß man die Verunglückte nicht sogleich sah. Dann wendete er seinen Wagen.

Er mußte einen Trecker aus dem Dorf holen, besser: zwei. Die Trümmer des Autos mußten auseinandergezogen werden, damit man – damit man Eve . . .

Am besten wandte er sich an Hollmann. Der war vielleicht zu Hause, er trieb Grünlandwirtschaft und baute keine Rüben. Und als zweiter vielleicht der Schmied.

Hollmann war zu Hause. Er sagte kein Wort, sondern setzte die Mütze auf, ging in den Hof und warf eine Kette auf den Trecker. Richard nickte ihm zu und fuhr die zweihundert Meter weiter zum Schmied. Dann wendete er seinen Wagen und wollte Hollmann nachfahren, besann sich aber und bog zur Post ein. Er mußte telefonieren. Unfall, Polizei, Krankenwagen. Krankenwagen? Wohl nicht. Hier war der andere am Platz.

Später, als er das alles erledigt hatte und wieder auf die Ausfallstraße zufuhr, begann er an nachher zu denken. Er mußte es den Kindern sagen. Keiner nahm ihm das ab. Er fürchtete sich nicht davor, aber es legte sich ihm sehr schwer auf die Seele. Drei Kinder, zwei davon jünger als seine eigenen, vaterlos, und nun hatten sie die Mutter verloren. Er wußte nicht, in welchem Verhältnis sie zur Mutter gestanden hatten, vielleicht war es nicht ungetrübt gewesen. Aber wie auch immer, in so jungen Jahren die Mutter zu verlieren gehört zum Schwersten, was es gibt.

Hollmann und der Schmied warteten schon. Ungewöhnlich schnell war auch die Polizei da. Die nächste halbe Stunde konnte Richard nichts denken. Als die verdeckte Bahre in den Unfallwagen geschoben wurde und die Türen geschlossen waren, setzte er sich an den Straßenrand und seufzte tief.

Hollmann, die Mütze wieder auf dem Kopf, beugte sich ein wenig herunter.

»Herr Pastor«, hier sprach man das Wort mit der Betonung auf der zweiten Silbe, »kann ich irgendwas tun? Ist Ihnen nicht gut?«

»Danke, Herr Hollmann, es geht schon wieder. Das ist fürchterlich.«

»Sie ist«, Hollmann warf einen Blick auf das Nummernschild des eingedrückten Wagens, »sie war nicht von hier?«

»Eine Bekannte von uns. Sie ist bei uns zu Besuch gewesen. Sie kam gerade aus dem Urlaub. Ihre Kinder sind bei uns.« Es tat gut zu sprechen. Richard hörte seine eigene Stimme, sie klang ruhig und vernünftig. Das gab ihm Halt. Denn ein paar Augenblicke lang hatte die Landschaft verdächtig vor ihm geschwankt, hatte sich zu drehen begonnen – er würde doch nicht schlapp machen? Nein, das durfte er nicht.

»Oh, da haben Herr Pastor aber was vor sich.« Hollmann stand ein wenig geneigt, als beuge ihn das Mitleid mit dem andern. »Jaja, wenn man sowas mit ansieht und dann noch die Hinterbliebenen benachrichtigen muß.«

»Sie haben das auch gemußt, Herr Hollmann, damals«, sagte Richard. Er nahm die Hand des Bauern, die ihm entgegengestreckt wurde, und ließ sich hochziehen. »Danke, geht schon. Ja, Sie haben es auch gekonnt. Was man muß, das kann man auch.«

Der Bauer sah ihm nach, wie er zum Wagen ging. Schwankte er? Nein, er hielt sich gut, sah noch einmal zurück und winkte mit der Hand, ehe er startete. Hollmann winkte zurück.
»Jaja, unser Herr Pastor. Da geht er einen schweren Gang. Aber er ist ja ein s-tudierten Herrn, und ...«

»Um Gottes willen, Richard!«
Bess hob beide Hände an den Mund, als sie ihren Mann sah. Sein Gesicht war eingefallen und grau, und seine Augen wirkten noch dunkler als sonst. Sie wußte sofort, daß etwas Entsetzliches passiert sein mußte.
»Was ist?«
»Du mußt jetzt sehr tapfer sein«, sagte er und legte den Arm um sie, »sehr tapfer. Ich brauch dich. Sind die Kinder wach? Noch nicht? Wollen wir sie schlafen lassen, oder was meinst du? Eve ist verunglückt. An der Kurve vor der Bahnunterführung. Ein anderer Wagen kam von hinten und überholte erst mich ...« Er begann, den Unfall zu schildern, in sachlicher, ein wenig umständlicher Art. Auf diese Weise gelang es ihm, Bess sozusagen langsam an das furchtbare Geschehen heranzuführen. Es schien richtig zu sein.
Als er schwieg, schwieg sie zuerst auch. Nach einer kleinen Weile fragte sie vorsichtig, sehr leise: »Und sie? Ist sie ...?«
»Ja, sie ist tot. Sie hat nichts mehr gemerkt, bestimmt nicht. Wir müssen es den Kindern sagen. Nein, nein, Bess, ich tu es.«
»Ich geh mit. Ich laß dich nicht allein. Aber nein, Richard, natürlich kann ich es.«
Bess brauchte die drei Hennings nicht einmal zu wecken, es war, als sollte es so sein. Sie waren wach und kamen

auf seine Bitte ins Frühstückszimmer, wo Richard wartete. Er sprach mit ihnen ruhig und einfach.
»Aber wir – wir –«, stammelte Daniel als erster, »wir – wir –« Die beiden Worte steigerten sich im Ton, gleich würde er laut herausweinen.
Richard stand schon bei ihm und legte den Arm um seine Schulter. »Ruhig, mein Junge, ihr seid ja bei uns. Wir sind für euch da. Wenn ihr niemand habt, uns habt ihr. Ihr bleibt bei uns, alle drei, wir nehmen euch gern, Bess und ich.«
Er sagte das, ohne zu überlegen. Und er sah am Gesicht seiner Frau, daß es richtig war, daß sie das gleiche gedacht hatte. Er fühlte es wie einen Strom, der von ihm zu ihr floß und wieder zu ihm zurück, einen inbrünstig starken Strom. Er hielt den fremden Jungen im Arm und versuchte, den beiden Mädchen zuzulächeln.
»Natürlich bleibt ihr bei uns, seid ihr bei uns zu Hause«, sagte er, und seine Stimme klang wie eine Glocke, fand Bess, tief, voll, wie Bronze. »Solange ihr uns braucht, seid ihr unsere Kinder, und auch später noch, wenn ihr mögt. Wir haben uns immer noch welche gewünscht.«
»Immer!« sagte Bess sogleich. »Nun haben wir sechs . . .«
Sie sah das neue Leben mit sechs Kindern vor sich wie einen Weg, der sich vor ihr öffnete, wie einen längst erträumten, plötzlich gefundenen Weg.
Und sie brachte es fertig, nicht zu weinen, so heiß es ihr auch in die Augen stieg. Sie lächelte. Richard vergaß dieses Lächeln nie.

WENN Bess später zurückdachte an die ersten Wochen, in denen die beiden Töchter und der junge Daniel bei ihnen waren, wunderte sie sich immer, daß sie gar nicht so traurig gewesen war, wie sie es ihrer Meinung nach hätte sein müssen. Immerzu war sie beschäftigt, abgelenkt, erfüllt von Fragen, die beantwortet, Entscheidungen, die getroffen werden mußten. Es war uneingestanden eine merkwürdig glückliche Zeit gewesen, so leid ihr die Kinder auch taten. Vielleicht gerade, weil sie ihr so leid taten. Sie waren von heute auf morgen zum Mittelpunkt ihres Lebens geworden, und die Sorge um die eigenen verblaßte beinahe oder sank doch in den Untergrund ihres Herzens hinab. Nie hätte sie das für möglich gehalten.

Bei der Beerdigung hielten sie sich alle gut, auch Daniel, um den Bess am meisten gebangt hatte. Sie stand neben ihm am Grab, so, daß ihre Schulter nahe an seiner war; er war etwas größer als sie, gegen die beiden Schwestern aber doch noch klein. Wenn sie den Kopf ein wenig nach rechts drehte, sah sie Friederikes und Christianes weiße Gesichter. Krister war nicht gekommen, er hatte nur geschrieben. Hans war da. Er stand mit Martin hinter ihnen.

Richard sprach warm und klar. Sie hörte jedes Wort. Trotzdem war alles um sie her wie hinter Glas: der strahlende Septembertag, die starkfarbigen Blumen,

Dahlien, Georginen und Rosen, dazu die hellen Birken vor den dunklen Tannen.
Auch zu Hause hielten sich die Henningkinder so gut, daß Bess meinte, es vor Bewunderung, Zärtlichkeit und Mitleid nicht mehr ertragen zu können. Hätten sie doch geweint, wie gern hätte sie die jungen Menschen in den Arm genommen! So konnte sie nur dasein und ihnen Kaffee bringen und sie umsorgen und umhegen. Kein fremder Besuch störte. Bess spürte, wie ihr die drei in jeder Minute mehr ans Herz wuchsen. Oh, sie würde alles tun, um ihnen zu helfen!
Am übernächsten Tag fuhr Richard nach Bremen. Es war so vielerlei zu erledigen, und er wollte es so bald wie möglich in Angriff nehmen. Bess besann sich später auf jede Kleinigkeit seines Aufbruchs: auf das morgendliche Licht und die herbe Luft, die betaute Windschutzscheibe, den hohen und hellen Himmel, die Dahlien, die am Zaun entlang standen, tropfend vor Nässe. Richard saß schon im Wagen, und sie brachte ihm noch die Fernbrille, die er vergessen hatte.
»Danke dir. Und halt dich wacker mit deinen neu ausgebrüteten Küchlein!« Er mußte es ihr wohl angesehen haben.
Sie versuchte ihm zuversichtlich zuzulächeln, wollte ihm das Herz nicht noch mehr beschweren dadurch, daß sie merken ließ, wie bange ihr war. »Gib acht auf dich, Löwenherz. Vergiß nicht, deine Tabletten zu nehmen, früh und abends.«
Es war, als würden die andern Sorgen leichter, ein bißchen wenigstens, wenn man an die üblichen, täglichen, die gewohnten dachte. »Und fahr vorsichtig!« Sie hatte es nicht sagen wollen, aber es war stärker als sie. Jedesmal würde sie nun daran denken müssen, wenn einer

der Ihren hier abfuhr, wie sie Eve nachgesehen hatte an jenem Tag...
»Natürlich. Mach dir keine Gedanken darüber. Wir stehen alle in Gottes Hand, hier oder dort. Und wie heißt das alte Sprichwort? Der Blitz schlägt nie zweimal in denselben Baum.«
»Der Blitz vielleicht nicht. Aber Bomben zum Beispiel.« Es klang kläglich, und Richard verstand genau, was sie meinte.
In diesem Augenblick trat Christiane aus dem Haus. Sie hatte sich selbst angeboten, den Onkel nach Bremen zu begleiten. Wie sollte er allein mit allem zurecht kommen! Richard und Bess hatten den Vorschlag gut gefunden. Die selbst gewählte Aufgabe würde vielleicht die Starre lösen, die über Christiane lag – wie über ihren Geschwistern. Bess dachte an die Geschichte, die ihr ein Kriegskamerad von Richard einmal erzählte. Er sprach von einem Verwundeten, der beide Beine verloren hatte. »Er sah ganz ruhig aus, die Schmerzen hatten noch nicht eingesetzt« – sehr deutlich erinnerte sie sich an diese Worte. So mochte es den jungen Hennings gehen. Der wirkliche Schmerz kam erst.
Christiane stieg ein, verstaute ihre langen Beine und nahm die Handtasche auf den Schoß. »Leb wohl«, sie streckte Bess die Hand hin, »danke, daß ich mitdarf. Ich kann bestimmt viel erledigen, was mündlich besser geht. Und Friederike hilft dir.«
»Paß auf Onkel Richard gut auf, mein Liebes.« Bess trat zurück und winkte. Das Herz war ihr ein klein wenig leichter geworden. »Und rauch nicht zuviel, Löwe, bitte!«
»Nein nein. Immer nur die vierte, die ich möchte.« Sein Gesicht hatte einen Augenblick lang den leicht ver-

schmitzten Ausdruck, den sie so liebte. Wie oft hatte sie ihn gebeten, weniger zu rauchen!
»Kommt gesund wieder.«
Und dann fuhren sie ab. Bess sah ihnen nach. Voller Sorge und Liebe und voller Dankbarkeit, daß es ihn gab.

Es stellte sich heraus, daß es wirklich so war, wie Eve gesagt hatte: Hennings hatten niemanden, der ihnen nahestand, keinen Verwandten, so gut wie keinen Freund. Eve mußte sehr isoliert gelebt haben; vielleicht hatte sie aus der Trauer um ihren Mann nicht herausgefunden, vielleicht war es Veranlagung. Ob die Kinder darunter gelitten hatten? Ob sie sich in ein so lebhaftes Haus wie das Lauterbachsche hineinfinden würden? Neue Fragen, neue Überlegungen. Dazu kam die Verpflanzung von der Stadt aufs Land.
»Sich abzukapseln tut niemals gut«, sagte Richard einmal, als sie darüber sprachen. »Jeder Mensch braucht Mitmenschen. Auch die Nichtverwandten sind unsere Brüder, denen wir helfen sollen und von denen wir uns helfen lassen müssen. Freilich, Hennings Tod liegt erst wenige Jahre zurück. Manche Witwen klammern sich an irgend jemanden, weil das Alleinsein sie ängstigt, andere kriechen ins Schneckenhaus wie Eve. Daß das Unglück gerade hier passierte! Wäre es in Bremen oder sonstwo passiert: die Kinder hätten sich kaum an uns erinnert. Es ist eine Fügung, meine ich, ein Fingerzeig.«
»Ja, ein Glück in allem Kummer.« Bess sagte das völlig unbefangen. »Sonst hätten wir vielleicht eine Anzeige bekommen, wenn überhaupt, und uns erinnert: Ach ja, Eve Henning. Die kleine Christiane wurde hier getauft... Und wir hätten hingeschrieben und einen Kranz geschickt und die Kinder von Herzen bedauert,

Näheres aber vermutlich nie erfahren. Doch der liebe Gott hatte ein Einsehen und ließ es, da es nun einmal geschehen mußte, hier geschehen. Natürlich ist das ein Fingerzeig.«

Es gab unendlich viel zu bedenken und zu regeln. Christiane hatte nach dem Abitur die sozialpädagogische Fachschule besucht und sich für Beschäftigungstherapie bei spastisch gelähmten Kindern entschieden. Sie wollte jetzt in Göttingen arbeiten. Das ergab viele Wege zu Ämtern und einen großen Papierkrieg. Friederike und Daniel würden das Gymnasium besuchen, an dem die drei Lauterbachsöhne Abitur gemacht hatten. Es mußte erst festgestellt werden, ob sie den Anschluß an ihre Klasse fanden. Daniel stand in Latein nicht gut, und Friederike war schwach in Mathematik, sie war mit knapper Not versetzt worden. Hier mußte Richard helfen und das Nötige veranlassen.

»Latein kann *ich* mit Daniel arbeiten«, erklärte er, »das will ich gern tun, vielleicht mit beiden zusammen. Die neue Mathematik aber – keine Ahnung! Wie heißt sie, Mengenlehre? Ich weiß, da gibt es Nachhilfekurse für Eltern. Ich fürchte, dazu bin ich zu alt und zu verkalkt . . .«

»Gar nicht. Man muß nur denken können, logisch denken«, sagte Daniel, und zum erstenmal belebte sich sein sonst sehr verschlossenes Gesicht. »Denken, das können im Grunde nur Humanisten. Und Humanist bist du doch, so einer, wie man ihn sich vorstellt, durch und durch.« Er sah zu Richard auf, und in seinen Augen blitzte es. Bess hatte es wohl gesehen. Daniel, dachte sie, lieber Junge . . .

Es würde sich alles einspielen, sicher. Solange Richard da war, würde alles in Ordnung kommen. Dabei hatte

er es gerade jetzt zusätzlich schwer. Die diesjährigen Konfirmanden stellten ihn vor eine kaum zu lösende Aufgabe. Es waren ein paar darunter, die nichts anderes im Sinne hatten, als ihn zu ärgern und in Wut zu bringen. Sie malten häßliche Dinge in die Gesangbücher, und das vor allem kränkte und beunruhigte Bess, die sich immer vorstellen mußte, diese Bilder kämen einmal durch Zufall Friederike vor Augen. Sie ließen Knallfrösche in der Stunde los, wollten sich darüber totlachen und dachten nicht im Traum daran, irgendwelche Sprüche oder Lieder zu lernen. Richard beschränkte sich in seinen Forderungen schon auf das Nötigste, davon aber ließ er nicht ab. Ein ihm bekannter Oberstudiendirektor hatte ihm einmal gesagt: »Ich lasse meine Abiturienten nicht ohne Goethe oder Shakespeare ins Leben hinaus, ob sie wollen oder nicht. Nicht nur unsere zeitgenössischen Dichter, bei mir nicht! Mögen sie es noch so verstaubt und antiquiert finden, eines Tages geht es ihnen auf.«
Es hatte Richard wohlgetan, das zu hören. »So mach ich es auch. Ich zwinge meine Konfirmanden zu ihrem Glück, indem ich sie Sprüche und klassische Kirchenlieder lernen lasse, die ihnen später eine Hilfe sein werden. Nein, ohne dieses Reisegepäck der Seele marschiert mir keiner los.«
Bei den Eltern dieser Halberwachsenen fand er selten Rückhalt oder Verständnis. Die meisten kümmerten sich nicht im geringsten darum, wie sich ihre Kinder benahmen, und von der Schule her waren die Vierzehnjährigen auch nicht an Disziplin gewöhnt. So bedeutete jede Konfirmandenstunde für Richard eine Kraftprobe. Er war sich dessen bewußt, aber Bess bangte um ihn. Sie stand manchmal mit verschlungenen Händen und versuchte,

ihm gute und schützende Gedanken zuzuschicken. Einmal überraschte Friederike sie so.
»Was ist, Tantel?« fragte sie bestürzt. »Geht es dir nicht gut?«
»Doch, Kind.« Bess ließ schnell und verlegen die Hände sinken, die sie gefaltet unter das Kinn gepreßt hatte. Friederike überwand eine kleine noch vorhandene Hemmung und warf ihr die Arme um den Hals. »Tantel, hast du Angst? Oder was ist? Tantel, sag mir's, ich bin doch da.«
»O Kind!« Bess drückte sie an sich, dankbar und zärtlich. »Kind, Fritzi, es ist nichts Besonderes. Nur das Übliche, Schwierigkeiten halt. Kein Leben ist ohne Schwierigkeiten, du wirst es auch erfahren. Aber dies müßte nicht sein, dies mit den Konfirmanden – Richard hat das nicht verdient. Ich könnte die Kerls regelrecht backpfeifen, links und rechts, wenn sie ihn so ärgern, ich könnte ...« Es war ein Ausbruch. Sie schämte sich hinterher. Zum Glück hatte sie keine Details erzählt. Friederike war noch ein halbes Kind, sie mußte vor solchen Sachen bewahrt bleiben. Und sie war so rührend anhänglich. Sie folgte ihr auf Schritt und Tritt, und wenn Bess immer wieder einmal mahnte, nun werde es Zeit, daß sie mit der Schule beginne, dann bettelte sie kindlich und, wie Bess fand, unwiderstehlich: »Noch nicht, Tantel, noch nicht. Noch einen Tag gib zu, bitte bitte!«
Und Bess gab nach. Es hatte sich gezeigt, daß Friederike nicht nur in Mathematik, sondern auch in anderen Fächern Nachhilfeunterricht brauchen würde, und so hatte sie selbst darum gebeten, die Klasse wiederholen zu dürfen. Außerdem hatte das neue Schuljahr sowieso längst angefangen. Da kam es wahrhaftig nicht auf eine Woche an. Je heiler und getrösteter das junge Mädchen

in die neue Umgebung kam, desto besser. Und sie selbst wärmte sich an Friederike das Herz, ach, wie schön war es doch, jetzt Töchter zu haben!

Um so mehr traf Bess die Geschichte mit dem Buch. Sie empfand sie wie einen Schuß vor den Bug; vielleicht war sie gar nicht so schlimm, aber sie kam so überraschend. Friederike hatte im Wohnzimmer geschlafen, weil Christiane über Kopfschmerzen klagte und allein sein wollte; am andern Tag fand Bess beim Aufräumen halb unter der Couch das Buch – einen jetzt gängigen Roman voller Sex und Obszönitäten, den Friederike hier vergessen hatte.

Bess stand erst eine Weile stumm mit dem Buch in der Hand; sie kannte es nicht, hatte aber genügend darüber gelesen und gehört, um sich ihr Urteil bilden zu können. Sie hielt es unwillkürlich ein Stück von sich ab, als brenne es. Dann stellte sie es mit ein paar andern Büchern, die auch herumlagen, aufs Regal. Schließlich nahm sie es mit einem plötzlichen Entschluß wieder herunter, ging in die Küche und schob es dem lustig knäkkernden Herd in den Rachen. So, Ofentür zu. Schluß!

Dieser Herd war die einzige Brennstelle im Haus. Als man auf Ölfeuerung umstellte, hatte Bess sie sich dringend erbeten: für Notzeiten, für Gemütlichkeit, dafür, daß man schnell einmal etwas in den Ofen stecken konnte. An solch ein Buch hatte sie damals wohl kaum gedacht.

Die Geschichte hatte noch ein peinliches Nachspiel. Am andern Morgen suchte nämlich Daniel, der schon ins Gymnasium ging, sein Lateinbuch und konnte es nicht finden. Bess schalt ein wenig über seine Liederlichkeit und half suchen, und als sie mit den Augen den Bücher-

rücken des Regals entlangging, sah sie zu ihrem Schrekken jenes Buch dort stehen, das sie zum Flammentod verurteilt hatte. Sie mußte in ihrem Zorn ein falsches erwischt haben, offensichtlich Daniels neues Lateinbuch. Ganz klein und verschüchtert vor schlechtem Gewissen gab sie ihm Geld, damit er es sich nachkaufen konnte. Zu allem Unglück hatte Richard von der Sucherei erfahren und wurde sehr ungehalten.
»Achtet gefälligst auf eure Sachen, um den Schulkram kann sich Mutter wahrhaftig nicht auch noch kümmern«, sagte er grollend. »Seht ihr denn nicht, wieviel sie zu tun hat? Das ist doch das mindeste, was man von einem so großen Jungen verlangen kann.«
Bess brachte es nicht über sich, ihm den wahren Zusammenhang zu erzählen. Da hätte sie Friederike verraten müssen. Ach ja, es war eine Panne.
Nach langer Überlegung beschloß sie, mit Friederike nicht darüber zu sprechen, sie fand einfach keinen Einstieg. Daß ein so nettes junges Kind so etwas lesen mochte, verstand sie nicht. Kummervoll beobachtete sie Friederike und hatte eine Heidenangst, daß sie nach dem Buch fragen könnte. Sie tat es nicht, aber Bess lief die nächsten Tage sozusagen mit eingezogenem Kopf umher und wurde sich nicht klar darüber, ob sie nun richtig gehandelt hatte oder ganz verkehrt.
Ja, Töchtersorgen! Sie fand, es sei etwas anderes, ob Jungen in einem gewissen Alter solches »Zeug« lasen oder Mädchen. Aber sie scheute sich, mit Richard darüber zu sprechen – Friederikes wegen.

Dann kam eines Tages der große Schreck mit Christiane. Sie war plötzlich verschwunden. Bess gab sich selbst die Schuld, dadurch wurde es noch schlimmer für sie.

Bess hatte an diesem Abend vorgeschlagen, ein paar Spiele zu machen. Die Atmosphäre im Haus war bedrückt, Richard war nicht da, draußen nieselte es, jeder war lustlos und schlechter Stimmung. Gemeinsame Spiele hatten in solchen Situationen oft geholfen, Bess spielte selbst sehr gern, also machte sie den Vorschlag. O weh, sie merkte sofort, daß es falsch gewesen war.
Christiane sah sie an, als hätte sie etwas völlig Unpassendes geäußert, und verließ stumm das Zimmer. Auch Martin verdrückte sich prompt; man hörte ihn mit seinem Wagen wegfahren. Daniel murmelte etwas von seiner lateinischen Hausaufgabe und ging auf seine Stube. Bess blieb mit Friederike allein im Wohnzimmer zurück, sie war seltsam betroffen. Am liebsten hätte sie sich entschuldigt. Gleich darauf fiel die Haustür knallend ins Schloß.
Zweifellos war das Christiane. Bess ärgerte sich, sie konnte es nicht leiden, wenn jemand seine Laune an den Türen ausließ; sie hatte es bei ihren Söhnen nie geduldet. Daß Töchter auch so etwas taten, erschien ihr noch häßlicher.
»Wohin geht Christiane denn?« fragte Friederike halblaut. Es klang ängstlich.
Bess erschrak über diesen Ton mehr als über das Türenschlagen. »Weiß nicht. Sie wird schon wiederkommen. Ich lauf ihr nicht nach«, sagte sie, ihrem Temperament entgegen. Ihr eigentlicher Impuls war gewesen: Lauf ihr nach, nimm sie in die Arme. Laß sie Wärme spüren, Liebe, Geborgenheit, gerade jetzt, da sie sich verletzt fühlt ...
»Ein einziges Glück, daß ich nicht vorgeschlagen habe zu singen«, murmelte sie. »Das wollte ich nämlich zuerst. Und das hätte sie wahrscheinlich noch viel mehr ver-

letzt. Gemeinsames Singen ist so schön und so heilsam. Aber sag, hätte ich sie zurückholen sollen?«
Friederike sah sie an und hob die Schultern. Bess schwieg verzagt. Sie hatte manchmal erfahren müssen, daß es Leute gab, die von ihrer spontanen Art eher zurückgestoßen, ja geschockt wurden. Allzu herzlich wirkt mitunter aufdringlich und taktlos. Aber diesmal . . .
Richard blieb wohl über Nacht auswärts, er hatte sich mit einem Kollegen verabredet und gleich gesagt, bei unsicherem Wetter werde er nicht zurückfahren. Er fuhr nicht gern nachts.
Als Christiane nach zwei Stunden noch nicht wiedergekommen war, fing Bess an, sich ernstlich Sorgen zu machen.
»Sieh doch nochmal oben nach, vielleicht ist sie längst zurück und wir haben es nur nicht gehört«, sagte sie zu Friederike. Aber die kam wieder: keine Christiane. Sie blickten einander an.
»Sie wird schon kommen«, sagte Bess, ohne es selbst zu glauben, und nach einer Weile: »Verstehst du das? Wir gehen jetzt noch einmal durchs ganze Haus, vielleicht hat sie sich irgendwo verkrochen und wartet, daß wir sie holen. Ich will mich ja gern entschuldigen . . .«
Friederike nickte. Sie sahen im Musikzimmer nach, in der Küche, in allen Nebenräumen und im Flur, wo hinten im Dunkel eine Bank stand, die eigentlich nie benützt wurde. Über dieser Bank hing ein Wagenrad, das Bess je nach Jahreszeit schmückte: Ostern mit bunten, ausgeblasenen Eiern, zur Zeit des Erntedankfestes mit Ähren und Kornblumen, zu Advent mit Kiefer. Jetzt hing noch der Ernteschmuck daran.
Friederike schaute hinauf. »Na, schön ist der ja nicht mehr. Soll ich ihn abmachen, Tantel? Die Ähren sind

schon alle ausgefallen. Warte ...« Sie kletterte auf die Bank. »Vielleicht können wir buntes Laub darumwinden, bis es Zeit ist, Tannengrün zu holen.«
»Ja, das ist ein guter Einfall.« Bess meinte, wenn Friederike sich darüber Gedanken machte, könnte es ja mit Christiane nicht so schlimm sein.
Gegen neun Uhr kam Martin heim. Bess zögerte, ihm von ihrer Sorge zu erzählen, sagte es dann aber doch. Martin knurrte: »Dumme Ziege.«
Das war Bess nun auch nicht recht. So freundlich wie möglich sagte sie ihm das. »Was meinst du denn, Martin, wo sie hingelaufen sein könnte?«
»Keine Ahnung. Wo habt ihr denn bisher gesucht?«
»Überall. Im Haus jedenfalls; in der Scheune noch nicht. Könntest du dir vorstellen, daß sie ...« Bess brach ab.
»Ach, Unsinn.« Martin hatte genau verstanden, was sie nicht aussprechen wollte. »Keine Spur. Herrje, muß sie dir solchen Ärger machen.« Er stand verdrießlich auf. »Müde bin ich zum Umfallen. Gib die Taschenlampe, ich seh nach, wenn es dich beruhigt.«
Bess gab sie ihm. Er ging. Bess blieb mit zusammengekrampften eiskalten Händen im Flur stehen, horchte, fuhr zusammen, wenn sich etwas regte. Die Katze – oder ein Knacken im Gebälk. Ein altes Haus ist nie ganz still. Endlich kam Martin wieder, naß vom Weg über den Hof, und legte die Lampe aufs Fensterbrett.
»Nichts, natürlich. Aber wohin mag sie sein, bei diesem Wetter? Es gießt jetzt regelrecht.«
»Eben. Vorhin war es noch nicht so schlimm. Aber sie kennt doch keinen hier im Dorf, zu dem sie gegangen sein könnte«, sagte Bess. Sie flüsterte, als fürchte sie sich vor der eigenen Stimme. »Geh schlafen, Martin, du kannst uns ja doch nicht helfen. Und du bist müde.«

Er brummte etwas vor sich hin, was sie nicht verstand, und stieg dann die Treppe hinauf. Bess ging in die Küche, unschlüssig, was sie unternehmen könnte. Richard anrufen? Die Polizei?
Beides nicht. Richard konnte ihr nichts raten, was sie nicht selbst wußte, und wurde nur beunruhigt. Und die Polizei hätte sie vermutlich ausgelacht.
»Was meinst du, was wir noch unternehmen könnten?« fragte sie, als Friederike hereinkam. »Jetzt, in der Nacht, meine ich. Hat sie das zu Hause auch manchmal getan, daß sie einfach weggelaufen ist?«
»O ja, oft«, sagte Friederike herzerfrischend resolut. »Dann war sie bei irgendeiner Freundin und blieb dort über Nacht. Mutti hat sich immer aufgeregt.«
»So.« Das klang ja ganz tröstlich. »Aber hier hat sie doch keine Freundin, kennt überhaupt noch niemanden. Und ohne Mantel oder Jacke, bei dem Regen!«
»Ja, blöd, nicht? Hu, bin ich müde.« Friederike gähnte langgezogen.
Bess meinte sagen zu müssen: »Geh nur ins Bett!«
Alles in ihr atmete auf, als Friederike antwortete: »Ach nein. Ich bleib auf, sonst sitzt du ganz allein hier. Onkel Richard kommt sicher nicht mehr, oder wartest du auf ihn?«
»Nein. Jedenfalls glaube ich nicht, daß er bei diesem Wetter fährt.«
»Schade. Wart, ich koch uns einen Tee.«

Es war ein Uhr nachts, als Bess aufschrak. Sie war tatsächlich eingenickt. Hatte sie etwas gehört? Sie lief in den Flur, riß die Haustür auf. »Christiane? Christiane, gib Antwort. Bist du da?«
Nichts.

Jetzt, durch den Schrecken hellwach, brachte sie es nicht fertig, weiter untätig zu warten. Sie rüttelte Friederike, die auf der Eckbank eingeschlafen war, am Arm, so leid sie ihr tat. »Wach auf, Fritzi, bitte! Wach auf.«

»Ja? Ist sie da?« fragte Friederike verschlafen; trotz ihrer Benommenheit war sie sofort im Bilde.

Bess sah verzweifelt in das junge Gesicht. »Eben nicht. Wir müssen sie suchen.«

In dieser Nacht war Bess froh über Martins »alte Schleuder«, über die sich Richard damals so geärgert hatte. So war doch immerhin ein Zweitwagen da. Bess wußte, wo der Zündschlüssel hing.

»Zieh dich aber warm an, hörst du? Ja, Stiefel und Handschuhe und was auf den Kopf! Vielleicht müssen wir in den Regen hinaus.«

»Aber wieso denn! Wir suchen doch nicht zu Fuß im Wald . . .« Friederike murrte vor sich hin, völlig verschlafen.

Bess kam sich schrullig vor, und in den Augen der nächsten Generation wirkte sie gewiß hysterisch. Der Regen fiel jetzt schräg und dicht, es war eiskalt und scheußlich. Beide schlüpften so schnell wie möglich ins Auto.

»Puh, eine Schnapsidee. Na, ich werde ihr was flüstern«, sagte Friederike verdrossen. »Wie herrlich wäre es jetzt im Bett.«

Ach ja – und alle Küken unter Dach. Bess suchte den Knopf für den Scheibenwischer und erwischte das Radio. Eine fremde Stimme brüllte ihnen entgegen. Bess fuhr zusammen vor Schreck. Friederike lachte. Sie fuhren los.

»Wohin? Was meinst du?« fragte Bess und starrte in den weißen Lichtkegel hinaus, den der Regen schraffierte. »Nach Göttingen zu? Oder umgekehrt? Man weiß ja überhaupt nicht, was ihr eingefallen sein kann.«

»Tja, die Richtung – Jacke wie Hose. Zu Fuß ist sie wohl nicht unterwegs bei dem Sauwetter. Höchstens per Anhalter«, sagte Friederike.
»Glaubst du?« Bess hatte das gleiche gedacht. Aber nachts per Anhalter, das hieß doch Gott versuchen!
»Na ja, wenn man wegwill und keinen Wagen hat, dann trampt man eben. Ich jedenfalls würde das tun.«
»Du, Fritzi? Weil ich, weil ich – vielleicht – was Dummes gesagt hab? O Fritzi, ich meinte es doch nicht so! Ich wollte ihr helfen, uns allen wollte ich helfen, deshalb schlug ich die Spiele vor. Ich hab es wirklich nicht so gemeint, als hätte ich schon alles vergessen, eure Mutter, die ganze schreckliche Sache. Sieh mal, musizieren tut sie doch auch, mit Vater.«
Christiane hatte ihre Geige aus Bremen mitgebracht und nahm sie manchmal mit in die Kirche, wenn Richard orgelte. Richard hatte sich eine Zeitlang sehr intensiv mit Orgelbau beschäftigt, er reparierte auch Orgeln, mit einem Fanatismus und einer Freude am Tüfteln, die ihn alles andere vergessen ließen. Bess hatte das immer liebenswert an ihm gefunden. Daß er aber mit Christiane musizierte und noch nie gesagt hatte, sie sollte doch einmal mit herüberkommen und zuhören, betrübte sie.
Erst hatte sie gedacht, es habe sich eben so ergeben. Dann aber erkannte sie, daß Absicht dahinterzustecken schien. Christiane schlich sich meist heimlich aus dem Haus, wenn sie musizieren wollten, das war Bess aufgefallen. War das nötig? Hatte sie je etwas dagegen gehabt?
Es war natürlich dumm, eifersüchtig zu sein. Aber sie war es. Konnte denn Christiane nicht zu ihnen beiden finden? Warum hielt sie sich an Richard und tat, als wäre sie, Bess, überhaupt nicht auf der Welt? Heute, da Richard fort war, hatte man das genau gemerkt.

»Ja. Sie übt. Und Geige klingt zu Orgel wunderbar. Ich würde nach Göttingen fahren, sie kann aber auch die andere Richtung genommen haben.«

Bess bog in die Dorfstraße ein. Es war verrückt, nachts um halb zwei mit dem Auto loszufahren, nur auf Verdacht. Nie fand man da jemanden. Es war aussichtslos und unvernünftig. Vielleicht rief Christiane gerade jetzt zu Hause an. Und wenn Martin nicht zufällig wach war, hörte er das Telefon nicht. Er hatte einen sehr tiefen Schlaf. Und sie und Friederike hätten es klingeln hören, wenn sie daheim geblieben wären. Bess sagte sich das alles und war nur froh, daß Friederike neben ihr saß. Allein wäre es furchtbar für sie gewesen. Es war auch so schlimm genug.

In Göttingen kehrten sie um, es war sinnlos, durch die Stadt zu fahren. Als sie heimkamen, lag das Haus dunkel und still da. Sie sahen im Schlafzimmer nach und gingen hinunter. Jetzt kam die Angst mit Riesengewalt über Bess.

Wenn Christiane etwas zugestoßen war, etwas, das sich nicht mehr gutmachen ließ, wenn sie in einer Depression eine Kurzschlußhandlung begangen hatte! Nicht zu Ende denken, nicht ausmalen! Ehe sie Gewißheit hatten, mußte man hoffen. Bess bemühte sich, gelassen und getrost zu scheinen, aber Friederike ließ sich nicht täuschen. Nach einer Weile sagte sie: »Ich glaube, wir fahren nochmal los, nach der andern Richtung. Hier hältst du es ja doch nicht aus. Martin soll am Telefon bleiben, ich wecke ihn.«

Bess ließ es geschehen. Und dann fuhren sie wieder, eigentlich ohne Hoffnung, nur, um nichts unversucht zu lassen. Friederike war freundlich, wenn auch ein wenig – nun, nicht gerade von oben herab, aber doch so ähnlich.

Etwa in der Art: Zweck hat es ja keinen, aber man muß dir den Willen tun. Sie war liebevoll, aber im Grunde so, wie ein Erwachsener zu einem Kind sein würde. Bess fand das merkwürdig und gleichzeitig wohltuend. Schließlich kannte Friederike Christiane besser als sie. Bess fühlte, daß es eines Tages schön sein würde, wenn die Kinder für einen handelten und man nur noch zu helfen brauchte. Jedenfalls war es sehr lieb von Friederike, daß sie bei ihr blieb und sich nicht über das Unsinnige der Unternehmung ausließ.

Und das Unwahrscheinliche geschah: Sie fanden Christiane. Etwa fünf Kilometer vom Dorf entfernt sahen sie eine Gestalt auf der Straße daherkommen. Bess stieß einen kleinen Laut aus und faßte mit der Rechten zu Friederike hinüber, und Friederike rief: »Halt. Du, wenn sie das nicht ist!«

Sie war es. Bess hatte das Gefühl, als sprängen drei eiserne Bänder entzwei, die bisher ihr Herz zusammengepreßt hatten, so erleichtert war sie. Sie hielt an, schloß die Augen und lehnte sich einen Moment zurück. Friederike hatte schon die rechte Wagentür aufgestoßen und war hinausgesprungen. Gleich darauf schob sie die Schwester, deren Sachen trieften, robust ins Auto.

»So, nach hinten, wenn's gefällig ist! Vorn sitze ich. Nee, Christiane, was du auch für verrückte Ausflüge machst!«

»Verzeih, Tante Bess«, murmelte Christiane, »ich war – ich war ganz durcheinander.«

»Sei still. Kein Wort jetzt!« rief Bess halblaut. »Du bist da, alles ist gut. Zu Hause mach ich einen Grog, sollst mal sehen, wie uns der guttut. Und dann in die heiße Wanne mit dir. Fritzi wollte mich heute abend schon hineinstecken, aber ich dachte, wir holen dich erst.« Sie sprach rasch und gewollt lustig, während sie fühlte, wie ihr Herz überquoll vor Dankbarkeit. Christiane war da, alles war gut. Richard brauchte nichts von dieser Sorge zu erfahren, schon das war herrlich und erlösend. Und zu Hause wartete auf jede von ihnen das köstliche warme Bett.

Sie sprachen nur noch von kleinen Nebendingen, wer die Wärmeflasche bekomme und wer das Heizkissen; sie tranken den heißen, aromatischen Grog und lachten einander an, ein bißchen verlegen und sehr zärtlich.

Bess' Nachtgebet war heute bemerkenswert kurz. Es lautete: »Danke!« Aber wenn je ein Gebet aus ehrlichem Herzen kam, dann dieses. Und sie schlief danach sofort ein, schlief bis in den hellen Tag, und das bedeutete um diese Jahreszeit, da der Tag spät kommt, eine ganz außergewöhnliche Leistung für eine Hausfrau. So jedenfalls formulierte es Friederike, als Bess etwas beschämt, aber vergnügt am Frühstückstisch erschien.

»Und rote Backen hast du, Mutter, ganz rot geschlafene«, sagte Friederike und goß ihr Kaffee ein.

Sie sagte »Mutter«.

Richard hörte das Telefon, als er noch im Hof war. Und keiner hob ab! Er beschleunigte seinen Schritt, ließ die Tür zum Wohnzimmer hinter sich offen und griff nach dem Hörer. Zu spät, es tutete bereits wieder. Ärgerlich legte er auf.

»Bess?« rief er in den Flur hinaus. Keine Antwort. In der Küche war sie auch nicht. Gleich darauf läutete es wieder.

Wird derselbe sein, dachte Richard und nahm ab.

»Hier evangelisches Pfarramt, Pastor Lauterbach, guten Tag. – Natürlich können Sie ... Ja, ich habe Zeit ... Bitte ... Ja, ich warte auf Sie.«

Er legte auf. Als er in den Flur hinaustrat, kam Bess gerade die Treppe herunter.

»Ach, du bist zurück. Ist was?«

»Können wir zu mir gehen? Ein Besuch.«

»Oh, lieber nicht, entschuldige. Ich stöbere.« Sie hatten früher ganz kurze Zeit in Süddeutschland gelebt, und manche Ausdrücke von dort waren ihnen geblieben. »Ich ahnte ja nicht, daß du so zeitig wiederkommen würdest.«

»Ich auch nicht. Schön, bleiben wir hier.«

Das Wohnzimmer sah auch nicht nach Besuch-Empfangen aus. Bess hatte noch nicht aufgeräumt. Christianes Koffer stand mitten auf dem Teppich, der Mantel war darübergeworfen. Wollte sie verreisen? Auf dem Tisch lagen Bücher und Schreibzeug, ein Aschenbecher, eine geleerte

Kaffeetasse. Wenn jeder das wegräumte, was er selbst hingetragen hatte ... Wie oft sagte das Bess. Aber man predigte ja verschlossenen Ohren.
Gleich darauf ging die Hausglocke. Richard trat in den Flur.
Ein ziemlich großer, weißhaariger Herr stand vor der Tür. Richard erkannte die Stimme wieder: der angekündigte Besuch. Er grüßte höflich, Richard sah ihn freundlich abwartend an.
»Darf ich wissen – ich meine: kommen Sie dienstlich zu mir? Oder privat?« Der Herr hatte am Telefon keine Andeutung gemacht, lediglich gefragt, ob er kommen dürfe.
»Gewissermaßen dienstlich – oder beides. Ich möchte Sie sprechen, Herr Pastor. In Ihrer Eigenschaft als Seelsorger, ja. Und, bitte, darf ich Sie allein sprechen?«
»Natürlich.« Richard blickte den andern unauffällig prüfend an: dunkle Augenbrauen zum weißen Haar, offensichtlich gefärbt, es sah aber gut aus. Überhaupt wirkte der Fremde sympathisch, sehr nach ›Herr‹, mit ein wenig unsicheren Augen hinter einer randlosen Brille. Richard lächelte, kontaktbereit. »Leider können wir uns nicht in mein eigenes Reich unterm Dach zurückziehen, es wird gerade geräumt. Und hier kommt alle Augenblicke jemand herein. Wollen wir« – es war ein plötzlicher Entschluß – »in die Kirche hinübergehen? Dort sind wir ungestört.«
»Danke, gern.«
Sie gingen über den Hof, Richard öffnete das Gartenpförtchen, ließ den andern durch, folgte. Die Kirche lag in fahlem, herbstlich schrägem Licht. Am Giebel glühte der wilde Wein dunkelrot. Es sah schön aus, lodernd, im Gegensatz zu dem sonst ein wenig blassen Tag.

Richard liebte seine Kirche. Er trug den Schlüssel noch in der Tasche, am Morgen hatte er etwas Orgel gespielt. Er bat seinen Besucher in die Sakristei.
»Ja, ein bißchen kühl ist es hier, aber...« Sie setzten sich. Der andere schien den Anfang nicht zu finden. Richard ließ ihm Zeit.
»Ich – ich habe in Ihrem Dorf ein wenig herumgehorcht«, begann der Besucher endlich. »Weil – ja, ich hörte – es ist vor einiger Zeit hier ein Unfall passiert, ein sehr bedauerlicher. Autounfall, Mutter von drei Kindern. Ich las es in der Zeitung.«
»Ja«, sagte Richard. Er wußte nicht, worauf der andere hinauswollte.
»Also, mir wurde erzählt, daß Sie dabei waren, Herr Pastor. Als einziger Zeuge.«
»Ja, das war ich.«
»Darf ich also offen mit Ihnen sprechen? Der Unfall wurde verursacht – oder vielleicht verursacht durch ... Nun, kurz und gut, es war mein Sohn, der dabei war. Nicht beteiligt, Sie werden das am besten wissen. Immerhin, er war es, der den Unglückswagen überholte, sehr knapp wohl, das tut er immer. Mein Sohn, meine ich. Und...« Er schwieg.
Richard räusperte sich. Die Stille, die auf die letzten Worte des Besuchers gefolgt war, hatte etwas Quälendes. Sollte er etwas sagen? Der andere sah endlich mit einem merklichen Entschluß auf und blickte ihn an. Sie saßen einander gegenüber.
»Der junge Mann mit dem silbergrauen Sportwagen? Der?«
»Ja. Er hat aber den Wagen, den er überholte, nicht gestreift. Sie werden das wissen. Aber die Fahrerin erschreckt, vermutlich. Ich habe ihm immer und immer ge-

sagt, er soll nicht so knapp überholen. Auch wenn er vorbeikommt, er erschreckt den andern oder kann ihn doch erschrecken. Hier traf das zu. Und ... ja, und dann hat er den Kopf verloren und ist weitergefahren, statt anzuhalten und zu helfen. Er kam völlig verstört nach Hause. Ein Wunder, daß ihm nichts passiert ist.«

Richard nickte.

»Das wollte ich mit Ihnen besprechen. Deshalb bin ich hier. Er nannte mir das Dorf, in dessen Nähe es geschah, und ich sah in den Zeitungen nach, fand den Bericht ... Ich war schon einmal hier. Aber niemand war zu Hause. Ich bin froh, daß ich Sie heute getroffen habe.«

Richard nickte wieder. Der andere schien sich gefangen zu haben. Er sprach jetzt ruhiger, sachlicher, mied auch Richards Blick nicht mehr. Bisher hatte er meist auf seine Hände gesehen, die zwischen den gespreizten Knien hingen.

»Er hat erst mich überholt, ich war mit meinem Wagen hinter der Fahrerin«, sagte Richard, um ihm weiterzuhelfen. »Er fuhr ziemlich schnell. Nun, die Straße läuft dort kerzengerade, und das verführt natürlich zu höherem Tempo. Später kommt eine Linkskurve, in der es dann passierte, und danach eine Bahnunterführung. Dort ist Überholverbot, und Ihr Sohn wollte wohl noch davor den andern Wagen hinter sich bringen.«

»Überholverbot? Davon hat er mir nichts gesagt.«

»Doch. Genau bei dem Schild, vielleicht einen Meter davor, überholte er.«

»Dann war es – dann ist es also Fahrerflucht«, sagte der andere nach kurzem Schweigen leise. »Dann bestimmt. Bisher glaubte ich ...« Er brach ab.

Richard sah ihn nicht an. Er konnte sich vorstellen, wie diesem Vater zumute war. Wer selbst halberwachsene

Kinder hat, die Auto fahren, braucht dazu nicht viel Phantasie.

»Aber ich glaube, auch mein Sohn weiß von dem Überholverbot nichts. Er hat nie ein Wort davon erwähnt. Und sonst hat er mir die Sache immer wieder geschildert, immer von neuem. Es verfolgt ihn, er ist völlig verändert.

Es ist schwer für mich, Herr Pastor«, fuhr der Besucher halblaut fort, »und ich habe es mir lange überlegt. Was aber ist gebessert, wenn er sich stellt? Schuld ist er nicht oder doch nicht nachweisbar. Aber wenn er dort nicht mehr überholen durfte... Sie wissen nicht, ob er vor dem Schild überholte oder genau auf der Linie?«

»Nein. Das könnte ich nicht aussagen, schon gar nicht unter Eid. Auch nicht, wenn ich ausdrücklich vorausschickte: soweit ich mich erinnere. Ich erinnere mich nicht, ob es davor war oder daneben.« So, das war gesagt. Richard schwieg wieder.

»Es ist ja auch keineswegs gesagt, warum... also, ob die Fahrerin das Steuer verriß, weil sie vor dem Wagen meines Sohnes erschrak. Und es wird nie festgestellt werden können«, fuhr der andere fort. »Was also hilft's, wenn er sich stellt und verurteilt wird? Denn das würde er doch vermutlich, jedenfalls wenn es in der Überholverbot-Zone geschah. Und Sie wissen sicher auch, Herr Pastor, wie eine solche Strafe auf einen solchen Jungen wirken kann. Er ist – labil, möchte ich sagen. Sehr leicht beeinflußbar. Gewiß fährt er leichtsinnig wie die meisten jungen Menschen heutzutage. Riskant, etwa nach der Devise: Ich kann mir das leisten, ich bin ein begnadeter Fahrer. Das ist mein Kummer, das können Sie sich wohl vorstellen. Nun mußte das passieren.

Es hat ihn sehr mitgenommen, er war ganz außer sich.

Die Angst und das schlechte Gewissen und die Bedrükkung ... Immer wieder beteuert er, er sei nicht schuld. Immer wieder kommt er damit, er habe den andern Wagen nicht gestreift. Und alles andere ist ja nicht nachzuweisen. Aber stellen will er sich nicht. ›Die heutige Rechtsprechung, du weißt ja, wie die ist‹, sagt er. Ich habe einige Male irgendwelche kritische Bemerkungen gemacht. Und man kann tatsächlich nicht alles gutheißen, was heutzutage entschieden wird.

Herr Pastor, wenn eine Verhandlung anberaumt würde – es kann ja sein, irgend jemand hat die Sache auch beobachtet, den Wagen gesehen, sich die Nummer gemerkt –, könnten Sie nicht *für* ihn, für meinen Sohn aussagen? Stellen Sie sich vor, er würde verurteilt und käme in Gesellschaft zweifelhafter junger Leute! Die Verunglückte wird dadurch nicht wieder lebendig, Sie aber retten vielleicht einen jungen Menschen vor dem Abrutschen.«

Es wird keine Verhandlung geben, dachte Richard, sprach es aber nicht aus.

»Ich bin – nun also, Geschäftsmann«, fuhr der andere fort. »Und eine Liebe ist der anderen wert. Ich biete Ihnen zehntausend Mark. Jeder Mensch braucht Geld. Leicht fällt das auch mir nicht, aber um meinen Jungen – um ihm zu ersparen, was bestimmt nicht gut wäre für sein weiteres Leben, würde ich das Opfer bringen.

Glauben Sie mir, er bereut. Da ist er anders als andere leichtsinnige Fahrer, die mit einem blauen Auge davonkommen und die Raserei sofort von neuem beginnen. Er hat mir gesagt, er wolle nie mehr fahren. Natürlich kann ich ihm ein solches Versprechen nicht abnehmen, heute muß jeder Auto fahren. Aber er hat einen großen Schock erlebt, und ich müßte befürchten, daß er Dummheiten macht. Aus Verzweiflung. Sie verstehen, was ich meine.«

Richard verstand. Er dachte an einen Fall, den er neulich in der Kreisstadt gehört hatte: Ein junger Lehrer nahm sich das Leben nach einem Verkehrsunfall, in den er verwickelt war, obwohl es nur Blechschaden gegeben hatte. Jung verheiratet, Kind unterwegs. Selbstmord.

Ich dürfte gar nicht aussagen, dachte Richard. Vor allem nicht das, was dieser Vater mir hier in meiner Eigenschaft als Geistlicher anvertraut hat. Und das Geld? Sie könnten es wahrhaftig brauchen, die drei Kinder von Eve. Junge Menschen, von denen zwei noch nicht in der Berufsausbildung stehen...

Warum aber kommt der junge Mann nicht selbst, wenn er so bereut?

Er hob den Kopf und sah den andern an. »Die Verunglückte war eine Bekannte von uns, eine Freundin unseres Hauses, deren Kinder jetzt bei uns sind, wie Sie wahrscheinlich im Dorf gehört haben«, sagte er langsam. »Der Vater dieser Kinder lebt nicht mehr. Ich bin für sie verantwortlich.«

»Und?« fragte der andere. »Und?« Es klang hoffnungsvoll.

»Natürlich könnten diese Kinder Geld brauchen, sehr sogar. Aber wir werden es auch ohne das schaffen. Ich glaube an keine Verhandlung, also werde ich auch nicht aussagen müssen. Wenn aber, dann nicht anders als ich es verantworten kann.« Richard schlug sich mit der Faust auf die Brust, gewollt übertrieben, um der Sache keinen pathetischen Anstrich zu geben. »Doch das Geld nehme ich nicht.«

»Aber...«

»So nicht und so nicht.« Er machte eine abschließende Handbewegung. *Wie* gut wir es brauchen könnten, ahnst du nicht, dachte er. »Und von dem, was Sie mir hier anvertrauten, erfährt niemand etwas. Alles andere ist Sache Ihres Sohnes.«

»Aber . . .« Der andere setzte noch einmal an und brach dann ab. »Aber . . .«, wiederholte er leise, schon ohne Hoffnung.

»Kein Aber, mein Freund.« Richard sprach halblaut, er war erregter, als der Besucher ahnen konnte. Zehntausend Mark – *durfte* er sie eigentlich den Kindern vorenthalten? Handelte er richtig, wenn er das Geld zurückwies?

Er wurde sich auch später nicht darüber klar. Daß er sich nicht kaufen ließ, war selbstverständlich. Aber darüber gesprochen hätte er gern mit jemandem. Am liebsten mit Bess. Das aber durfte er nicht. Das Beichtgeheimnis der Katholiken kennt jeder. Daß es beim evangelischen Geistlichen nicht anders ist, wissen die wenigsten. In diesem Fall fiel es ihm schwer, schweigen zu müssen, gerade weil die Sache Bess ebenso anging.

Sie kam ihm entgegen, als er den Herrn hinausbegleitet und verabschiedet hatte. Sie wollte gerade ins Dorf.

»Fertig? Du siehst zerrauft aus, Richard Löwenherz«, sagte sie. »Hat es was gegeben? Kampf mit dem Drachen? Nach Drachen sah der Herr eigentlich nicht aus.«

»War auch keiner.« Richard lächelte ihr zu und wurde dann wieder ernst, nachdenklich, betrübt. Er hatte diesem traurigen Vater nicht helfen können. Und den Sohn nicht trösten. Manchmal war es schwer, Geistlicher zu sein.

»Tantel! Taaaanteeeel!«

Das war Friederike. Bess wollte gerade »Ja!« rufen, da schrie es schon wieder.

»Du sollst kommen! Schnell!«

Du sollst. Bess ärgerte sich. Sie war schon den ganzen Morgen über gekränkt, jawohl. Jemand hätte wahrhaftig an ihren Geburtstag denken können, fand sie, zumal er in diesem Jahr auf einen Sonntag fiel. Richard natürlich, der hatte ihn nicht vergessen, sondern ihr gleich früh gratuliert, aber keines der Kinder hatte es für nötig befunden, etwa eher aufzustehen, den Frühstückstisch zu decken, alles ein bißchen hübsch und feierlich zu machen. Keines. Dabei hatte sie deutlich vorgewarnt.

Kluge Mütter lassen immer einmal einfließen: »An meinem Geburtstag wollen wir ...« oder: »Damals haben wir meinen Geburtstag mal anders gefeiert, sind weggefahren, wißt ihr noch?«

Es hatte, wie man sah, nichts genützt. Die Töchter – nun ja, man ahnte nicht, wie es bei ihnen zu Hause gewesen war mit den Geburtstagen. Vielleicht wurden sie nicht beachtet, seit die Kinder größer wurden, und die Elterngeburtstage galten gar nichts. Kinder, die so etwas nie erlebten, gestalten diese Tage dann von sich aus auch nicht feierlich. Wie sollten sie! Bess hatte das manchmal enttäuschten Müttern gesagt, die sich beklagten, sie hätten sich ein Leben lang für die Kinder aufgeopfert, und

nun vergäßen diese ihren Geburtstag. Kinder müssen lernen und dazu angehalten werden, an andere zu denken.
»Taaaan...«
»Ja doch, ich komm ja schon«, rief sie wütend, nahm die Eier aus dem kochenden Wasser und hielt sie unter das kalte. »Eine Minute werdet ihr ja mal auf mich warten können. Wie oft warte ich auf euch!«
Sie trocknete sich die Hände ab und ging in den Flur hinaus. Gerade kam Friederike angeschossen, stoppte ab, schnappte: »Ach so. Da bist du endlich!«, was Bess wiederum ärgerte, packte ihre Hand und zog sie mit sich. »Los, du mußt doch . . .«
Immer muß ich – Bess verschluckte es gerade noch. Dann stand sie im Musikzimmer, und vor ihr hatten sich alle Kinder aufgebaut, die sie noch im Bett wähnte: Christiane, Daniel, Martin und Friederike, und Richard saß am offenen Flügel. Er gab den Ton noch einmal an. Dann setzten die Stimmen ein: »Der Nebel steigt, es fällt das Laub . . .« Bess stand und hielt den Atem an. Sie kannte das Lied mit dem Text von Storm. Die Melodie, im Kommersbuch zu finden, war leicht abgewandelt. Warum, erkannte sie sogleich, als der erste Vers zu Ende war. Jemand hatte einen Kanon daraus gemacht.
Christiane und Daniel sangen den ersten Teil, dann setzte Martin ein, und den dritten Teil hatte Friederike übernommen. Richard am Flügel begleitete mal hier, mal da, wo es gerade nötig war.

»Und wimmert auch einmal das Herz,
stoß an und laß es klingen!
Wir wissen's ja, ein rechtes Herz
ist gar nicht umzubringen...«

Doch, sie fanden sich wieder. Bess, die viel Musik in ihrem Leben zu hören bekommen hatte, merkte genau, wenn die eine oder andere Stimme einmal schwankte. Und dann kamen sie wieder richtig hinein, bis zum wirkungsvollen Schluß:

»Wir wollen sie, mein wackrer Freund,
genießen, ja, genießen!«

Richard hob die Hände von den Tasten und gab das Zeichen, jetzt auszuhalten – alle sahen zu ihm hin.
»Aus!« Eine kurze, atemlose Stille, und dann wiederum Friederike: »Wir gratulieren unserer Mutter!« Alle anderen fielen ein. Bess wurde umringt, gedrückt, geküßt; sie kam kaum dazu, sich zu bedanken.
»Also so eine Überraschung! Und ich dachte, ihr hättet den Geburtstag vergessen und würdet noch schlafen.«
»Aber wo werden wir denn!«
»Und zum Kanon umgesetzt hat es – na, rate mal! Soll ich sagen, womit sie anfängt?«
»Halt! Still bist du. Du hast ja schon verraten, daß es eine Sie ist«, fuhr Martin dazwischen. »Mutter hätte bestimmt geglaubt, es wäre Vater.«
Es war Christiane. Christiane hatte sich wochenlang bemüht und damit herumgeschlagen, einen Kanon aus dem Lied zu machen. Es war sehr schwierig zu verwirklichen gewesen, denn sobald sie am Flügel saß, so erzählte sie lachend, sei Bess hereingekommen oder doch im Flur gewesen, und da...
»Da ist sie schließlich zu Schmitthenners gegangen« – das war die Lehrersfamilie im Dorf, die auch ein Klavier besaß – »und hat es dort zusammengebracht. Aber schwer ist sowas, das hat Herr Schmitthenner auch gesagt. Schon aus so einem einfachen Lied wie beispielsweise ›In dulci

jubilo‹ einen Kanon zu machen! Ja, es gibt einen, ich weiß, aber...«

Ach, es war herrlich, inmitten dieses Rudels junger Menschen zu stehen, hin und her geschoben und gezerrt und voller Eifer angesprochen zu werden. »Und jetzt kommt die Bescherung! Jetzt – nein, warte, mach die Augen zu . . .« Die beiden Mädchen hatten sich schön gemacht, und auch die Jungen sahen nach Festtag aus. Ach, und der Geburtstagstisch! Blumen, Kerzen, Geschenke, von jedem Kind etwas, und von Richard die große gläserne Kaffeemaschine, die sie sich längst wünschte, ohne daß sie je gewagt hätte, diesen Wunsch auch nur mit einem Wort anzudeuten.

»Wir sind jetzt eine so große Familie, da erspart sie dir das ewige In-die-Küche-Rennen«, sagte Richard vergnügt, als sie sich selig bei ihm bedankte. »Heute soll sie also eingeweiht werden. Ich krieg noch Kaffeedurst wie sieben Hausfrauenvereine.«

Es wurde ein wunderbarer Festtag. Was Bess sich heimlich gewünscht hatte: daß sie einmal freihaben und die Kinderschar alle häuslichen Pflichten übernehmen würde, geschah in so überwältigendem Stil, daß es beinah unheimlich wirkte. Nichts durfte sie tun, nichts holen, alle Handgriffe wurden ihr abgenommen. Nur gut, daß sie gestern schon den Braten gerichtet, das Gemüse geputzt, die Kartoffeln geschält hatte. Martin deckte sogar den Tisch.

»Und ›Mutter‹ sagen sie. ›Wir gratulieren unserer Mutter!‹ haben sie gerufen«, sagte Bess überwältigt, als sie, samt Richard zum Mittagsschlaf befohlen, sich auf ihrer Couchhälfte ausstreckte. »Ob ihnen das nicht doch ein bißchen schwerfällt? Verlangt oder erwartet hatte ich es nie.«

»Unser Prachtkerl Martin war ja auch dabei. Sie konnten doch nicht durcheinanderschreien: Mutter – und: Tantel – oder wie Friederike dich betitelt hat bisher. Ob sie es weiterhin beibehalten, ist ihre Sache. Soviel ich weiß, haben sie zu Eve Mutti gesagt«, antwortete Richard.
Er hatte sich zur Feier des Tages eine Zigarre geleistet und stellte sich den Aschenbecher zurecht, ehe er sich behaglich seufzend auf die andere Seite der Couch sinken ließ. Es war eine Eckcouch, und man konnte zu zweit gut hier Mittagsruhe halten. Bess blickte zu ihm hinüber.
»Schön, Töchter zu haben?« fragte sie blinzelnd.
»Und ob. Für dich auch, oder? Na also.«
Zur nachmittäglichen Kaffeetafel sollte die neue Maschine eingeweiht werden. Das erwies sich aber als nicht ganz einfach. Bess pflegte neue Haushaltgeräte stets in Gebrauch zu nehmen, ohne die Anleitung vorher durchzulesen, und dann zu Richard oder den Söhnen zu laufen und zu bitten: »Erklärt es mir! Es geht nicht. Ich bin kein Techniker.« Das sollte heute vermieden werden. Deshalb war Richard höchstpersönlich in die Küche gegangen und hatte sich den bedruckten Zettel aushändigen lassen. Die Buchstaben waren klein, Bess hatte natürlich nicht die Geduld, alles von Anfang bis Ende durchzustudieren, und so begann Richard halblaut vorzulesen, ohne daß Bess richtig zuhörte. Sie hatte draußen Schritte wahrgenommen, und gleich darauf erklang die Schelle.
»Besuch – heute!« Bess stampfte mit dem Fuß auf. »Heute, ausgerechnet! Nein, ich mach die Tür nicht auf. Ich denke nicht dran. Einmal will man auch privat sein. Ein einziges Mal im Jahr.«
»Vielleicht ist es der Geldbriefträger?« fragte Richard hinterhältig.

Bess schnitt ihm eine Grimasse. »Am Sonntag! Sicherlich. Halt, nein, laß mich erst mal gucken!«
Sie schob sich seitlich ans Küchenfenster und spähte auf den Platz vor dem Hause hinaus. Aber der Besucher mußte ganz nahe an der Tür stehen, man sah ihn von hier aus nicht. So schlüpfte sie aus der Hintertür und schlich, dicht ans Haus gedrückt, bis zur Ecke. Ein junger Mann stand da mit wallenden Locken und einem Bart bis auf die Brust.
»Ein Waldmensch«, meldete sie atemlos, als sie in die Küche zurückgeschlüpft war, »behaart und bebartet. Sag, müssen wir den wirklich hereinlassen?«
»Er hat doch geläutet, also will er was von uns.«
»Aber wir könnten doch weggefahren sein.«
»Draußen steht das Auto, das sieht er doch.«
»Aber wir haben ja zwei. Und wie viele Familien haben Zweitwagen.«
»Bess, vielleicht befindet er sich in Schwierigkeiten und sucht Hilfe bei uns.«
»Dann soll er morgen kommen. Wir brauchen auch mal einen ungestörten Tag.«
»Also gut.« Richard gab nach, er legte den Zettel, den er erst halb vorgelesen hatte, resigniert auf den Elektroherd. »Ich werde ihm von dir ausrichten, er solle morgen wiederkommen, heute hätten wir keine Zeit.« Er ging zur Tür, während er unhörbar vor sich hin zählte. »Einundzwanzig, zweiundzwanzig, dreiund . . .«
»Halt! Halt! Richard, du wirst doch nicht . . .«
»Ich hatte geschätzt: drei Sekunden. Es waren nur zweieinhalb. Du bist schneller geworden im neuen Lebensjahr, du unheilige Elisabeth. Also. Ich geh und hol den Waldmenschen.«
»Ich geh mit! Und sag ja nicht« – sie kam ihm nachge-

laufen –, »du wirst doch um Himmels willen nicht sagen, wir hätten keine Zeit!«
Es war Krister. Richard erkannte ihn im ersten Augenblick auch nicht; Bart und Locken veränderten ihn sehr stark. Beides war übrigens unecht, sowohl der Bart als die Mähne. Krister hatte sich, einem übermütigen Einfall folgend, diese Dinger ausgeliehen und die ganze Fahrt über seinen Spaß gehabt, sich vorzustellen, was Vater und Geburtstagskind Mutter zu einem derart modernen Sohn sagen würden. Daß sie zunächst nichts sagten, sondern ihn wahrhaftig nicht erkannten, erhöhte sein Vergnügen beträchtlich.
»Nein aber, wer hätte gedacht, daß du doch noch kommst. Wie schön, Krister! Beinah alle da, wie selten. Komm rein, komm ...«
»Mutter wollte gar nicht aufmachen und dich vergeblich läuten lassen«, sagte Richard schmunzelnd.
»Wegen des Bartes?«
»Natürlich nicht deswegen. Du könntest kommen, wie immer du willst! Aber lieber bist du mir schon ohne diesen Schmuck.« Bess streichelte ihn mit dem Handrücken unterm Kinn. »Ich hoffe ja, auch Martin kommt eines Tages zur Vernunft und ohne Bart nach Hause. Weißt du, wie sich Mütter erwachsener Söhne heutzutage begrüßen? ›Wie sehen Ihre denn aus?‹ Und dann: ›Danke, wieder rasiert.‹ Oder: ›Noch immer zugewachsen. Man sieht das hübsche Gesicht überhaupt nicht.‹«
»›Hübsches Gesicht‹, danke schön«, sagte Krister und nahm den bedruckten Zettel vom Herd. »Was ist denn das? Soll ich dir vorlesen, wie man's macht?«
»Oh, sehr freundlich, Vater war eben dabei. Er hat mir die Kaffeemaschine dort geschenkt, die mir die Arbeit sehr erleichtert, aber es ist furchtbar mühsam, den Um-

gang damit zu lernen. Vielleicht filtern wir den Kaffee heute nochmal wie früher, es soll doch schnellgehen.«
Ehe sie ins Wohnzimmer gingen, mußte Krister seinen Gesichtsschmuck noch einmal anlegen. Es gab ein großes Hallo. Schließlich aber saßen doch alle um den Kaffeetisch, und die Unterhaltung ging munter hin und her. Richard schilderte mit vielen Übertreibungen, wie Bess indianerhaft um die Hausecke gespäht und ihren Ältesten nicht erkannt hatte.
»Wer vermutet aber auch, daß er am Sonntagnachmittag kommt! Wenn, dann Samstagabend«, sagte Bess.
Friederike saß ganz still und sah versunken Krister an. Sie hatte noch kein Wort gesagt.
»Jetzt singt ihr nochmal euern Kanon«, sagte Richard schließlich und stand auf. »Krister, du wirst staunen. Von Christiane gesetzt, ausgezeichnet gelungen. Kommt, wir gehen hinüber.«
Alle erhoben sich bereitwillig, nur Daniel blieb sitzen.
»Kommst du nicht mit?« fragte Krister im Vorbeigehen und beugte sich ein wenig zu ihm hinab.
»Schon wieder singen«, murrte der Jüngere. Bess machte Krister ein Zeichen. Laß ihn, hieß das.
Es bedrückte sie selbst, daß der Junge sich, sooft es ging, aus dem Familienkreis ausschloß. Immer wieder forderte sie ihn auf, mitzutun, wenn etwas Gemeinsames unternommen werden sollte, hatte aber wenig Erfolg damit. Vielleicht bin ich ihm nicht sympathisch, dachte sie manchmal kummervoll. Jetzt aber winkte sie Krister unauffällig zu sich und sagte so, daß Daniel es noch hören konnte: »Vielleicht hat er noch Schularbeiten. Er muß viel nachholen. Aber heute früh sang er mit, den Part von Christiane – na, du wirst staunen.« Damit hatte sie ihn aus dem Zimmer gelotst. »Er ist ein bißchen

schwierig, sehr verschlossen. Aber hübsch sieht er aus, findest du nicht? Andere Jungen in seinem Alter ...«
Krister nickte ihr zu. Richard saß schon am Flügel, als sie ins Zimmer traten.
Es blieb nicht beim Kanon. Bess durfte sich wünschen, was weiter gesungen werden sollte, sie hatte eine Menge geliebter Lieder auf Lager. Schubert und Loewe – vor allem Kristers Glanzstück: Prinz Eugen, der edle Ritter. Bess bat ihn inständig, es zu singen.
Krister hatte einen angenehmen Bariton und ließ sich nicht lange bitten. Richard präludierte. Und dann erklang es: »Zelte, Posten, Werda-Rufer ...«
Meist aber sangen sie im Chor, der durch die hellen Mädchenstimmen sehr gewonnen hatte. Richard ahnte neue und wunderschöne Möglichkeiten.
»Vielleicht können wir dies Jahr ein Stück aus dem Oratorium singen«, sagte er, »und später das Hallelujah aus dem Messias!«
»Eigentlich müßte ja jetzt erst der Wanderbursch mit dem Stab in der Hand kommen«, sagte er nach einer Weile, »der nach Hause zurückkehrt wie Krister, und niemand erkennt ihn.« Er nahm eins der Liederbücher vom Stapel und blätterte darin. »Ja, hier ist er. Könnt ihr ihn noch?«
»Natürlich«, brummte Martin, »ausgesprochen echter Kitsch, ein Widerspruch in sich. Ich hörte aber, das Mutteraug' habe ihn *nicht* erkannt?« Er grinste zu Bess hinüber.
»Nur im allerersten Augenblick nicht«, verteidigte sie sich lachend. »Sei nicht so gemein, mir das an meinem Ehrentag aufs Butterbrot zu streichen.«
Richard gab die Tonart an, und nun sangen sie gemeinsam die ergreifende Story und ließen das Mütterlein

vom Kirchsteig im Polkaschritt einherwanken, wie es der Komponist verwunderlicherweise vorschrieb.
»Wirklich, sehr passend zum Text, ungefähr wie der Igel zum Kopfkissen«, gab Richard zu. »Na, andere Zeiten, andere Noten. Wenn es nur unserem Geburtstagskind gefällt.«
»Aber hier! Peter Cornelius: In Sternennacht«, rief in diesem Moment Krister und stellte ein aufgeschlagenes Notenheft vor seinen Vater auf den Flügel. »Ein Duett. Ich hab es neulich bei Bekannten gehört. ›In Sternennacht, wenn's dämmert sacht . . .‹ Kann es jemand?«
»Ich«, sagte Friederike und wurde feuerrot.
Krister schien nichts von ihrer Verlegenheit zu merken, rief nur beglückt: »Ja?« und schob sie zum Flügel. »Los, ich singe die zweite. Hier, Vater, du begleitest. Es ist ganz einfach. Achtung, zwei drei . . .«
Friederike hatte keine große Stimme, sie war auch sehr befangen. Das aber paßte zu diesem Lied, das ganz zart gesungen werden muß. Richard begleitete behutsam, die Brille hochgeschoben, das Gesicht nahe an den Noten.

». . . sollst himmelwärts,
du Menschenherz,
dich heben in Lust und Leide –
dich heben . . .«

sang Friederike, jetzt sicherer werdend, und Krister fiel mit der Terz ein:

»Dich heben in Lust und Leide . . .«

»Schön«, seufzte Bess, als der letzte Ton verklungen war, und nun sagte Friederike in selbstvergessenem Eifer: »Und jetzt das andere. Das gehört bei mir dazu. ›O säh ich auf der Heide dort – im Sturme dich . . .‹ «

Die andern hatten sich auf Stühle und Fensterbretter verteilt und hörten zu.

»Und wär ein König ich, und wär
die Erde mein, die Erde mein . . .«

Jetzt hatten die beiden Stimmen sich gefunden. Krister, melodie- und textsicher, blickte Friederike an, während er sang. Sie schaute in die Noten, aber sie merkte, daß er sie ansah.

»Du wärst in meiner Krone doch
der schönste Stein, der schönste Stein . . .«

»Kinder, das ist aber schön«, sagte Bess, als Richard die Hände von den Tasten nahm. »Warum kannte man das bisher nicht?«
»Wir wollten es dir zum Geburtstag schenken, Friederike und ich, hatten es deshalb bis heute aufgespart«, sagte Krister charmant und verbeugte sich vor ihr.
Bess lachte. »Wahrscheinlich! Dir fällt doch noch immer die richtige Antwort im richtigen Moment ein, du Schlawiner.«
Krister war in der Familie dafür bekannt, daß er stets liebenswürdige Sachen sagte. Böswillige hätten behauptet, er schmeichelte geschickt.
»Radfahrer, Radfahrer!« knurrte Martin auch schon.
»Ihr überseht, daß Friederike es vorschlug und nicht ich«, sagte Krister fröhlich. »Ätsch! Aber nun wieder der volle kräftige Chor, wie Freiligrath es nennt. Wie wäre es mit . . . Aber nein, Mutter, du sollst wünschen. Du hast Geburtstag. Und wenn dir im Augenblick nichts einfällt, frag Vater. Der hat noch keinen Wunsch angemeldet heute.«
»Ich wüßte schon einen. Auch Peter Cornelius. ›Drei

Könige wandern‹, aber dazu ist es noch zu früh. Das gehört in die Weihnachtszeit. Ich wünsche es mir zum ersten Advent von euch, ihr könnt es ja bis dahin üben. Du, Friederike, oben, und Krister den Cantus firmus mit dem Text: ›Wie schön leuchtet der Morgenstern‹.«
Richard deutete die Melodie ganz sachte an. Über Kristers Gesicht ging ein Schatten. Er sang auch nicht mit.
»Du hast recht, es ist noch zu früh«, sagte Richard und blätterte in den Noten. »Aber wie wäre es mit . . .« Und dann folgten unzählige Wünsche und Vorschläge. Sie sangen Lieder von der Waterkant, Lagerfeuergesänge, lustige Kommerslieder und einfache Volksweisen, die durch die Soprane der Töchter bereichert wurden.
»Ihr habt uns gerade noch gefehlt«, sagte Martin, es sollte maliziös klingen, damit man nicht merkte, wie gut er das Ganze fand.
Ja, das haben sie, dachte Bess. Sie zog sich nach einiger Zeit lautlos zurück und kümmerte sich um das Abendessen, die Tür blieb angelehnt. Auch die Küchentür ließ sie offen und summte mit, wenn drüben ein neues Lied angestimmt wurde.
Nie hätte sie sich heute früh träumen lassen, daß dieser Geburtstag so verlaufen könnte!

Der Morgen stand dunkelgrau vor dem Fensterviereck, als Friederike den leisen Pfiff hörte. Nichts war verabredet, und sie hatte Krister noch nie pfeifen hören. Trotzdem war ihr, als habe sie immer darauf gewartet, gewußt, daß er kommen werde. Sie hatte die ganze Nacht kaum geschlafen.
»Ja?« fragte sie leise und beugte sich über das Fensterbrett.

»Kommst du? Wollen wir ein Stück spazierenfahren?« Er war es. Sie hatte es gewußt – nein, nicht gewußt. Gehofft, ersehnt, so heiß herbeigewünscht wie noch nie etwas in ihrem ganzen Leben, meinte sie.
»Sofort. Ich zieh mir nur noch etwas über.«
Er lachte leise, so, wie nur er es konnte. Wieder wurde ihr schwindlig und schwach wie gestern, als er gesagt hatte . . .
Wie gestern überhaupt. Sie hatte den ganzen Abend über wie im Fieber gelebt, taumelig und benommen. Wenn das heute so weiterging, wie sollte das enden!
Mit zitternden Händen wühlte sie im Schrank. Einen dicken Pulli brauchte sie, es war kalt, aber er mußte ihr gut stehen. Sie mußte hübsch aussehen, auf jeden Fall. Lieber fror sie.
Es war eiskalt draußen, sie hatte es gespürt, als sie in den Garten hinuntersah. Eisig. Kein Wunder in dieser Jahreszeit. Aber ihren dunkelroten Pullover konnte man wirklich nicht mehr als erste Garnitur bezeichnen.
Da war der neue von Christiane. Der war schön! Herrlich flauschig, dabei gar nicht auftragend. Ohne eine Sekunde zu zögern, fuhr sie hinein, zog den Rollkragen hoch unters Kinn, fühlte, wie er an der Haut schmeichelte. Unten reichte er ihr fast bis zum Knie; Christiane war größer als sie, aber auch ihr mußte er reichlich sein. Friederike lachte lautlos, während sie in die lange Hose stieg und den Gürtel zuzog. Wenn Christiane ahnte! Ganz egal. Egal auch, daß sie ja heute Schule hatte.
»Komm, wir sehen uns den Sonnenaufgang an. Hast du Zeit?« Er hatte an der Haustür gewartet. Sie liefen zur Scheune hinüber, wo der Wagen stand.
»Klar hab ich welche. Ich muß erst in der dritten Stunde in der Schule sein.« Die beiden ersten Stunden waren

Zeichnen. Die konnte sie glatt schwänzen. Sie hätte noch ganz andere Stunden geschwänzt.
»Na, großartig. Dann können wir ja.«
Er ließ den Wagen rückwärts aus der Scheune rollen, stieß dann die rechte Tür auf.
»Come in. Gleich wird es warm, ich stell die Heizung an.«
Friederike lehnte sich zurück und stemmte die Beine gegen die Vorderwand. Gleich wird es warm – sie fror doch gar nicht. Trotzdem mußte sie die Zähne aufeinanderdrücken, damit sie nicht zusammenklirrten, und ihre Hände festhalten, damit er nicht sah, daß sie zitterten. Hatte sie tatsächlich Fieber?
Krister ließ den Wagen durch das schlafende Dorf rollen, voller Rücksicht. Man fühlte ordentlich, daß alles noch schlief. Um diese Zeit brauchten die Bauern nicht so früh heraus. Hier und da kräuselte sich dünner Rauch aus einem Schornstein.
Dann ging es links ein wenig bergauf. Oben am Waldrand bog Krister ein, fuhr ein Stück am Wald entlang und hielt dann. Die Welt war noch nicht bunt, sondern hellsilbergrau. Sie sahen hinunter auf das Dorf.
»Warst du schon mal hier?« fragte Krister.
Friederike schüttelte den Kopf. »Noch nie.«
»Von hier aus sieht man dreizehn Dörfer.« Er schwieg. Ich muß es ihr sagen, dachte er. Er hatte es die ganze Nacht über gedacht. Aber es war, als brächte er es nicht fertig.
»Da, unsere Kirche. Alt. Schön, nicht? Wie sie da steht, das Dorf um sich geschart. Im Dreißigjährigen Krieg flüchteten die Leute hinein, wenn die schrecklichen Horden der Soldateska kamen. ›Burgen Gottes‹ nannte man die Kirchen früher.«

Seine Schulter war nahe an ihrer. Sie rückte ein wenig nach rechts, er sollte nicht spüren, daß sie zitterte. Sie vermochte es nicht zu unterdrücken, so fest sie sich auch gegen die Rückenlehne stemmte.

»Unsere Kirche – ich meine die in Bremen – lag in einem ganz anderen Stadtteil«, sagte sie dann. Es war mehr, um auszuprobieren, ob sie sprechen konnte. Ihre Stimme klang heiser, sie mußte sich erst räuspern. »Dort bin ich konfirmiert worden. Es war weit bis dahin, eine Stunde zu laufen.«

»Ja? Nun, in der Großstadt ist alles anders. Hier ist es einfach ›unsere Kirche‹, fertig. So jedenfalls sagen wir immer.«

»Oh, die dort war auch ›unsere‹ «, sagte Friederike, jetzt lebhafter. »Christiane ist dort konfirmiert worden, und ich wollte gern zu demselben Pfarrer wie sie, der mich übrigens auch getauft hat. Wir hatten dort drei in der Gemeinde, und sie wechselten miteinander ab. Deshalb hab ich ein Jahr gewartet. Ich bin erst mit sechzehn Jahren konfirmiert worden. Und die Konfirmandenstunden waren sehr schön. Überall hört man doch jetzt, daß kein Mensch mehr gern in den Konfirmandenunterricht geht. Aber bei uns war er schön, jede Woche wieder.«

»Vielleicht versteht man auch manches besser, wenn man älter ist. Vierzehn und sechzehn, das ist ein enormer Unterschied.«

»Ja, und dieser Pfarrer war lange aus dem Amt heraus, auf eigenen Wunsch. Manches hat ihm wohl nicht gepaßt. Er ist Schriftsteller. Nach zehn Jahren holte ihn die Kirche wieder, bat ihn, nach eigenem Wissen und Gewissen zu predigen, das Christentum zu lehren. Da kam er zurück. Ich habe fast alles gelesen, was er schrieb.« Sie schwieg.

Krister schwieg auch. Dann deutete er zum Horizont hinüber. »Jetzt kommt sie, die Sonne. Spät um diese Jahreszeit. Aber – sieh nur!«
Der Himmel dort war jetzt streifig gefärbt, unten rot, dann messingfarben, weiter oben fast farblos, ganz hellgrau vielleicht, perlmutten. Die Sonne zeigte sich als abgeflachter Ball, glutrot, etwas nach orange hin. Friederike starrte hinein, bis ihre Augen geblendet waren und sie die Lider schloß.
In diesem Augenblick zog Krister sie an sich. Er hatte es nicht tun wollen und tat es nun doch. Sie hatte die Augen geschlossen und sah das Nachbild des Sonnenballs vor sich, während sie seinen Mund fühlte und alles andere um sie her versank. Nichts war mehr da außer diesem Mund und dem lodernden Feuerrund inmitten samtenen Dunkels.

»Jetzt ist sie aufgegangen.«
Krister deutete mit dem Kinn zum Horizont. Er hatte sich von Friederike gelöst und sein Taschentuch herausgezogen. Damit rieb er die Gläser seiner Brille.
Ich hab gar nicht gewußt, daß er eine Brille trägt, dachte Friederike und vergaß es sofort wieder. Sein Mund war schon wieder an ihrem. Schon wieder sank sie und sank ...
»Weinst du? Du sollst nicht weinen.« Er hatte sich aufgerichtet und sah sie aufmerksam und prüfend an. Ich muß es ihr jetzt sagen, dachte er. Daß ich mich nicht verlieben darf, nicht so verlieben. Und dann dachte er schnell und verzweifelt: Noch nicht. Jetzt noch nicht. Jetzt sage ich ihr noch nicht, daß ich andere Pläne habe, daß ich fortgehe. Ich muß ja erst noch mit Vater sprechen, vielleicht ist er gar nicht dafür ...

Mit Vater sprechen. Der Gedanke beruhigt ihn etwas. Natürlich bespricht man erst mit dem Vater, ob man für Jahre fortgeht. Vielleicht war er ernstlich dagegen. Vielleicht sagte er: »Unter gar keinen Umständen, mein Junge, jedenfalls jetzt nicht. Später – da reden wir noch drüber. Aber jetzt – auf keinen Fall.«
Vater würde das nicht sagen. Er würde es bestimmt nicht sagen, weder nein noch später. Krister wußte es im Grunde schon. Und selbst *wenn* er es sagte – es müßte dann ein anderer Vater sein als seiner –, würde er, Krister, sich nicht nach ihm richten. Eine andere Möglichkeit finden, es doch tun, o ja. Er war erwachsen. Kein Vater der Welt konnte ihm mehr die wirklichen Entscheidungen abnehmen. Auch das wußte er, hier in der Stunde des Sonnenaufgangs auf dem flachen Hügel über dem Dorf, das seine Heimat war.
Aber noch nichts sagen. Nicht jetzt, in der Süße von Friederikes Gegenwart. Nehmen, was die Stunde bot, die kühle reine Morgenluft und den warmen Mund an seiner Seite.
»Aber woher denn, ich weine doch nicht.«
Er besann sich jetzt erst wieder, daß er gefragt hatte. Sie sah ihn an und bewegte den Kopf mit schwimmenden Augen ein wenig hin und her. »Warum sollte ich denn?«
»Nein, du sollst auch nicht. Du sollst – nie, nie sollst du meinetwegen . . .« Er nahm sie wieder in die Arme, diesmal vorsichtig, zärtlich. Er küßte ihre Augen und drückte dann ihren Kopf an seine Jacke, als wollte er sich selbst verbieten, wieder ihren Mund zu berühren. Sie hielt still, ohne zu atmen.
»Jetzt ist es hell. Wir müssen zum Frühstück«, sagte sie nach einer langen Zeit und atmete tief. Es klang verwundert, und sie lächelte. Er sah sie noch einmal an.

Nein, er sagte es nicht. Später, später. Es würde jeden Tag und jede Stunde, jede Sekunde schwerer werden, es zu sagen, das wußte er in diesem Augenblick. Aber dann *sollte* es schwerer werden. Nur jetzt noch nicht.
»Gestern um die Zeit – wenn man daran denkt«, sagte er und lachte ein wenig vor sich hin, während er den Wagen wendete. Sie nickte, ohne ihn anzusehen.
»Da warst du noch in Hamburg? Oder wo?«
»Oder sonstwo. Noch nicht hier. Noch nicht bei dir.«

> »Da hilft kein Widerstand und keine Wahl,
> es löst ein Mensch nicht,
> was der Himmel bindet ...«

Woraus war das? Schiller, sicherlich, sie hatten es neulich in der Schule gelesen. Wie fing es nur an?

> »Das ist der Liebe heilger Götterstrahl,
> der in die Seele schlägt und trifft und mündet...«

Don Carlos? Nein. Jetzt wußte sie es: Braut von Messina. Sie fand das Drama sonst ziemlich langweilig. Aber dieses Wort! Und dann:

> »Ist's Wahl, wenn des Gestirnes Macht
> den Menschen ereilt in der
> verhängnisvollen Stunde ...«

Es hatte so etwas also schon früher gegeben, schon zu Schillers Zeit. Und noch früher. Immer vermutlich. Trotzdem war es etwas Einmaliges, etwas Einziges; sicherlich geschah es unter Millionen Menschen nur ganz wenigen. Ihnen, ja ihnen. Ihm und ihr.
Sie hatte es übrigens schon gestern gewußt, den Schlag gespürt, der in sie fuhr, als er fragte: »Kann es jemand?« Sie hatte es genau gewußt. In dieser Sekunde.

Friederike sagte nichts. Als sie ins Dorf kamen, stieg Krister aus, ging um den Wagen herum, öffnete die Tür und nahm ihre Hand, um ihr herauszuhelfen. So wie ihr Gesicht ihm jetzt entgegensah, hell, zart, lieblich und trotzdem wie aufgebrochen, gezeichnet von etwas ganz Starkem, so behielt er es im Gedächtnis. Und er wußte in dieser Minute auch, daß er es so behalten würde, ein helles Rund im Dämmer des Wagens. Wie ein eingeprägtes Siegel.

Sie gingen nebeneinander dem Haus zu.

So sah Bess sie kommen, die gerade das Fenster des oberen Flures öffnen wollte. Sie hatte soeben an verschiedenen Türen geklopft, zum Frühstück gerufen, mahnend, dringend, lustig und gleichzeitig ein wenig ungeduldig. Einmal mußten ja auch die Faulsten aufstehen. Jetzt sah sie Krister und Friederike daherkommen, beider Gesichter waren verändert, beider Gang anders als vorher. Sie wollte ihnen erst ein neckendes Wort zurufen, schwieg dann aber. Still sah sie sie auf das Haus zugehen und dann darin verschwinden.

Die hat es getroffen, wußte sie im selben Augenblick. Bei denen hat es eingeschlagen. Sie dachte es merkwürdigerweise in solcher Formulierung, die der schillerschen sehr ähnlich war. Vielleicht gibt es für sehr starke Geschehnisse nur wenige Ausdrücke, die wirklich zutreffen.

»Am Bußtag macht der Reitverein eine Jagd, eine Schleppjagd«, sagte Krister bei Tisch. Er war noch immer nicht wieder fortgefahren, und es gab ihm zu Ehren Hähnchen. Bess scheute sich, ihn zu fragen, warum und wie lange er noch blieb. Jetzt blickte er verschmitzt zu seinem Vater hin, der genußvoll an einem Hähnchenschenkel nagte.

»Und?« fragte der endlich und wischte sich die Lippen mit der Papierserviette ab.
»Am Buß- und Bettag! Ich finde das sündhaft«, verkündete Martin. Es war eine Herausforderung.
»Das ist Kristers Sache. Oder wolltest du etwa auch . . .« Richard griff nach dem Flügel des Hähnchens und drehte ihn ein wenig, um zu sehen, wo es am meisten verlockte hineinzubeißen. »Reit mit, vielleicht schmierst du ab und kannst in Gips beten und Buße tun.«
Krister war der einzige, der manchmal im ländlichen Verein ritt. Ein eigenes Pferd besaß er nicht, aber von früher her war er mit ein paar Bauernsöhnen befreundet, die sich welche hielten. Zuweilen kam er auch an eins der Vereinspferde heran. Er hatte an seiner früheren Universität Reitstunden genommen, ob er auch in Hamburg ritt, wußte Bess nicht.
»Wünsch ihm nicht sowas, das ist Blasphemie«, sagte sie jetzt.
»Schleppjagd? Mit Meute?« fragte Christiane. »Oh, das könnte einen verlocken.«
Gleich nach Tisch ging Krister ans Telefon und rief den Reitverein an. Es stellte sich heraus, daß gar keine Schleppjagd geplant war, sondern eine Schnitzeljagd, freilich eine ziemlich schwere mit Schnellstrecke und sonstigen Raffinessen, bei der zum Beispiel im Wald aufgehängte Pappschilder mit bestimmten Nummern gesucht werden mußten. Krister lachte, gab ein paarmal Antwort und wiegte den Kopf, schließlich legte er den Hörer auf.
»Reitest du mit?« fragten Bess und Friederike wie aus einem Mund. Es klang so gleichmäßig, daß sie beide lachen mußten.
»Wir leben noch ein Jahr zusammen«, sagte Bess ver-

gnügt. Das war eines ihrer »Abergläubchen«, die sie sich gestattete: Wenn zwei einen Satz völlig übereinstimmend sagten, lebten sie noch ein Jahr zusammen.
»Wenn ihr beide mich so suggestiv fragt: Warum eigentlich nicht?« sagte Krister aufgeräumt. »Lust hab ich wahrhaftig.«
Bess wußte nicht, ob sie sich freuen sollte. Einerseits blieb er dann bestimmt noch so lange – es sah ihm keineswegs ähnlich, ohne Grund eine Reihe von Semestertagen zu versäumen – anderseits: eine Jagd? Wie alle Mütter bangte sie sofort, wenn eins der Kinder etwas unternahm, was sie riskant fand. Eine Jagd auf einem Pferd, das er nicht kannte, womöglich bei schlechtem Wetter und nassem Untergrund – aber sie sagte nichts dergleichen. »Es ist doch hoffentlich keine allzu schwere?« fragte sie nur, möglichst nebenbei, während sie das Tablett mit Tellern belud.
»Ich geh mal rüber in den Reitstall«, sagte Krister, während er ihr die Tür öffnete. »Kommst du mit, Friederike?«
»Gern. Aber Mutter darf nicht allein abwaschen. Wartest du solange? Wir machen ganz schnell.«
»Ach, der Abwasch kann solange stehenbleiben. Ich rieche auch gern mal wieder Pferdestall«, sagte Bess. »Nehmt ihr mich mit? Ich muß nur noch meine Jacke holen.«
»Ich meine auch«, rief Friederike und war schon die Treppe hinauf. »Ich bring deine mit.«
Der Reitstall war größer, als man in dem verhältnismäßig kleinen Dorf erwartet hätte. Die Nähe Nörthen-Hardenbergs machte sich bemerkbar. Es gab eine ganze Reihe begüterter Fabrikanten, die in Göttingen wohnten und ihr Pferd hier stehen hatten. Bess folgte den

beiden Jüngeren von Box zu Box, streichelte Pferdenasen und las Namen und Geburtsdaten auf den schwarzen Tafeln. Dabei horchte sie auf das, was Krister Friederike erklärte. Eben erschien der Reitlehrer des Vereins am Ende der Stallgasse, wo sich die Wasserleitung befand. Er war in Zivil, trug Halbschuhe und einen kurzen offenen Pelz.
Offensichtlich wollte er gerade fort.
»Oh, hoher Besuch! Frau Pastor – und der junge Herr Krister.« Er begrüßte Bess mit Handschlag, ließ sich Friederike vorstellen und gab dann Krister die Hand. »Sie kommen wegen unserer Jagd? Natürlich, von mir aus können Sie gern mitmachen. Herzbube wäre da, und vielleicht . . .«
»Herzbube, den kenne ich ja noch von früher. Gern, wenn er es noch durchhält? Tut er? Ja, es gibt tolle Kerls unter den Pferden. Er ist doch wahrhaftig nicht mehr jung.«
»Und die junge Dame?« fragte der Reitlehrer mit einem Blick auf Friederike.
Sie schüttelte den Kopf. »Ach nein, ich bin Fußgängerin und hatte noch nie das Glück, auf dem Rücken eines Pferdes zu sitzen oder gar zu reiten . . .« Ihre Augen lachten so vergnügt, daß der alte Herr seinen Blick nicht von ihr wandte.
»Aber zum Zusehen kommen Sie?«
»Furchtbar gern. Mutter, wir gehen doch mit, nicht wahr? Oh, ich freu mich so.«
»Du willst wohl gern sehen, wie ich aus dem Sattel fliege«, sagte Krister, als sie wieder daheim angelangt waren. »Der Kopf ist der höchste Teil des Reiters und der Absatz der tiefste. Manchmal ist es umgekehrt. Auf Jagden hat schon mancher den Sand geküßt, der sonst

nicht daran denkt. Aber ich verspreche nichts. Nur deshalb auszusteigen, damit du dich zärtlich über mich neigst, wenn ich aus der Ohnmacht erwache . . .«

»Schrei nicht so!« Friederike deutete auf Bess, die vorausgegangen, aber noch in Sicht war. »Mutter hört dich bestimmt. Sie hat Luchsohren.«

»Aber keine Augen am Hinterkopf.« Er griff nach ihr und küßte sie blitzschnell im dämmerigen Flur.

Friederike verstummte. Zwei Sekunden später kam sie in die Küche geschossen. »Aber nein, abwaschen tu ich, das haben wir doch vorhin ausgemacht!«

»Ja, so steht es also«, sagte Krister abschließend. Er fand jetzt selbst, daß die ganze Sache nicht sehr vielversprechend klang, setzte noch einmal zum Sprechen an, verstummte dann aber.

Der Vater saß am Schreibtisch in seiner »Wartburg«, rauchte und schwieg. Krister stand an die Wand gelehnt, die der große Tintenklecks schmückte, den Hans dem Vater einmal zum Geburtstag geschenkt hatte. »Es soll doch eine richtige Wartburg sein, und dazu gehört der Klecks, der entstand, als Luther das Tintenfaß nach dem Teufel warf«, hatte er gesagt. Damals war er neun Jahre alt. »Ich schenk dem Vater den Klecks.« Seitdem war der geblieben, und als die Stube eines Tages gerichtet wurde, verlangte Richard, daß um den Klecks herum tapeziert werden müsse. »Ich will doch mein Geburtstagsgeschenk behalten«, sagte er.

Krister hatte soeben dem Vater seine Pläne auseinandergesetzt, nachdem er es von Tag zu Tag verschoben hatte: Daß er die nächsten zwei Jahre in Berkeley, Kalifornien, studieren wolle, um dort den Master of Arts zu machen. Dieser Grad sei fast das gleiche wie in Deutschland der

Doktor. Das Diplom und den deutschen Doktor werde er dann anschließend hier machen, ob den Doktor, könne er noch nicht sicher sagen. Es wäre gut, ihn zu haben, aber nicht unbedingt nötig. Er würde eventuell noch zwei Jahre kosten, vielleicht sogar mehr. Es komme auf das Thema an. So also sei die Lage.

Er hoffte, drüben ein Stipendium zu bekommen, wußte das aber noch nicht sicher. Ein Freund und Studienkollege von ihm führe, und wenn der Vater nichts dagegen habe, so werde er es auch versuchen. Es handelte sich zunächst um die Kosten des Fluges. Drüben werde er weitersehen.

Krister hatte sich einen Studienaufenthalt in Amerika von jeher sehr gewünscht, das wußte der Vater. Trotzdem klang es, meinte Richard, nicht ganz überzeugend, was er jetzt vorbrachte.

»Wann würdest du denn hinüberfliegen?« fragte er.

»Sehr bald. Anfang Dezember.«

»Dann wärst du also Weihnachten nicht hier?«

»Nein. Diese nicht und nächste voraussichtlich auch nicht.« Es klang unsicher, fragend.

Richard hörte es genau. »Was kostet denn der Flug? Ungefähr? Weißt du das?«

Krister nannte die Summe. »Für Studenten gibt es verbilligte Flüge. Und etwas für den Anfang brauchte ich auch. Nicht viel. Ich könnte dort zunächst bei einer Familie wohnen, die uns beide aufnimmt, meinen Freund und mich. Und ich würde dir alles zurückerstatten, selbstverständlich.«

»Hm.«

Vor allem aber, sagte Krister, müsse er hören, was sein Vater dazu meinte. Und Mutter natürlich. Er habe mit ihr noch nicht gesprochen.

»Ja, Junge, das mußt du wissen.« Richard betonte das »du«. Er hatte sich lange Gedanken darüber gemacht, warum sein Ältester die Familie zu dieser Zeit so lange mit seiner Anwesenheit beglückte. Das also war es. »Die Entscheidung liegt bei dir. Wir, Mutter und ich, können ja nicht übersehen, inwieweit dieser Plan Vorteile für dich bringt. Die Kosten für den Flug sind nicht ausschlaggebend. Darüber können wir reden. Alles andere ist deine Sache. Du möchtest gern?«

»Es wäre – es wäre schon günstig für mein Studium«, sagte Krister und sah seine Schuhspitzen an, »das auf alle Fälle. Und außerdem ist es heutzutage wichtig, daß man eine zweite Sprache beherrscht. Wenn ich später in die Industrie gehe oder auch in die Forschung, was mich ja noch mehr lockt – von Vorteil ist es immer.«

»Nur?« Richard merkte immer mehr, daß noch etwas dahintersteckte. Er mochte aber nicht direkt fragen.

»Nur – Mutter wird nicht beglückt sein, wenn ich für so lange und so weit weggehe ...« Krister ließ den Satz offen.

Sein Vater wiegte den Kopf. »Sie wird sich damit abfinden müssen. Söhne bleiben nicht an Mutters Schürze. Und sie hat ja jetzt auch Töchter.«

»Ja, eben.« Pause. Dann: »Du hättest also nichts dagegen, Vater?«

»Im Prinzip nicht.« So sehr glücklich scheint ihn das nicht zu machen, dachte Richard. »Aber muß es vor Weihnachten sein? Das, glaube ich, wird ihr sehr schwer werden.«

»Doch, Vater. Entweder gleich mit meinem Freund zusammen, oder ... Und ich war ja jetzt eine ganze Weile hier.«

»War? Geht es jetzt also sofort los?«

»Nein. Ende der Woche, denke ich.«
Er hat also ja gesagt, dachte Krister, während er die enge und steile Bodentreppe hinuntertappte, es steht nichts Ernstliches im Weg. Er stellte sich vor, wie glücklich und zukunftsfroh er vor vierzehn Tagen gewesen wäre, wenn er gewußt hätte, daß Vater nichts dagegen hatte, ja, ihm helfen würde. Vor vierzehn Tagen.
Da hätte er sich uneingeschränkt gefreut.

»Fertig?« fragte Friederike. Sie trug einen Wettermantel und Gummistiefel.
Bess schaute auf. »Du siehst aus wie der gestiefelte Kater, Fritzi. Oder wie ein gestiefeltes Kätzchen. Aber recht hast du.«
Bess riß die Schnürsenkel wieder auf, die sie soeben zugezogen hatte, und schleuderte die Schuhe von den Füßen. »Stiefel, natürlich! Das einzig Richtige. Mit Halbschuhen schöpft man ja ein.«
Das Wetter war wirklich nicht einladend und für eine Jagd nicht erfreulich. Die ganze Nacht über hatte es gegossen, jetzt stürmte es. Manchmal riß die Wolkendecke auf, aber dann fegten wieder schräge Regengüsse daher, daß man die Augen vor ihnen schließen mußte. Bess und Friederike kämpften sich nebeneinander die Dorfstraße entlang.
»Eine Verrücktheit, bei dem Wetter eine Jagd reiten zu wollen«, murmelte Bess.
»Ach was, vielleicht wird's noch hell«, sagte Friederike lustig. »Im Grunde kann es überhaupt nur besser werden, schlechter nicht.«
Bess dachte, daß sie eben doch schon sehr zum alten Eisen gehörte. Vor dreißig Jahren hätte sie vermutlich genauso reagiert wie Friederike. Ach ja, damals! Da

hatte sie aber noch keinen Sohn, um den sie bangen konnte.
»Wir sollen uns am Waldrand aufstellen, dort, wo sie über die Wiese kommen und dann in den Hochwald einbiegen«, erklärte Friederike eifrig, während sie sich mit gesenktem Kopf vorwärtsarbeitete, »dort würde am meisten zu sehen sein, sagte er, sozusagen die Tribünenplätze. Stehtribüne, versteht sich. Aber erst zum Reitstall, damit wir sie abreiten sehen. Kommst du?«
»Jaja. Du rennst aber auch!« Bess konnte mit Friederike nur mühsam Schritt halten.
Am Reitstall warteten schon einige Reiter, manche aufgesessen, manche noch mit Striegel und Kardätsche oder am Sattel und Zaumzeug der Pferde beschäftigt. Der Reitlehrer stand dabei, den Trenchcoat bis oben zugeknöpft.
»Mehr sind es nicht?« fragte Bess und trat auf ihn zu.
»Nein. Ein paar haben des Wetters wegen abgesagt.«
Vielleicht ist auch Krister so vernünftig, dachte Bess, sprach es aber nicht aus. Gerade kam er um die Stallecke, das Pferd am Zügel. Er trug die schwarze Kappe, das Sturzband unterm Kinn und die Brille mit den Ohrenschlaufen. Nein, nach Aufgeben sah er nicht aus.
»Hallo, Friederike!« sagte er jetzt und lächelte. Er sah seine Mutter nicht, nur das junge Gesicht neben ihr. Bess trat unwillkürlich einen Schritt zurück.
»Hallo, Krister. Nun sieh mal zu, daß dich der Wind nicht runterbläst.«
»Klar sehe ich zu. Aber den Daumen kannst du mir trotzdem halten. So wenig Leute! Die andern haben die Decke über den Kopf gezogen und denken: Ohne mich! Haha, dumm sind sie. Das ist ein Wetter!« Er hob das Gesicht und schnupperte. »Auf geht's!«

Er hatte den linken Arm durch den Zügel gesteckt und zog sich, den Sattel vorn und hinten fassend, am Pferd hoch. Das trat ein wenig hin und her und wandte den Kopf. Friederike sah zu Krister empor. Ihr Gesicht war glatt und naß vom Regen.

Gleich darauf wurde die erste Nummer aufgerufen.

»Hach, da mitmachen können!« sagte Friederike, während sie neben Bess den Weg zum Wald hinunterlief. Krister war als siebenter abgeritten, sie hatten ihm nachgesehen, solange sie ihn erkennen konnten. »Und wo steckt eigentlich Christiane? Wollte sie nicht auch mitkommen und zugucken?«

»Eben! Wach war sie heute früh.«

»Ich glaube, es hellt auf«, sagte Friederike im Laufen. Es regnete im Augenblick nicht mehr, die Wolken fegten zwar noch tief am Himmel dahin, aber dazwischen sah man helle Stellen. Die Wiese war quatschnaß. Gerade kam der erste Reiter.

Sie standen an einem Stück der Schnellstrecke. Krister hatte Friederike geraten, hierherzugehen. Natürlich war die Strecke nicht bekanntgegeben, dafür war es eine Schnitzel-, besser Pfeiljagd. Statt gestreuter Schnitzel hatten die Reiter, die gestern die Strecke legten, Pfeile an Bäume, auf Steine und Gartenzäune gemalt. Trotzdem mußten die Reiter wissen, wo die Schnellstrecke begann; dort wurde am Anfang und am Ende die Zeit eines jeden genommen.

Mitten auf der Wiese standen im Abstand von etwa vier Meter zwei Bauernwagen, dazwischen waren von einem zum andern Baumstämme gelegt, ein Meter hoch ungefähr – ein hübsches, nicht allzu schweres ländliches Hindernis. Hopp, war der erste drüber, ging im Galopp weiter und bog dann in den Hochwald ein. Bess und

Friederike strebten der Stelle zu, wo er verschwunden war. Krister hatte ihnen geraten, sich dort aufzustellen. Gleich darauf begriffen sie, warum.
Unmittelbar hinter dem Waldrand floß die Lein, ein im Sommer winziges Bächlein, das jetzt durch den Regen stark angeschwollen war. Bereits beim ersten Reiter passierte, was Krister vorausgesehen hatte: Sein Pferd, das aus der Helle der Wiese ins Dunkel des Hochwalds tauchte, sah das Wasser zu spät, stemmte die Vorderbeine ein, und sein Reiter flog kopfüber. Er mußte aber die Situation in letzter Sekunde noch erfaßt haben und benahm sich geistesgegenwärtig, ließ den Zügel nicht los und schnellte sich seitlich aufs Ufer. So blieb ihm das Novemberbad erspart. Bess und Friederike kamen eben dazu, als er sich wieder auf seinen Gaul hinaufhampelte, der erschrocken und nervös nach rückwärts trat. Friederike sprang zu und faßte das Pferd am Backenstück.
»Ho ho, mein Schöner, ruhig, ruhig ...« Sie vermochte es gerade so lange zu halten, bis der Reiter wieder oben und auch mit dem rechten Fuß im Bügel war. Dann zogen die beiden in einem Tempo los, daß sie nur noch beiseite springen konnte.
Dem nächsten ging es ähnlich, der übernächste flog gezielt ins Wasser. Er kroch langsam wieder heraus, sammelte Kappe und Gerte und nahm sein Pferd an den Zügel. »Mir reicht's«, sagte er und lachte ein wenig verlegen, als er die beiden Frauen entdeckte. »Den Ersten machen wir doch nicht mehr, wir zwei. Und mein Kleiner«, er klopfte sein Pferd gutmütig zärtlich, »mein Kleiner würde vielleicht finden, daß ich an übertriebenem Ehrgeiz leide, wenn ich ihn nochmal losschickte.«
»Recht haben Sie«, sagte Bess aus Herzensgrund, »es ist ja überhaupt ein Wetter, in dem man ...«

»Die Sonne! Da kommt sie«, rief in diesem Augenblick Friederike. Sie war zum Waldrand zurückgerannt und spähte über die Wiese. Kam er?

Er kam als zweiter; vor ihm war ein Fuchs mit heller Mähne, darauf ein Junge – später merkten sie, daß es ein Mädchen war. Sie wirkte aber wie ein Halbwüchsiger, höchstens Vierzehnjähriger, tief auf den Pferdehals geduckt, katzenhaft angeklammert. Dahinter kam ein etwas massiger Rappe mit großer Blesse: Herzbube mit Krister.

Friederike erkannte ihn nicht sofort. Reiter in Kluft sehen einander unheimlich ähnlich. Krister hatte die Kappe tief ins Gesicht gezogen, so daß man die Brille nicht sah, und wäre Herzbube nicht durch die Blesse so aufgefallen, hätte sie ihn vielleicht für einen Fremden gehalten.

Der Fuchs wollte nicht über das Hindernis, man sah, wie er sich sperrte. Seine kleine Reiterin trieb und trieb, erreichte aber nichts. Da nahm sie ihn rückwärts, sprach halblaut auf ihn ein und zwang ihn Schritt für Schritt zurück, wobei sich das Pferd bei jedem Tritt tiefer in die Hinterhanken bog. Jetzt nochmals vorwärts ...

Im selben Moment war Krister mit Herzbube heran, und dem Herdentrieb folgend, der Pferden eigen ist, ließ sich der Fuchs mitnehmen. Nebeneinander flogen sie über die Stämme, man sah den halboffenen, lachenden Mund des Mädchens, und Krister rief: »Na also!« Weiter ging es in ausgreifenden, wiegenden Galoppsprüngen, in die Kurve, zum Wald, übers Wasser. Der Fuchs versuchte wiederum zu verweigern, sprang dann aber zu kurz, die Reiterin landete auf dem Hals des Pferdes, hielt sich, ruckte abwärts, kam wieder in den Sattel. Ihre Kappe schwamm kreiselnd den Bach hinunter.

Krister hatte seinen Herzbuben vorsichtshalber schon vorher mächtig angetrieben, ehe er den Waldschatten erreichte, der jetzt noch dunkler wirkte, da die Sonne wahrhaftig herausgekommen war und die Wiese ziemlich grell überblendete.
»Hinein, alter Knabe«, rief er, und Herzbube sprang, landete drüben schnaubend vor Erregung und ließ sich willig wieder aufnehmen. Krister wandte sich im Sattel um.
»Dort, dort! Die Kappe!« rief Friederike und tanzte vor Aufregung am Ufer auf und ab. Krister lachte, winkte mit der Gerte, wendete sein Pferd und ritt von der andern Seite in den Bach hinein.
Friederike lief am Ufer mit. »Da, da! Gleich hast du sie! Menschenskind, ist das tief.«
Das Wasser reichte dem Pferd bis an den Bauch. Krister gab nicht nach, beugte sich vor, bekam das Übergewicht – nein, er fiel nicht. Er versuchte die Kappe mit der Gerte zu erwischen, es gelang ihm aber nicht, so stieß er sie damit aufs andere Ufer zu. »Vielleicht kriegst du sie!«
Friederike hing schon über der Uferbrüstung. Jetzt hatte sie sie wirklich, hielt sie hoch und winkte damit. Krister winkte zurück, hob die Gerte grüßend an den Kappenrand, wendete Herzbube und zog rauschend durch den Bach, sprang hinaus und ging im Galopp ab. Friederike sah ihm nach.
Bess, die alles aus einer Entfernung von etwa zehn Metern mit angesehen hatte, atmete unwillkürlich auf. »Das war schön«, rief sie.
Friederike strahlte sie an. »Nicht? Tolle Sache!«
Eben kam der nächste Reiter.

Es gab bei dieser Pfeiljagd leider noch einen Unfall. Ein Reiter war ins Hindernis geflogen, wie das manchmal passiert, er hatte wohl geglaubt, sein Pferd spränge, als es dann doch verweigerte. Alle Zuschauer wußten sofort davon, es hatte sich mit der unerklärlichen Geschwindigkeit herumgesprochen, die man bei Geländeritten, Militarys und ähnlichen Reitveranstaltungen beobachten kann. Schneller als ein Alarmsignal, sagten die Reiter. Auch Bess und Friederike erreichte die Nachricht noch während des Rittes, allerdings ohne Namen des Reiters. Sie sahen einander an, waren sich sofort einig und liefen ohne ein Wort dem Startplatz zu, der zugleich das Ziel bildete. Dort würden sie Näheres erfahren.

Es war ein sehr unbequemer Abkürzungsweg aus dem Leintal bergauf durch Brombeerranken und Gesträuch. Bess keuchte ein paar Schritte hinter Friederike her. Endlich standen sie oben auf freiem Feld.

Hier übersah man die leichtgewellte Ebene, drüben war die Bundesstraße und dahinter der Wasserturm, an dem man sich gut orientieren konnte.

»Komm, nach rechts«, sagte Bess und schlug einen Feldweg ein.

Friederike folgte. »Dort, der Krankenwagen!«

Bess sah ihn auch. Beide dachten das gleiche.

Wenn es Krister war! Aber auch wenn er es nicht war – laßt es nichts Schlimmes sein! Laßt es glimpflich ausgehen, wie vieles glimpflich ausgeht bei der Reiterei, was erst fürchterlich aussah!

Eine Pfeiljagd – kein Mensch rechnet dabei mit ernsten Zwischenfällen.

Krister war es nicht, sie sahen es sofort. Ein Mann mit ziemlich langem, dunklem Haar lag auf einer ausgebreiteten Pferdedecke, viele Menschen standen drum herum,

eine Frau in einem engen karierten Mantel beugte sich über ihn und richtete sich jetzt auf. Sie hatte ihm offenbar einen Notverband angelegt, er mußte am Kopf verletzt sein. Sein Gesicht war weiß eingewickelt. Auch ein Bein schien verletzt zu sein, es war geschient.
Bess versuchte das Keuchen zu unterdrücken, das vom schnellen Laufen kam, und trat zurück. Der Krankenwagen fuhr langsam rückwärts heran, die Menschenmenge teilte sich. Die Frau im karierten Mantel war aufgestanden und wandte sich jetzt halb um. Bess und Friederike erkannten sie im gleichen Moment: Christiane.
»Nein, daß du hier bist! Wir hatten keine Ahnung. Was ist mit ihm?«
Christiane schob Bess und Friederike ein wenig beiseite, beobachtete, wie die beiden Männer, die aus dem Auto mit dem Blaulicht ausgestiegen waren, den Verletzten auf die Trage hoben und in den Wagen schoben. Dabei antwortete sie halblaut und beruhigend: »Platzwunde am Kopf, wahrscheinlich eine gehörige Gehirnerschütterung. Das Bein ist wohl nur stark geprellt. Er muß – so muß er geflogen sein«, sie deutete mit der Hand die Richtung an, »schräg. Na, das alles wird sich ja beim Röntgen herausstellen. Jedenfalls ist es nichts Lebensgefährliches.«
Der Wagen fuhr an und verschwand hinter dem Menschentrüppchen.
Christiane wandte sich an Bess und Friederike. »Wieso seid ihr denn auf einmal da? Vorhin wart ihr nicht dabei, ich hab immer geguckt . . .«
»Wir waren am Waldrand, Krister hat uns dorthin dirigiert. Wir wußten gar nicht, daß du auch mitwolltest. Du bist doch ein Mordskerl, Christiane, verbindest und schienst hier den Verunglückten wie eine perfekte Ärztin.

Ich bin ja sprachlos! Daß du das kannst und sofort zupackst – ich hätte mich nicht an sowas gewagt.«
Das Pferd des Gestürzten tänzelte im Halbkreis um den Mann, der es hielt. Er winkte den Neugierigen, sie sollten aus dem Weg bleiben. »Es haut aus. Weg dahinten!«
Bess zog beide Töchter mit sich. »Gehen wir zum Ziel?« Sie war noch immer außer sich vor Erstaunen, daß Christiane hier war. »Du konntest doch mit uns gehen!«
»Tja«, Christiane lachte ein wenig, »wenn ihr mir nicht weggerannt wärt! Als ich loszog, seid ihr längst fort gewesen. Na, ich habe ja auch allein hergefunden, und an die richtige Stelle.«
»Und da hast du dich gleich nützlich gemacht. War denn niemand vom Roten Kreuz da?«
»Doch, aber nicht gerade hier, an diesem Hindernis. Und ich hatte das Nötigste mitgenommen, aus Gewohnheit.« Sie wurde flüchtig rot. »Ich – ich habe einmal einen Kurs für Erste Hilfe mitgemacht, schon in Bremen.«
»Als du den Führerschein machtest? Da muß man ja jetzt auch eine Prüfung für Erste Hilfe bei Unglücksfällen ablegen«, sagte Friederike.
»Ja, damals auch. Und später dann – ach, laß doch, ist ja nicht der Rede wert. Einen Notverband anlegen kann jeder, es blutete halt ziemlich stark. Aber am Kopf heilt es meist gut und schnell. Wollen wir heim?«
»Aber nein, erst auf Krister warten. Wir dachten natürlich . . .«
»Er sei es? Nein, zum Glück nicht. Dort ist das Ziel.«
Sie gingen schweigend. Von Zeit zu Zeit wurden sie von Reitern überholt, dann traten sie an den Rand des Feldwegs und musterten die Gesichter. Die meisten konnte man kaum erkennen, so dreckbespritzt waren sie. Schließlich kam Krister. Er grüßte lachend zu ihnen her. Friede-

rike wurde dunkelrot. Bess konnte ihr nachempfinden, wie froh und befreit sie war und wie randvoll von Liebe, Glück, Dankbarkeit. O Friederike, ich kann dich verstehen! Aber, Kind, Liebe ist so schwer zu tragen ...
Als sie am Start- und Zielplatz ankamen, war Krister schon abgesessen. Er streichelte seinen Herzbuben und lobte ihn, schlug die Bügel über. Das Pferd war schweißnaß und wirkte dadurch noch dunkler. Wo die Zügel während des Rittes entlanggelaufen waren, trug der Hals weiße Streifen. Auch an der Brust hingen Flocken.
»Gute Zeit?« fragte Bess möglichst obenhin. Söhnen darf man nie zeigen, daß man sich gesorgt hatte und daß man sich maßlos erleichtert fühlte, wenn es wieder einmal gut ausgegangen war. Wie oft hatte sie gezittert, wenn er startete!
»Einigermaßen. Dort beim Wasser, das hat mich ja einiges an Minuten gekostet«, er lachte, »aber die Kappe konnte ich doch nicht sausen lassen. Nasse Hosen habe ich!«
Sie lachten mit ihm. Er führte sein Pferd, während sie dem Dorf zugingen. Dabei berichteten sie von dem Unfall. Er hatte nur kurz davon gehört.
»Ach, der Achim. Nein, daß der ins Hindernis fliegt! Das hätte ich nicht gedacht, alter Hase, der er ist. Nichts Ernstes? Ein Glück.«

Am Abend – Richard war schon hinaufgegangen und Bess machte im Wohnzimmer noch etwas Ordnung, stellte Aschenbecher und Gläser aufs Tablett und öffnete das Fenster, um den Rauch abziehen zu lassen – am Abend kam Christiane noch einmal herein. Bess wunderte sich; sie hatte angenommen, Christiane schliefe längst.
»Mutter, darf ich ...«

»Ja? Was möchtest du?«
»Ich hätte gern mit dir über etwas gesprochen. Hast du noch eine Zigarette für mich?« Christiane rauchte sonst nie.
»Kannst du nicht schlafen? Ist was?« fragte Bess.
»Nein, ich hab nur gewartet, bis die andern im Bett sind. Hast du ein bißchen Zeit?«
»Natürlich. Komm, setz dich. Gib mir auch eine.«
Bess setzte sich auf die Couch, und Christiane gab ihr Feuer. Dabei sah Bess, daß ihre Hand ein wenig zitterte. Sie schien auch keinen Anfang zu finden.
»Ist es wegen heute? Wir sind dir wirklich nicht absichtlich weggelaufen«, sagte Bess endlich. »Wir wußten gar nicht, daß du mitwolltest.«
»Ach, nicht deswegen. Auch nicht – du darfst nicht denken, daß ich euch belügen wollte oder was verschweigen. Ich hätte es schon gesagt. Ich möchte . . .«
»Was möchtest du denn? Geht es um was Berufliches?« fragte Bess sachte. Sie war sehr müde, aber hier mußte man Geduld und Zeit aufbringen.
»Ja, um den Beruf geht's.« Christiane schien dankbar, daß das Stichwort gefallen war. »Ich wollte es eigentlich immer, von Anfang an. Mutti sagte, es wäre zu teuer. Medizin. Es dauere zu lange. Aber heutzutage bekommt man ja Stipendien, wenn man sich dranhält, und wir als Waisen... Ja also, ich hab damals das angefangen, was Mutti mir vorschlug, und auch nicht gerade ungern, aber – nun, es zog mich immer schon zur Medizin. Und als ich verdiente, ließ ich mich heimlich immatrikulieren, Mutti hat das nie erfahren. Und gepflegt habe ich auch, einmal vier Wochen und einmal drei. Davon wußte Mutti, aber nicht, warum ich es tat. Vorphysikum habe ich noch nicht. Ich wollte Mutti natürlich davon erzählen, aber mög-

lichst erst, wenn ich es bestanden hätte – mit Eins, hatte ich mir vorgenommen. Solche Pläne hat man, wenn man sich einbildet, man sei im falschen Beruf und man könne nochmal wechseln. Ja, und dann kam der Unfall, und wir blieben hier. Da habe ich es einfach nicht gewagt, davon zu sprechen, weil ihr doch so viel um die Ohren habt und immer wieder sagtet, wie gut es sei, daß ich fertig bin mit meiner Ausbildung. Im Januar fange ich ja auf meiner neuen Stelle in Göttingen an und verdiene dort auch ganz gut . . .« Sie brach ab.

Bess schwieg. Jetzt nichts Falsches sagen, vorsichtig sein; aber sie mußte doch die Frage stellen, die ihr sofort eingefallen war.

»Damals, als du nachts weg warst, hatte das etwas damit zu tun?« Sie hatten nie wieder davon gesprochen.

»Nicht direkt, aber eigentlich doch. Ich war damals so deprimiert, so unglücklich über mich selber, so ratlos. Da bin ich eben vor mir selber ausgerissen. Verstehst du das? Ich konnte mich nicht leiden, in meinen Beruf wollte ich nicht, und euch von der Medizin zu erzählen, dazu hatte ich den Schneid nicht. Und dabei warst du so gut zu mir.« Sie sah Bess flehend an. »Sei mir nicht böse wegen damals, Mutter, ich weiß, es war scheußlich von mir.

Scheußlich war es übrigens auch für mich«, gestand sie dann leise. »Ich hatte mich von einem Auto mitnehmen lassen, ein widerlicher Fahrer war das, wer nimmt einen schon nachts mit. Ich bin auch sehr schnell wieder raus, nach zehn Kilometern vielleicht, er wollte erst gar nicht halten – also gräßlich. Und dann bin ich im Regen zurück. Ich war froh, daß du mich überhaupt nicht gefragt hast. Es war die gerechte Strafe für mich, für meine Blödheit, nachts loszutrampen. Aber daß du mir gar keine Vorwürfe machtest und nichts fragtest, sondern nur gut zu mir warst, das fand ich so ... wirklich prima, Mutter. Natürlich konnte ich dann aber erst recht nichts sagen von der Medizin. Bis ihr mich heute gesehen habt. Ich merkte gleich, daß du dir dein Teil gedacht hast. Friederike nicht, die merkt ja überhaupt nie was, die ist taub und blind für alles um sich, seit ... Na, du weißt schon.

Ich möchte also sehr gern – ›sehr gern‹ ist gar kein Ausdruck – ich möchte Medizin studieren. Ist das ganz unverschämt? Vielleicht sprichst du mal mit Onkel Richard? Ich weiß, es ist teuer und dauert lange, aber zwei Semester hab ich schon, und ich mach im Physikum bestimmt keinen Schwanz, das verspreche ich euch. Ich pauke, darauf kannst du dich verlassen. Du brauchst keine Angst zu haben, daß ich nicht durchhalte, weil ich ...«

»Ich habe keine«, sagte Bess und lächelte ihr zu. »Du wirst es schon schaffen; du und deine Geschwister, ihr seid aus einem guten Stall. Ich will gern mit Vater sprechen. Aber wie ist es mit dem Numerus clausus?«

»Die Zulassung hab ich ja schon vor dem ersten Semester bekommen; ich hatte viel Glück im Abitur.«

»Würdest du in Göttingen studieren?«

»Ja, das wäre das beste. Wenn ich dort ankomme. Und es wäre auch billig, wenn ich in der Nähe bliebe. Es ist ja immer billiger, als wenn man so himmelweit von zu Hause weg ist.«

Sie sagte »von zu Hause«. Christiane, die sich immer verschlossen hatte, sagte das, wahrscheinlich ohne es selbst zu merken! Bess fühlte es warm in ihr Herz sinken.

»Natürlich. Da ist es leichter, mal über den Sonntag zu kommen ...«

Sie saßen noch lange. Einmal rief Richard, wo Bess denn bleibe; sie lief hinauf zur Schlafzimmertür und flüsterte,

sie komme bald, aber etwas dauere es noch. Richard brummte ein bißchen.
Christiane sah Bess entgegen, als diese wieder herunterkam. »Hast du mit ihm gesprochen? Was hat er gesagt?« fragte sie gespannt.
»Nein, mein Liebes, so schnell geht das nicht«, sagte Bess und gab ihr einen ganz raschen Kuß auf die Wange, »er ist todmüde, und ich will ihn nicht wieder munter machen. Außerdem muß ich noch viel von dir hören.«
»Aber morgen? Morgen sprichst du mit ihm?«
»Ja, morgen. Morgen bestimmt. Komm, wir kochen uns noch einen Tee. Er wird schon Ruhe geben, der brüllende Löwe. Jetzt bleib ich bei dir. Du hast sicher noch viel zu erzählen.«
Wahrhaftig, das hatte Christiane. Sie kamen nun vom Hundertsten ins Tausendste – es war, als sei bei ihr ein Staudamm geöffnet worden, nachdem sie einmal angefangen hatte, von dem zu sprechen, was ihr so brennend am Herzen lag. Bess brauchte nur zuzuhören und manchmal ein klein wenig zwischenzufragen. Bunt durcheinander erzählte Christiane, von ihrer Arbeit im Spastikerzentrum, von ihren Plänen und von früher. Ja, auch von früher sprach sie, das hatte sie noch nie getan. Von damals, als der Vater noch lebte und ihre Mutter anders war als in den letzten Jahren, »lieb und goldig und von einem ganz unbewußten Charme«.
»Ich glaube, meine Eltern haben keine Ehe von heute geführt«, sagte sie nachdenklich, »keine solche, in der Mann und Frau gleichberechtigt nebeneinander stehen. Mutti brauchte jemanden, an den sie sich anlehnen konnte, und das konnte sie bei Vater. Solange sie ihn hatte, war sie ›richtig‹. Sie war immer für ihn da und um sein Wohl besorgt. Daß er ihr so früh genommen wurde, das hat sie

wohl nie verwunden. Im letzten Urlaub, in Italien, da wurde sie zum ersten Mal wieder ein bißchen wie früher. Entspannter und heiterer. Vielleicht kam es daher, daß ich sie auf weiten und schwierigen Strecken ablöste im Fahren. Mitzufahren, mitzugehen, für den Fahrenden zu sorgen und sich ihm anzuvertrauen – vielleicht war das ihre Bestimmung, auch in der Ehe. Auf dieser Reise habe ich das erst richtig erkannt. Ich hätte es früher einsehen sollen, habe ihr wenig oder gar nicht geholfen, damals als Vater starb. An mir wäre es gewesen, Friederike und Daniel waren ja noch zu jung. Aber ich war sehr dumm und fand, Mutti müsse von sich aus wachsen und Vaters Stelle einnehmen, wie es wohl im Krieg war, als die Väter hinaus mußten und jahrelang weg waren oder gar fielen. Ich habe Mutti übelgenommen, daß sie das nicht konnte.«

»Alle Mütter waren damals auch nicht so«, sagte Bess entschuldigend. »Manche sind einfach daran zerbrochen, daß sie den Mann verloren. Sie flüchteten in die Krankheit und wurden dann tatsächlich organisch krank, aus Lebensangst, aus der Angst zu versagen. Oder auch geistesgestört. Ich habe Dinge miterlebt in unserer damaligen Gemeinde ... Erst kürzlich sprach ich mit Richard darüber. Wir meinen, daß deine Mutter einfach zu isoliert gelebt hat. Hätten wir nur davon gewußt! Ich mache mir Vorwürfe, daß ich ihr so lange nicht schrieb, euch nie einlud.«

»Wenn einer sich Vorwürfe machen muß, dann bin ich es. Aber alles wird leichter, wenn man sich ausspricht. Früher, weißt du ...« Christiane erzählte wieder, Kleinigkeiten, Lustiges und Nachdenkliches.

Bess saß still dabei.

Es wurde zwei Uhr, ehe sie sich zu ihrem Löwen schlich,

der nun nicht mehr brüllte. Sie hatte eigentlich gehofft, daß er noch wach wäre, so voll war ihr Herz. Aber er schlief. Sie rückte nahe an ihn heran.
Ich hätte mich um Eve kümmern müssen, dachte Bess reuig, ich war gewiß ungerecht gegen sie. Aber Christiane hat begriffen, worauf es ankommt und was Glück ist. Oder ist das etwa kein Glück, wenn ein junger Mensch so glühend auf seine Lebensaufgabe zustrebt? So wild entschlossen, sie durchzuführen? Immer wird darüber geredet, die heutige Jugend wisse nicht, was sie wolle. Christiane weiß es, wahrhaftig. Und ich helfe ihr, bestimmt. Und Richard wird meiner Meinung sein. Da ist es doch zweitrangig, wie lange es dauert. Ich helfe dir, Christiane …

WEIHNACHTEN war vorübergegangen, ein stilles Fest, stiller als sonst. Bess sagte sich das recht enttäuscht. Sie hatte sich sehr darauf gefreut, nun auch mit Töchtern zu feiern. Aber Krister fehlte. Es war das erste Mal, daß einer der Söhne am Heiligen Abend nicht nach Hause kam, und, sie mochte es drehen und wenden wie sie wollte, es tat weh. Und so sehr sie sich bemühte, nichts merken zu lassen, es gelang ihr einfach nicht.
Dazu war es auch zu rasch gegangen. Hätte sie ein Vierteljahr oder auch nur ein paar Wochen vorher gewußt, was kam, sich an den Gedanken gewöhnen, es mit sich selbst ausfechten können – vielleicht wäre es ihr gelungen. Aber es ging zu schnell. Und dann sollte sie auch noch Friederike trösten, die umherging, als sei die Welt untergegangen. Bess versuchte, das junge Mädchen zu verstehen; es war wohl die größte Enttäuschung ihres Lebens, die sie verkraften mußte. Nein, es war nicht die Vorweihnachtszeit, die Bess sich ausgemalt hatte.
Das Fest selbst verlief ganz harmonisch. Hans war natürlich gekommen, schon ein paar Tage vorher, und er brachte wie immer frischen Wind mit sich. Sein rundes, noch ein wenig pausbäckiges Gesicht hatte so gar keine Ähnlichkeit mit dem Kristers, dennoch glichen sich diese beiden Söhne. Sie waren zupackend und lachten gern. Bess versuchte, so heiter wie möglich zu erscheinen. In Gegenwart des Jüngsten gelang ihr das auch ganz gut.

So half er ihr zum Beispiel, den Christbaum in seinem Ständer zu befestigen, was sonst Kristers Amt gewesen war, und er brachte sie wirklich zum Lachen, indem er den Bruder karikierte. Christbaum-Aufstellen ist ja immer so eine Sache, es wurde greulich dabei geschimpft, und nur ihre warnenden Bittrufe verhinderten, daß aus dem Schimpfen ein Fluchen wurde. Diesmal war der Baum zu groß, der Ständer zu klein. Schließlich kam Hans auf die Idee, das Wagenrad vom Flur zu holen.
»Wir stecken den Baum in die Achse und stellen ihn so auf, dann steht er wie Pik sieben«, sagte er respektlos.
»Christbaum und Kartenspiel, des Teufels Gebetbuch«, rügte Bess, mußte aber doch lachen. »Versuchen wir es.«
Es wurde sehr hübsch. Bess meinte, sie müßten nun das Rad selbst mit Moos oder Tanne verdecken, aber Hans kam auf den Gedanken, all die kleinen erzgebirgischen Holzengel, die sich mit der Zeit bei ihnen angesammelt hatten, ringsherum daraufzustellen, und das sah bezaubernd aus. Er gab der Mutter einen Kuß, als der Baum stand und der Schmuck hing – kein Flitter, sondern buntes Bauernspielzeug und hölzerne Püppchen aus Tirol, Kamele aus Zucker, Pinienzapfen, von den Reisen der Söhne aus Griechenland mitgebracht, auch eine Bambusflöte aus Kreta, Zinn-Madonnen, schwedische Holzpferdchen, Schokoladenbrezeln und -kringel, und natürlich Äpfel und Nüsse und Selbstgebacknes und die von den Jungen gesammelten und vergoldeten Tannenzapfen des heimatlichen Waldes. Dazu Wachskerzen, deren Halter Christrosen glichen; Bess mochte sie besonders gern und verwahrte sie wie den Schmuck von Jahr zu Jahr sorgfältig.
Hans sprach als einziger mit ihr darüber, daß Krister dieses Jahr fehlte.

»Und nächstes Jahr auch«, sagte Bess seufzend.
»Ich kenne eine Frau«, erzählte Hans, während er abgebrochene Ästchen und Papier zusammenfegte, »die hat neun Kinder, und seit die groß sind, kommen natürlich auch nicht mehr alle zu Weihnachten nach Hause. Der eine ist in Südamerika und die andere in Spanien und ich weiß nicht, wo sonst noch. Einmal aber hatten sie es alle so eingerichtet, daß sie wieder daheim waren in den Feiertagen, alle Mann, mit Ehepartnern und Kindern und allem Zubehör. ›Na, Mutter, ist es diesmal richtig?‹ fragten sie, als die Mutter, ein wenig verhuscht von dem Trubel – jung ist sie ja nicht mehr –, unterm Christbaum saß. ›Nee nee, Kinder, so ganz richtig ist es eben auch nicht, wenn man nicht zu jemandem, der weit weg ist, hindenken kann‹, sagte sie. Belämmernd, nicht?«
Bess mußte lachen. »So bin ich aber nicht«, sagte sie und versuchte sich zusammenzunehmen.
»Nein, so bist du nicht, und hoffentlich wirst du auch nicht so«, sagte Hans und warf den Hammer in den Werkzeugkasten zurück. »Solche Mütter verlieren nämlich kolossal an Charme, wenn ich es einmal so ausdrükken darf.«
Bess erwiderte nichts. Aber sie verstand, was er meinte. Früher betrachteten die Mütter es als ihr gutes Recht, dankbar geliebt zu werden. Heute hatten sie sich so zu benehmen, daß die Kinder sie akzeptierten, sie mußten sich andauernd kontrollieren und korrigieren, um den Kindern zu gefallen. Leicht war das nicht immer.
Insgeheim ärgerte sie sich über Friederike. Dieses Kind war ihr von Anfang an sehr nahe gewesen, und sie hatte viel Verständnis für sie. Daß Friederike jetzt überhaupt nicht aus ihrer Bedrücktheit herausfand, daß sie am Heiligen Abend, weil sie keinen Brief von Krister bekom-

men hatte, mit rotgeweinten Augen umherging und einer Trauerweide glich, das, fand Bess, war übertrieben. Sicher, zwei Jahre erscheinen einem endlos, wenn man siebzehn Jahre alt ist und die erste Liebe erlebt, aber so anzustellen brauchte sie sich doch nicht. Bess entbehrte Krister ja auch und hatte keine Post von ihm erhalten, von drüben konnte man schließlich nicht so genau ausrechnen, wann die Briefe ankamen, das mußte sich Friederike doch auch sagen. Bess, selbst trostbedürftig, fand hier nicht den richtigen Ton, so sehr sie sich auch mühte. Und zu Richard mochte sie mit diesem Kummer nicht kommen, er sollte nicht merken, wie schwer ihr Herz war. Denn eigentlich hatte ja auch sie keinen Grund, den Kopf hängenzulassen.

Am zweiten Feiertag wurde sie abgelenkt, und das war gut. Ein junger Mann wolle sie sprechen, sagte Daniel, der aus der Scheune kam und mehrere Paare verrosteter Schlittschuhe mit sich schleppte. Es hatte dieses Jahr keinen Schnee gegeben, war aber sehr kalt, und der Stausee, etwa zwei Kilometer vom Dorf entfernt, gab eine prachtvolle Schlittschuhbahn ab. Daniel hatte das herausgefunden und auf Bess' Rat in der Scheune so lange gesucht, bis er fand, was er brauchte. Nun gab es ein großes Durcheinander im Flur, wo jeder Schlittschuhe haben wollte, und Bess war es ganz lieb, daß sie abgerufen wurde; so mußte sie nichts entscheiden. Die gefundenen Schlittschuhe reichten nicht für alle aus, und wie man es auch machte, jemand mußte verzichten oder doch abwarten, bis er dran war, und würde vermutlich wütend auf den Verteilenden sein.

»Ich will aber auch mal welche, denkt daran«, rief sie im Vorbeilaufen. Sie war immer eine gute Eisläuferin gewesen und sah nicht ein, daß sie nicht mitzählen sollte.

»Seht zu, daß welche für mich da sind, wenn ich komme, sonst könnt ihr euch auf was gefaßt machen!«
Sie drohte ihnen lachend mit der Faust. Im Grunde war sie glücklich über den kleinen Aufruhr. Die Stille in den letzten Tagen hatte sie bedrückt. Da tat ein Durcheinander, halb ernsthaft, halb lustig, ihrer Seele wohl. Um so erschreckter war sie, als sie in den Hof kam und den jungen Mann sah und sein Gesicht.

»Stell dir vor, was mir heute passiert ist«, erzählte sie Richard am Abend. »Wir wollten gerade Schlittschuh laufen gehen, da kam jemand und wollte mich sprechen.« Der junge Mann habe behauptet, berichtete sie, er sei an Eves Unfall schuld. »Vielleicht nicht direkt und konkret, aber in gewisser Weise doch. Eve sei vor ihm und seinem Tempo erschrocken und habe wahrscheinlich deshalb das Steuer verrissen. Jedenfalls habe er zu schnell überholt. Das sei überhaupt sein Fehler, betonte er. Er sei ein Raser gewesen, rase aber jetzt nicht mehr. Als ich ihn fragend ansah, vielleicht ein wenig ungläubig, sagte er, ich müsse ihm schon glauben. Er habe seinen Renner verkauft und sich einen bescheidenen VW zugelegt, damit er nicht mehr schnell fahren könne. Einen Wagen brauche er, aber mit diesem komme er nicht in Versuchung. »Heutzutage doch eine anerkennenswerte Einsicht für einen so jungen Mann, findest du nicht?«
Richard nickte. Er hatte zu dem Ganzen noch nichts gesagt, Bess fiel das nicht auf.
»Ja, und weißt du, was er dann wollte? Er sei gekommen, sagte er, um den Kindern der Verunglückten – nun, er wolle persönlich etwas für sie tun. Es kam sehr verlegen heraus. Ob ich nicht die Summe nehmen wollte, die übrigblieb, als er den wilden Sportwagen verkaufte und

seine lahme Ente einhandelte. Ich war sehr verblüfft, das kannst du verstehen. Gut gemeint war es wohl.«
»Was hast du denn geantwortet?« fragte Richard gespannt. Er sah seine Frau an, die vor ihm saß mit von der frischen Luft geröteten Wangen und blanken Augen.
»Erst wußte ich gar nicht, was ich sagen sollte. Wenn er schuld war, hätte er sich ja der Polizei stellen können.« Sie sagte es nachdenklich. »Ob das nun Fahrerflucht ist oder nicht, kann ich nicht beurteilen. Nehmen wollte ich das Geld aber auch nicht, ich weiß eigentlich nicht, warum. Bestechung war es ja nicht, Bestechung ist etwas anderes. Ja, und brauchen hätten es die Kinder schon können, aber . . . Schließlich hab ich gesagt . . .«
»Was denn?«
»Er solle es dem Roten Kreuz geben. Da kommt es bestimmt jemandem zugute, der es brauchen kann. Und ich habe nicht das Gefühl, etwas – nun, nicht ganz Sauberes getan zu haben. Den Kindern selbst wollte er es nicht geben, unter gar keinen Umständen, sagte er. War das nun falsch von mir, dumm?« fragte Bess jetzt ein wenig zaghaft, als Richard immer noch schwieg.
»Nein, das war nicht dumm«, sagte er nach ganz kurzem Überlegen und nahm seine Frau in die Arme. »Daß du es nicht nahmst, verstehe ich.« Sollte er ihr vom Vater dieses Jungen und seiner Unterredung mit ihm erzählen? Durfte er das, jetzt, nachdem das Thema von ihr angeschnitten war? Nein. »Und daß dir das mit dem Roten Kreuz einfiel, Bess, das war prima! Auf den Einfall bin ich nicht gekommen.«
»Du? Wieso du? Hast du denn gewußt . . .«
»Ich meine: wäre. Wäre ich nicht gekommen, wenn ich selbst vor der Frage gestanden hätte«, verbesserte er sich rasch.

»Ach so. Ja. – Aber er wäre zu traurig gewesen, wenn er mit dieser kleinen Buße, wie er es nannte, nicht angekommen wäre. Es ging ihm wirklich nahe. Und daß es nicht Rederei war, sieht man doch daran, daß er seinen Sportwagen verkaufte. Wacker finde ich das. Du auch?«

Am andern Tag kam inmitten eines Schwungs verspäteter Weihnachtspost ein dicker Brief an Friederike aus Berkeley, ein herrlicher, verheißungsvoller Brief, mit dem sie in ihr Zimmer rannte, sich einschloß und dann für eine kleine Ewigkeit nicht wieder erschien.
»Na also«, sagte Bess, als sie endlich auftauchte, strahlend und selig, so daß sich jeder ohne Mühe ausmalen konnte, was dringestanden hatte. Ein kleiner Zettel für Bess war auch dabeigewesen, den brachte sie der Mutter, und nun strahlte auch Bess, obwohl es halt nur ein kleiner Zettel war. Aber was für ein lieb gemeinter!
»Es geht ihm gut«, verkündete sie ringsum. »Es ist zwar sehr heiß dort, und er hätte gern richtiges Weihnachtswetter, aber . . .«
»Du kannst ihm ja ein Eilpaket davon schicken, nur: wir haben selbst keinen Schnee«, sagte Martin. »Aber ob wir, die wir hier bei dir sind, uns welchen wünschen, das ist dir ja ganz egal.«
»Ach, du armes getretenes Würmchen!« Bess reckte sich und versuchte, ihm tröstend über den Kopf zu streicheln. Er verwahrte sich grantig. »Abfallprodukte mag ich nicht. Flieg du nur nach Kalifornien und streichle deinen Goldsohn!«
»Ich glaube, da sollte lieber jemand anderes fliegen«, sagte Bess. »Jetzt aber los, aufs Eis! Gestern hab ich viel zu wenig Zeit gehabt, heute will ich es richtig genießen. Wo sind die Schlittschuhe? Wer kommt mit?«

Es wurden zwei schöne Stunden auf dem See, Bess konnte gar nicht genug bekommen. Schlittschuhlaufen lag ihr, sie war ja klein und wendig, und es tat so gut, sich endlich einmal wieder im Freien zu rühren nach der vielen Hausarbeit. Bess probierte ihre alten Künste neu aus, fuhr vorwärts und rückwärts und verlangte dann nach einem Partner. Richard ging nicht aufs Eis. Daniel stellte sich ganz geschickt an, wollte aber immer nur schnelllaufen, möglichst nach der Stoppuhr, keine Bögen oder Figuren. Und Martin war verschwunden, zum Ärger der Mutter. Er erschien später mit seinem Auto, das er an einer flachen Uferstelle aufs Eis hinunterfahren ließ. Bess stand fast das Herz still, als sie den Wagen über den Stausee fahren sah, sie atmete nicht, bis er am anderen Ufer angelangt und dort hinaufgefahren war. Dann lief sie wild scheltend zu ihm.

»Sowas tut man nicht! Ist dir das Leben so wenig wert?«

»Warum regst du dich denn auf? Es hat ja gehalten«, sagte Martin grinsend, »und außerdem hatte ich das Schiebedach offen gelassen. Wenn es geknackt hätte, wäre ich . . .«

»Denkste! Gerade dadurch wärst du abgesoffen«, erklärte Hans behaglich. »Ein Wagen mit Heckmotor kippt ab und schlägt voll. In Holland fahren sie alle naselang in die Grachten.«

»Sei still«, wehrte sich Bess. »Ich will sowas nicht hören. Wie fuhr es sich denn so übers Eis?« fragte sie dann. Es sollte gleichmütig klingen, aber ihre Augen funkelten verdächtig.

Martin verstand genau, was sie dachte. »Nein, du probierst es nicht. Unter gar keinen Umständen. Das hieße Gott versuchen, Mutter!«

Sie wandte sich wütend ab.

Am Abend ging sie ein wenig eher heim, nicht gern, aber sie mußte sich um die nächste Mahlzeit kümmern. Alle würden einen Brüllhunger mitbringen. Martin gesellte sich zu ihr und nahm ihr sogar die Schlittschuhe ab.

»Heute wäre ich mal lieber nicht treu sorgend, sondern bliebe noch«, sagte sie. »Das Eislaufen war eine gute Idee. Ich glaube, so glücklich wart ihr lange nicht, ihr Banditen.«

»Glücklich.« Martin lachte ein wenig durch die Nase. »Das ist so ein Wort. Überhaupt: Glück. Was heißt das? Kannst du mir das vielleicht sagen?«

»Aber, Martin – so eine Frage.« Seine Stimme hatte gar nicht fröhlich geklungen, ein wenig bitter, resigniert. Und das am Weihnachtsfeiertag! Bess war ganz entsetzt. »Natürlich kann ich. Ist es etwa zum Beispiel kein Glück, wie wir es haben, Vater und ich? Daß er gern in seinem Beruf ist und ich ihm helfen kann. Und mit euch. Und jetzt mit den Mädchen. Und auch mit den Leuten im Dorf. Manche kommen wirklich zu uns, wenn sie mal nicht weiterwissen, zu Vater kommen mehr, als du denkst. Heutzutage ist es ja so, daß die Menschen ihr Herz lieber beim Arzt ausschütten, ihn fragen, bei ihm über den Ehepartner klagen und über das eigene Unvermögen, die Ehe zu schaffen, oder über die ungeratenen Kinder. Vater hat eine wunderbare Art, zu trösten und zu helfen. Und ich – ja, ich bin bei ihm so gut aufgehoben, wie man es nur sein kann in dieser Welt. Ist das nicht Glück?«

»Für dich vielleicht, Mutter.« Es klang freundlich, aber doch betrübt. »Du bist ja auch aus einer anderen Zeit. Du bist jung, jedenfalls ...«

»Na weißt du«, sagte Bess verblüfft, »du etwa nicht? Ihr alle? Ihr überhaupt? Viel jünger als ich.«

»Jung an Jahren, na ja. Aber sonst... Mutter, ich glaube, als wir geboren wurden, standen die Sterne nicht gerade allzu günstig. Nicht so besonders vielversprechend für unser Leben, möchte ich mal sagen. In was sind wir denn hineingeboren? In eine Welt, in der man sich fürchten muß, in eine Zeit, die aus den Fugen ist. Gefragt sind wir nicht worden, ob wir da hinein wollten oder nicht.«
Das sind wir auch nicht, dachte Bess. Aber sie wagte nicht, es auszusprechen. Es klang so billig, fand sie. Denn sie, ja, sie hatte Glück gehabt! Sie hatte einen guten Mann bekommen, gesunde, begabte Söhne und nun auch noch die ersehnten Töchter. Und eine Arbeit, die sie jeden Tag wieder aufs neue befriedigte, auch wenn sie manchmal ihre Kräfte zu überfordern drohte. Alles, was sie tat, geschah ja für andere, und das gefiel ihr.
»Du sagst, die Zeit sei aus den Fugen. Weißt du eigentlich, wer das Wort geprägt hat? Shakespeare, vor ungefähr vierhundert Jahren. Damals dachte man das auch. Jedes Jahrhundert hatte seine Schrecken, glaub mir. In jedem mußte man versuchen, einen Halt zu finden...« Sie brach ab.
Ich will nicht ins Predigen kommen, dachte Bess. Aber ich habe recht, ich, nicht er. War ich als junger Mensch auch so unglücklich? Muß man diese Zeit durchmachen, in der man sucht, ohne zu finden?
Sie waren angekommen, das Haus lag dunkel. War Richard nicht da? Sie sehnte sich danach, zu ihm zu gehen, bei ihm zu sein, zu fühlen: Hier gehörst du hin.
Sie fand ihn nicht im Wohnzimmer und nicht in seiner Wartburg. Vielleicht war er schon schlafen gegangen, übermüdet von den Feiertagen und ihren pausenlosen Ansprüchen an ihn? Aber ohne Abendbrot?
Wirklich, als sie vorsichtig ins Schlafzimmer spähte, lag

er im Bett und schlief. Das war noch nie vorgekommen. Bess stand, horchte und sah ihn an. Sein Atem ging nicht sehr laut, ein wenig mühsam, mitunter rasselnd. Jetzt wandte er den Kopf, ohne die Augen zu öffnen, unwillkürlich trat sie herzu und legte den Handrücken an seine Wange. Er seufzte auf, schien eine bessere Lage zu finden, lächelte im Schlaf. Bess setzte sich behutsam auf die Bettkante. Sein Atem wurde ruhiger und normal.
Von unten hörte sie Schritte im Hof, Geräusche, das Klirren von Schlittschuhen, die geschwenkt und weggehängt wurden, Gelächter. Ich komme, dachte sie und blieb noch einen Augenblick sitzen. Es war schön und tröstlich, zu wissen: hier tat sie jemandem gut, nur durch ihre Nähe, und unten wartete man auf sie. Ist das allein nicht schon Glück, dachte sie, oder wie soll man es nennen?

Am anderen Morgen stand Richard nicht auf. Er sagte, er fühle sich nicht ausgesprochen krank, aber auch nicht gut, lächelte ihr ein wenig entschuldigend zu und wandte den Kopf zur Seite. Die Grippe ging um, Bess wußte es, eine häßliche, ohne Fieber, aber desto quälender.
»Bleib liegen, du Armer. Ich bring dir einen Tee. Du magst keinen? Dann vielleicht einen Saft?«
Sie ging hinunter. Die Küche war unaufgeräumt und kalt. Überall standen benutzte Gläser und volle Aschenbecher. Bess suchte vergeblich nach Apfelsinen. Sie fragte Daniel, der hereinkam, ob sie gestern noch welche gegessen hätten. Er zuckte die Achseln.
»Kannst du nicht antworten?« fragte Bess ärgerlich. Sogleich zog er sich erschrocken zurück. Na, so grob war ich ja auch wieder nicht, dachte Bess, halb wütend, halb beschämt. Sie hatte die Holzschüssel entdeckt, in der die Apfelsinen gewesen waren; sie war mit Schalen gefüllt.

Auch der Himbeersaft war ausgetrunken. Schlittschuhlaufen macht Durst.
Trotzdem kränkte es sie. Es ist ärgerlich, Vorräte nicht mehr vorzufinden, mit denen man gerechnet hat, vor allem, wenn über Nacht jemand krank wird. Schließlich entdeckte sie noch ein paar Zitronen und mühte sich, Saft herauszupressen. Als sie damit zu Richard kam, war er wieder eingeschlafen. Sie stand enttäuscht an seinem Bett und betrachtete ihn kummervoll. Hatte sie nicht genug acht gegeben auf ihn?
Ach, es wurde ein Morgen, wie man ihn nicht liebt. Bess, von den Feiertagen und ihren Anforderungen erschöpft – welche Mutter kennt das nicht! –, vermochte sich kaum aufzuraffen. Die Sorge um Richard, das Gespräch mit Martin gestern, der fehlende Schlaf und das Gefühl, daß sie wieder einmal alles falsch machte – man soll ja in solchen Lagen den Fehler bei sich selbst suchen –, das alles lähmte und bedrückte sie. Ich kann nicht, ich kann jetzt nicht, dachte es in ihr. Die Zugehfrau, die zweimal in der Woche aus dem Dorf zu ihr kam, hatte für die »Zeit zwischen den Jahren« abgesagt. Frau Pastor habe ja nun Töchter zur Hilfe im Haus, sagte sie. So sah es das Dorf. Ach ja.
Draußen heulte unentwegt ein Hund, in hochangesetzten, tremolierenden Tönen, er schien die ganze Welt anzuklagen. Bess hörte es schon länger, ohne das Geräusch bewußt aufgenommen zu haben. Jetzt ging sie ans Fenster. Das war kein Hund aus dem Dorf. Hoffentlich hörte ihn Richard nicht. Ihr war, als habe sich etwas im Haus gerührt. Rasch lief sie die Treppe hinauf, um das Fenster im Schlafzimmer zu schließen. Er sollte nicht geweckt werden. Als sie wieder in die Küche kam, hatte das Heulen aufgehört.

Bess gab sich einen Ruck und ging an die Arbeit. Dabei wurden ihre Gedanken nicht fröhlicher. Zwei Töchter im Haus, da hat man es gut – so dachten die Leute. Sie *hatte* es auch gut, kein Zweifel; sie liebte Friederike und freute sich an ihr, und auch Christiane war ihr jetzt viel näher als anfangs. Aber daß drei Kinder auch sehr viel zusätzliche Arbeit machten, das sah niemand. »Dann mußt du sie eben zur Hilfe heranziehen«, hieß es höchstens in lehrhaftem Ton, wenn sie einmal so etwas äußerte, »Kinder sind so, wie man sie sich zieht. Sich für Kinder aufzuopfern ist ganz verkehrt, sie danken es einem nie.«
So weit war sie gerade mit ihren Gedanken gekommen, als mit einem Krach die Tür aufsprang. Herein stolperte Daniel, und zwar ein ganz anderer Daniel, als sie ihn bisher erlebt hatte. Das verschlossene, meist kühle oder sogar abweisende Gesicht war gerötet, die Augen sprühten, die Wimpern waren naß, und das Haar, sonst gescheitelt und ein wenig pedantisch glatt gebürstet, wie es kein Junge heutzutage mehr trug, stand zerzaust über der Stirn hoch. An einem Gürtel, den er als Leine genommen hatte, zog er einen Hund, etwa so groß wie ein mittlerer Schnauzer, schwarz, mit glattem, nur an Schwanz und Bauch ein wenig gelocktem Fell und seltsam hellen grünlichen Augen. Sie hatte diese Augenfarbe bei Hunden noch nie gesehen.
»Mutter, der war angebunden, oben, am Waldrand! Nicht direkt am Rand, sondern mehr drin, im Gesträuch ...« Daniels Worte kamen stoßweise, so außer Atem war er. »Und er hat geheult, schrecklich!«
»Ja, ich hab ihn auch gehört. Angebunden war er? Im Wald?«
»Mit einer Perlonschnur, die er nicht durchbeißen konnte; sie schnitt so ein. Hier.« Er zeigte die Stelle am Hals des

Hundes, der zurückschrak und ihm dann mit der Schnauze ins Gesicht fuhr, aufgeregt, nervös, aber dem Jungen zugetan. Er schien zu begreifen, daß Daniel begeistert von ihm war.
»Ist er nicht schön? Hat er nicht ein prächtiges Fell? Und was für schöne Augen . . .«
»Ja, er ist schön«, hörte Bess sich sagen. Sie hatte sich zu den beiden hingehockt und streichelte dem Hund den Kopf. »Was meinst du, was für eine Rasse das ist?«
»Ich weiß nicht, Mutter. Ich hab schon immerzu überlegt . . . Immer hab ich mir einen Hund gewünscht, schon in Bremen, aber Mutti sagte, wir könnten uns keinen halten, das sei eine Quälerei für den Hund in einer Stadtwohnung. Für einen großen jedenfalls. Und einen winzigen möchte ich nicht, einen Schoßhund, wie ihn alte Tanten haben – nein. O Mutter, es kommt doch aber nicht auf die Rasse an. Wir wollen ja nicht züchten. Viele, die was davon verstehen, sagen, Hunde ohne Stammbaum oder aus einer Mischrasse seien die klügsten und die treuesten. Ja, das habe ich sogar gelesen. Ein Mann, der sein ganzes Leben gezüchtet hat und lauter V-Hunde auf den Ausstellungen hatte, V-Hund heißt Hund mit der Auszeichnung ›Vorzüglich‹, der kaufte sich, als er in den Ruhestand trat, eine ganz fürchterliche Promenadenmischung, wie er schrieb, und der wurde der Hund seines Lebens, schreibt er, nahezu menschlich klug, und so großartig im Charakter . . .«
Daniel sagte noch mehr. Es brach aus ihm heraus wie ein Sturzbach. Bess hörte still zu und streichelte den Hund. Dabei sah sie zum ersten Mal Daniels Augen richtig und deutlich ganz nah. Sie waren braun, nicht bernsteinfarben, sondern heller, wie Moorwasser, durch das die Sonne scheint. Schöne Augen, dunkel gesäumt. Nicht

lange mehr, und die Mädchen werden das auch entdekken, dachte Bess.
»Ja, natürlich behalten wir ihn, wenn er niemandem gehört«, hörte sie sich sagen. »Besitzerrechte wird keiner geltend machen, der einen Hund im Wald angebunden hat und ihn auf diese Weise lossein will. Und Vater hat Hunde gern, wir hatten früher immer welche. Ja, du darfst dich um ihn kümmern, du hast ihn ja gefunden. Da gehört er dir.«
»O Mutter!«
Bess hatte die Asche aus dem Herd gekratzt, Daniel sprang auf und nahm ihr den Eimer aus der Hand.
»Laß, ich bring ihn hinaus. Ich bin gleich wieder da«, beteuerte er, als der Hund Anstalten machte, aufzuspringen und mitzulaufen. »Bleib nur liegen, es dauert nur einen Augenblick.«
Bess schloß die Tür hinter Daniel, damit der Hund nicht mit hinausrannte. Dann, als der Junge zurückkam, hockte sie sich vor den Herd, schob Späne und Tannzapfen hinein und zündete sie an. Das Feuer ging prasselnd hoch. Es war so ein behagliches Geräusch, und es duftete herrlich.
»Paß auf, es geht gut mit ihm. Er wird sich sicher eingewöhnen bei uns«, hörte sie sich sagen. »Ja, ich sprech mit Vater. Es wird alles gutgehen.«
Es wird alles gutgehen. Hatte sie sich nicht eben noch danach gesehnt, diese Worte zu hören? Und sie jetzt selbst ausgesprochen?
Sie hockte da und blickte in die Flammen, spürte, wie sich ihre Gesichtshaut spannte. Es roch stark nach Wald, das kam daher, daß sie mit Zapfen anheizte. Neben dem Herd stand der große Kasten mit Tannzapfen und »Putzkis«, wie man in der Familie die kleineren, die

Fichtenzapfen, nannte, aus denen Bess früher ihren Kindern manchmal Gnome oder Waldmännchen gebastelt hatte. Die Zapfen waren in der Wärme aufgegangen und spreizten ihre Schuppen.
»Wir könnten wieder mal gehen und Zapfen holen, ehe es Schnee gibt«, sagte sie.
Daniel sah sie an. »Ich gehe. Darf ich? Ich nehme den Hund mit. Von jetzt an muß ich doch immer mit ihm laufen, er ist ein Laufhund, das sieht man.«
Später besprachen sie, wie er heißen sollte.
»Vielleicht Angelus? Weil er wie ein Engel vom Himmel kam?« sagte Daniel. Die andern fanden diesen Namen unmöglich. Angelus. Einen schwarzen Hund mit weißer Weste!
»Lieber Hochwürden«, schlug Martin vor. Und Friederike meinte, Satan oder Teufel passe besser, immerhin besser als Engel. Hans erklärte beides für indiskutabel und sagte: »Wie wäre es mit Pfeffer?«
Trotzdem setzte sich Angelus durch. Vielleicht lag das daran, daß Bess ihn längst so nannte, während noch der Streit um den Namen tobte. Angelus, warum nicht!
An diesem Morgen jedenfalls, als er ins Haus kam, wirkte er wie ein guter Engel. Die andern Kinder schliefen noch, müde von der frischen Luft und den vielen Nachtsitzungen. Bess lief trotz der drängenden Morgenarbeit schnell zu Richard hinauf und sah nach ihm. Er war wach und lachte ihr entgegen.
»Na, was gibt's Neues?«
Sie berichtete. Natürlich hatte Richard nichts dagegen, den Hund zu behalten. Bess freute sich.
Als sie nach einer halben Stunde wieder in die Küche kam, wartete eine Überraschung auf sie. Friederike hatte aufgeräumt und geputzt und sah selbst aus, als habe sie

sich mit dem neuesten und wirkungsvollsten Putzmittel behandelt, von oben bis unten, außen und innen.
»Oh, danke, Fritzi. Du bist ein Schatz.« Bess gab der Tochter im Vorbeilaufen einen Kuß auf die Wange. »Vater geht es schon wieder besser. Heute früh war ihm gar nicht wohl. Aber hast du schon unsern neuen Hausgenossen bewundert? – Angelus, das ist Friederike . . .«
Die Sonne fiel auf das schwarze Fell des Hundes, und jetzt hörte man es im Flur lebendig werden.
»Soll ich nach Brötchen fahren?« rief Martin durch die offenstehende Küchentür herein. Er ging keinen Schritt zu Fuß, wenn er mit dem Auto fahren konnte. Und Christiane suchte nach Wirtschaftsgeld; die Eierfrau sei da.
»Dann spendierst du heute früh jedem ein Ei, sie sind ganz frisch«, sagte sie zu Bess und stellte die Schüssel vorsichtig auf den Tisch. »Nein, Mutter, laß, ich koch sie, sie müssen angepikt werden, damit sie nicht platzen.« Dazu nahm sich Bess meist nicht die Zeit. Christiane lief hinaus, um eine Stopfnadel zu suchen.
Es war ein Morgen, so schön und lebendig und fröhlich, wie man ihn sich nur wünschen konnte.

Mitte Januar erwischte die Grippe auch Bess. Sie hatte sich lange gewehrt, dann aber mußte sie sich doch legen.
»Du liebe Zeit, da können wir uns ja gratulieren«, sagte Martin, als er nach Hause kam und davon erfuhr. Bess war der unleidlichste Patient, das wußten alle Kinder, ungeduldig, wütend über sich selbst und ihr Versagen, verzweifelt. »Keiner außer ihr kann bekanntlich eine Suppe kochen oder die Wäsche richtig behandeln. Das kann ja heiter werden.«

»Ich vermisse dein Mitgefühl, geliebter Sohn«, tadelte Richard. »Wenn du einmal heiratest, so merke dir, es gibt zehn Gebote unter Eheleuten. Eines davon lautet: Wenn sie, deine Frau, krank ist, sollst du *sie* bedauern und nicht dich. Schreib dir das hinter die Ohren.«
Martin schnitt eine Grimasse, ging aber doch zu Bess hinauf. Friederike hatte ihr gerade einen Tee gebracht, auch die Medikamente, die die Ärztin verschrieben hatte. Martin setzte sich auf den Stuhl neben dem Bett.
»Ich bring dir morgen was zu lesen mit, Mutter.«
Bess sah ihn an. Ihr Gesicht war rot von Fieber. Sie versuchte, ihm zuzulächeln.
»Mir geht's schon wieder besser«, flüsterte sie, ihre Stimme war nahezu ein tonloses Krächzen. Und man merkte, welch himmelschreiende Lüge das »besser« war. Gleichzeitig kamen Bess die Tränen. Martin war sehr unbehaglich zumute. Er atmete auf, als sein Vater hereinkam und er aufstehen und ihm Platz machen mußte. Bess war selten krank, dann aber sehr heftig.
Es paßte jetzt besonders schlecht, daß sie ausfiel, denn sie hatte gerade ein Kind ins Haus genommen, dessen Mutter am Blinddarm operiert worden war, ein Griechenkind, Petros mit Namen. Der Kleine war fünf Jahre alt und sehr lebhaft, niemand aus der Nachbarschaft hatte ihn nehmen wollen. Da war sein Vater gekommen und hatte bei Bess gefragt, ob er hierbleiben könne. In Griechenland ging man mit seinen Sorgen wohl noch zum Popen. Bess hatte das gefreut.
Es war sonst oft nicht leicht, im Dorf zu helfen. Manche Leute scheuten sich zu bitten, andere schlugen freundliche Angebote sogar aus. Wie überall gab es auch hier Asoziale, die hetzten, beispielsweise der Vater des einen Konfirmanden, der Richard immer wieder Schwierig-

keiten machte. Lawes hieß der Mann; er arbeitete im Steinbruch, wenn er überhaupt arbeitete.
Petros' Mutter aber, Frau Zapkeni, erinnerte sich, daß die Frau Pastor ihr schon einmal behilflich gewesen war, damals, als ihr Jüngstes die Windpocken hatte. Sie hatte jetzt ihren Mann mit dem Kind ins Pfarrhaus geschickt. Natürlich nahm Bess den Kleinen sofort.
Die Einheimischen im Dorf sahen, wie überall, etwas scheel auf die Gastarbeiter, vor allem auf die griechisch-orthodoxen. »Und die nimmt die Prau Pastor«, hieß es sicherlich abfällig. Bess versuchte sich nicht darüber zu ärgern und betonte bei jeder Gelegenheit, christlich sei christlich, und selbst einem Heiden müsse man helfen, damit stieß sie aber meist auf taube Ohren. Und nun war Petros im Haus und hatte eigentlich niemanden, der sich um ihn kümmern konnte.
Bess hatte ihn in dem kleinen Raum neben dem Bubenzimmer untergebracht. Erst dachte sie, er könne vielleicht bei Daniel schlafen. Dort aber war jetzt Angelus stationiert, und Petros fürchtete sich vor dem Hund. So bekam er die Kammer daneben mit einem Kinderbett ausgestattet. Bess, die fürs Leben gern umräumte und einrichtete, hatte sogar Gardinen genäht für das winzige Fensterchen, Gardinen, die der Junge natürlich nicht sah.
Gleich am ersten Tag purzelte Petros die steile Treppe hinunter.
»Seht ihr, dieses Biest von Treppe ist unser Unglück«, sagte Bess, während sie den Kleinen auf dem Schoß hielt und tröstete und streichelte, »immer hab ich das gesagt. Wir müssen wenigstens ein Kindergeländer dranmachen.« Rechts und links der Treppe war Wand, wie man früher eben baute.
»Ein Kindergeländer! Wie denn, bitte«, sagte Richard

kopfschüttelnd. »Und wer soll es machen? Handwerker bekommt man ja nicht.«
»Einfach ein niedriges Geländer. Könnte man nicht ...«
Bess stand stirnrunzelnd vor der Treppe und überlegte. Aber es fiel ihr nichts ein.
Am übernächsten Morgen jedoch gab es eine Überraschung. Martin hatte nichts von dieser Unterhaltung, sondern nur von Petros' Purzelei gehört und von sich aus gehandelt. In die Wand rechts und links waren Metallhalter eingeschraubt, die in Ösen endeten, und durch diese Ösen hatte Martin einen Strick gezogen. Daß er dazu die dicke rote Kordel zweckentfremdet hatte, an der sonst das Wagenrad im Flur hing, trübte die Freude ein klein wenig. Aber für das Wagenrad konnte man ja etwas Geeignetes nachkaufen.
Bess war jedenfalls hochbefriedigt.
»Nun müßten wir etwas Ähnliches an die Treppe machen, die zur Wartburg hinaufführt«, sagte sie sofort. »Die ist auch so halsbrecherisch. Aber Petros soll ja dort nicht hin. Das ist Vaters Reich, und er darf nicht gestört werden.«
Das schärfte sie dem kleinen griechischen Hausgenossen nochmals ein. Er sah sie mit weitaufgerissenen, kohlschwarzen Augen an. »Wahum?«
»Weil unser Vater Ruhe braucht, wenn er sich eine Predigt ausdenkt. In der Kirche muß er doch predigen, und was er da sagt, denkt er sich aus, wenn er da oben in seinem Zimmer sitzt.«
Petros schien das einzuleuchten. Die untere Treppe war nun kein Problem mehr für ihn, er ging sie von jetzt an immer sehr vorsichtig hinauf und hinab, eine Hand an die Kordel geklammert. Bess war beruhigt.
Nun aber, da sie lag, war Petros, der ihr sonst auf Schritt

und Tritt folgte, betrüblich verwaist. Er stand herum wie ein vorwurfsvolles Fragezeichen und war eigentlich jedem im Wege. Überhaupt ging es ziemlich drüber und drunter, Bess merkte das in ihrem Bett genau, und sie verwünschte sich und ihre Krankheit. Deshalb stand sie auch viel zu früh auf, behauptete, gesund zu sein, fühlte sich noch viel elender als im Bett und mußte sich sehr bald wieder hinlegen, diesmal mit hohem Fieber.

Christiane kam nur samstags heim, so blieb die meiste Arbeit an Friederike hängen. Sie tat, was sie konnte, aber sie schaffte es natürlich nicht. »Du könntest wenigstens Petros ins Bett bringen«, sagte sie einmal ganz verzweifelt zu Martin, als sie von oben kam und das Tablett von Bess herunterbrachte. Die Mutter hatte gar nichts gemocht, ein schlechtes Zeichen. Und hier stand der Tisch noch unabgeräumt, das Zimmer sah fürchterlich aus, und Petros kniete auf einem Stuhl, hatte sich das Senfglas geangelt und holte mit dem Finger kleine Portionen heraus, die er sich ins Mäulchen strich.

»Aber, Petros, das tut man doch nicht. Und gebadet muß er auch noch werden, gestern und vorgestern kam ich einfach nicht dazu.«

»Von mir aus.« Martin hatte soeben mit seiner Mappe unterm Arm abziehen wollen, jetzt legte er sie resigniert auf die Eckbank. »Dann komm, du kleines Ferkel.«

»Was ist denn da los?« fragte Bess nach etwa einer Stunde, als Friederike wieder bei ihr hereinsah. »Hörst du das nicht? Das klingt ja ...«

»... als ob zehn kleine Jungen gebadet würden und nicht ein einziger«, sagte Friederike und schloß eilig die Tür. »Laß ihn doch. Vielleicht kennt er es noch nicht, daß das Wasser heiß aus der Wand läuft. Und er genießt hier zum ersten Mal das Wunder der Technik.«

»Martin badet ihn? Na, da wird das Badezimmer wohl schwimmen. Wie schaffst du es nur, Fritzi, es ist doch zuviel für dich!«
»Geht schon irgendwie, Mutter. Jetzt wird erstmal was gegessen, bitte. Wie sollst du denn sonst wieder auf die Beine kommen! Vater gefällt mir auch nicht, er sieht schlecht aus ... Wenn es ihn nur nicht auch noch einmal umlegt.«

Richard hatte um diese Zeit viel Ärger mit den Konfirmanden. Sie wollten nichts lernen, nichts tun, nicht einmal zuhören. »Bitte nicht stören!« hatte einer auf ein Pappschild gemalt und sich das wie eine Krone aufgesetzt. Als Richard hereinkam, legte er den Kopf auf die gekreuzten Arme und schnarchte künstlich und lautstark. Richard nahm ihm im Vorbeigehen das Schild vom Kopf und warf es in den Papierkorb. Da aber wurde der Junge rabiat und schrie, das sei Diebstahl, das Schild sei sein Eigentum, er verlange es zurück, sonst gäbe es heute keinen Unterricht. Er würde es nicht dulden, daß ...
»Und ich dulde solchen Spektakel nicht«, sagte Richard in aller Ruhe und faßte den Jungen am Kragen. Es war der älteste Sohn des Steinbrucharbeiters Lawes. Richard war groß und breit und auch imponierend stark. »Komm, brüll draußen!« Und schon hatte er ihn vor die Tür gestellt, zugemacht und abgeschlossen. Der Schlüssel steckte von innen. Der Hinausgeworfene im Flur tobte, schlug mit den Fäusten an die Tür und trat dagegen. Es war eine Nervenprobe.
»Laßt ihn, das tut ihm gut«, sagte Richard zu den andern Jungen, die still, aber gespannt dasaßen: Was wird nun? »Ich habe heute ein paar Dias aus Israel mitgebracht, Israel, wie es heute ist. Ein Kollege war dort und hat sie

mir geliehen. Wir können sie uns ansehen bei dieser Begleitmusik.« Er deutete lächelnd zur Tür.

»Sie ließen sich tatsächlich ablenken, und das Gepolter des Jungen wirkte nur noch wie ein zu laut gestelltes Radio«, erzählte Richard am Abend lachend seiner Frau. »Es waren auch ungewöhnlich schöne Dias. Wunderbare Landschaftsaufnahmen – ja, und dann die Bilder vom weiblichen Militär. Dort tragen die jungen Mädchen doch Uniform, und was für schicke! Das war für meine Jungen hochinteressant, und so vergaßen sie den Krachmacher ziemlich rasch. Er hörte dann auch auf. Spektakeln kann man nur eine Viertelstunde, höchstens eine halbe. Dann ist man selbst fertig, aber absolut. Wir haben das mal ausprobiert, als wir jung waren ...« Er kam ins Erzählen, Friederike saß dabei. Bess kannte die meisten seiner Geschichten, hörte sie aber immer wieder gern.

Dann kam Martin. Er war erhitzt, aber vergnügt. »Nein, das müßt ihr hören! Entschuldige, Vater, ich will dich nicht unterbrechen.«

»Ich war gerade fertig. Was gibt's?« Er sah Martin freundlich fragend an. Dessen sonst oft mürrisches Gesicht strahlte.

»Ach, dieser Petros! Ich hab mich ja amüsiert. Du hast wohl abends immer mit ihm gebetet, Mutter, und er kannte das noch nicht? Dachte ich mir. Er verlangte es jedenfalls, setzte sich, als ich ihn endlich im Bett hatte, putzmunter mit gefalteten Händen hin und sagte: ‚Ich kann ...'

‚Was möchtest du denn?' fragte ich. ‚›Müde bin ich‹ oder ›Breit aus die Flügel beide‹ oder ...'

‚Ich kann. Ich kann allein!' schrie er aufgeregt. ‚Paß auf, du zuhören.' Und dann schnurrte er los: ‚Lieber Gott,

mach dich fort, daß du in den Himmel kommst. 'n Abend.' In Lautstärke zehn. Großartig, nicht?«
Martin lachte, und die andern stimmten ein.
»Ist doch einmalig. O Petros, kleiner Süßer. Wenn ich aufsteh, will ich es auch hören.«
»Ich leg ihn morgen wieder schlafen, nicht wahr, Friederike? Du tust es nicht«, sagte Martin. »Ich komme auch nicht so spät. Er erzählt so drollig. Er ist sehr geweckt für sein Alter. Ich bring ihm mal eins von den modernen Bilderbüchern mit, will sehen, wie er reagiert.« Martin war so eifrig, als handle es sich um seinen eigenen erstgeborenen Sohn.
Bess lächelte vor sich. Sie war müde, im Augenblick aber glücklich müde. Kranksein ist schön, wenn man keine Schmerzen hat und die andern sitzen ums Bett und erzählen, dachte sie noch, ehe sie ganz schnell einschlief.
Die andern entdeckten es erst nach ziemlich langer Zeit. Sie sahen sich betreten an. »Hoffentlich war es nicht zuviel für sie«, sagte Martin reuig, »das nächste Mal . . .«
»Gutes wird nicht so leicht zuviel.« Richard lächelte und stand ein wenig mühsam auf. »Im Gegenteil, es hilft, gesund zu werden.«

Als Bess wieder aufgestanden war und umherging, bemüht, das häusliche Chaos zu lichten, blieb es gleichsam unbemerkt Martins Aufgabe, sich abends um Petros zu kümmern. Er beschäftigte sich mit dem Kleinen, brachte ihm Spielzeug mit und besah mit ihm zusammen Bilderbücher, bewunderte seine Malereien und versuchte ihm die ersten Begriffe des Blockflötespielens beizubringen. Das war ein Umtrieb für die ganze Familie, denn Petros hatte ein südländisches Temperament, und man atmete auf, wenn er untergebracht war.

Bess mühte sich, wieder ihren Mann zu stehen, war aber noch recht wackelig. Eines Sonntags kam Daniel zu ihr in die Küche, wo sie das Mittagessen vorbereitete. Richard predigte im Nachbardorf, und wenn er zweimal Gottesdienst hielt, war er hinterher immer recht erschöpft. Dazu sollte Ruhe und Frieden herrschen, und es mußte etwas Leichtes geben, denn er pflegte allzu gern einzuhauen, als habe er drei Tage gehungert, und das bekam ihm nicht. Heute sollte es nur Frikassee und Reis geben. Bess suchte in der Speisekammer nach Kapern und fand keine. Sie hörte nur mit halbem Ohr auf Daniel.

»Ja? Was wolltest du?« fragte sie schließlich nochmal.

»Ich brauch einen Jägeranzug, Mutter«, sagte er.

Bess glaubte, sich verhört zu haben. »Jäger – sagtest du? Wozu denn in aller Welt?«

»Zum Theater spielen.« Das Gymnasium hatte demnächst ein Stiftungsfest mit runder Zahl, und da sollte etwas aufgeführt werden. Eine Oper.

»Aber manche sprechen auch nur«, sagte Daniel.

»Und du bist ein Jäger? Hast du deine Rolle schon gelernt? Ist sie hübsch?«

»Ach, ich ...« Daniel stand da und spielte mit einem Büchsenöffner, drehte und drehte am Griff. »Ich wollte erst gar nicht.«

»Warum denn? Ich hab immer furchtbar gern Theater gespielt. Ist die Rolle so lang?«

»Nein, gerade nicht. Ich – also der Jäger muß nur einen einzigen Satz sagen, und da wollte keiner die Rolle, aber unser Klassenlehrer hat zu mir gesagt, ich muß. Und alle andern haben mich ausgelacht.«

Ausgelacht zu werden, wenn man noch nicht lange in der Klasse ist, tut weh. Bess erinnerte sich jetzt, daß

Daniel zuerst gern in die neue Schule gegangen war, seit einiger Zeit aber anscheinend Schwierigkeiten hatte. Er brachte auch nie einen Freund mit. War er ein Außenseiter, ein Einzelgänger?
Natürlich geht es manchmal nicht auf Anhieb, einen Freund zu finden, und ebenso natürlich sind Kinder grausam, wenn sie die Schwäche eines »Neuen« fühlen, auch mit dreizehn Jahren noch. Bess überlegte.
»Einen Anzug beschaff ich dir schon, ich kenn doch hier die Forstleute. Sicher borgt mir einer von ihnen eine Jacke, die dir einigermaßen paßt. Und einen Hut. Weißt du, so einen, der seitlich hochgeschlagen wird, die sind sehr kleidsam. Die Hose braucht vielleicht nicht grün zu sein, was meinst du?«
»Besser wär es schon. Und ein Waldhorn soll ich auch mitbringen.« Daniel machte ein saures Gesicht.
Bess, die endlich ihre Kapern gefunden hatte, blieb plötzlich vor ihm stehen. »Willst du nicht Angelus mitnehmen? Als deinen Jagdhund? Wäre das nicht ein Knüller?«
»Angelus? Mit in die Schule? Auf die Bühne? Das mach ich«, rief Daniel begeistert. »Oh, da werden die andern aber staunen! Daß ich einen Hund mitbring, und – ja, und ein Waldhorn besorgst du mir doch auch, bitte bitte! Wenn mich dann noch jemand auslacht, hetze ich Angelus auf ihn.« Er war wie ausgetauscht, glücklich und erwartungsvoll.
Bess erzählte es später Richard. Er lobte ihren Einfall. »Da setzt der Junge sich vielleicht doch noch durch unter seinen Kameraden. Sicher werden sie ihn beneiden, wenn er den Hund mitbringt.«
»Und wir gehen zur Aufführung, Richard, ja? Das sind wir ihm schuldig. Und außerdem ist es anregend, so

etwas mitzuerleben. Vielleicht fährt Angelus der Königstochter an die Beine und verwickelt sich in ihre Schleppe, oder er faßt den König am Hosenboden.«
»Eine Phantasie hast du!«
»Und ich zieh mein kleines Schwarzes an und du den Frack.«
»Bist du närrisch! Außerdem paßt mir der Frack überhaupt nicht mehr. Er geht nicht mehr zu, hier.« Richard klopfte sich auf seine Vorderfront. »Ich hab zugenommen an Weisheit, Charakter und Umfang, letzteres am meisten.«
»Macht nichts. Dann gehe ich in langen Hosen und du in Shorts. Wäre das was?«
Sie lachten beide so, daß Martin, der durch den Flur ging, mißbilligend den Kopf schüttelte. Was die Alten nur immer zu lachen hatten! Dabei war das Leben doch wahrhaftig nicht lustig.

Göttingen, im Mai

LIEBE Mutter,
dieses Wochenende komme ich nicht heim, deshalb sollst Du schnell einen Gruß haben. Es ist jetzt so herrlich draußen, daß man wahrhaftig nicht gern in der Stadt bleibt. Aber das Studium, das Studium...

Nicht, daß es mir zuviel wäre. Ich wünschte, der Tag hätte achtundvierzig statt vierundzwanzig Stunden, damit ich schneller vorwärtskäme. Aber da dem nicht so ist, will ich wenigstens dieses Wochenende dazu benützen, pausenlos zu büffeln. Denkt an mich, wenn Ihr im Garten sitzt, und genießt für mich mit!

Nun eine Frage: Darf ich am nächsten Sonnabend jemanden mitbringen? Und – ja, hier stock ich schon, wer hilft mir weiter fort? fragt Faust. Und wenn er es schon nicht weiß, der Philosophie, Juristerei und Medizin und noch viel mehr mit heißen Bemühn studiert hat, wie soll ich es wissen? Und das richtige Wort finden?

Kurz und schlecht, Mutter, ich hab Angst vor Martin. Vor seiner frechen Schn-ute, sagen wir mal. Neulich fragte er mich, wie weit ich sei. Nun, ich brause den klinischen Semestern entgegen. Oho, sagt er, sieh nur zu, daß du die Hauptsache nicht verpaßt. Welche denn, frage ich. Ha, wer als Medizinstudentin nicht im ersten Semester, spätestens im zweiten, seinen Doktor hat, der muß ihn selbst machen. Eine alte Redensart, die ich natürlich kannte und die mich von jeher giftete. Als ob wir nur Medizin studierten, um einen Arzt zu angeln! Und dieser Jemand, den ich also mitzubringen gedenke, ist tatsächlich Arzt, gerade fertig. Nun fürchte ich, daß Martin irgendwelche diesbezügliche Bemerkungen machen könnte, was mich sehr ärgern würde. Bitte verhindere das, Mutter, indem Du ihn vorwarnst und bittest, seinen Witz zu zügeln. Du ersparst mir damit, daß ich das ganze Wochenende zu Hause wie auf Kohlen sitze. Und da konstantes Hochdruckwetter vorausgesagt wird, ist es sicher auch in acht Tagen noch heiß, und ich würde schmoren. Brüder haben mitunter eine penetrante Art. Grüß ihn trotzdem. Und grüß alle. Ich will mir durch dieses Wochenende das nächste verdienen.

Deine Dich und Euch alle liebende

Christiane

Berkeley, im August

Liebe Mutter,

Dank für Deinen langen Brief. Es ist jedesmal ein Fest, wenn einer kommt, denn Du bist groß im Schildern von Kleinigkeiten, und das gefällt mir. Aus Kleinigkeiten setzt sich bekanntlich unser Leben zusammen. Ich bezweifle das allerdings. Aus unserem geliebten Haus mit der steilen Treppe nach Berkeley zu fliegen war keine Kleinigkeit. Weder tatsächlich – ich erinnere mich noch sehr genau an die ungeheure körperliche Strapaze dieser Luftreise mit Zeitverschiebung und Umsteigen und Schlaflosigkeit und dem pausenlosen Grübeln, ob es richtig war, sie zu unternehmen – noch im übertragenen Sinne. Aber die Kleinigkeiten von zu Hause, durch Deine Feder geschildert, haben etwas überwältigend Rührendes. Wie die Ziege von nebenan Angelus vertrieb, als er

sie vertreiben sollte, wie die wilde Jagd über alle Beete ging, zuletzt über den Zaun – das alles erlebt man richtig mit, wenn man Deinen Brief liest. Ich werde ihn aufheben (wie alle Deine Briefe, lach nicht!). Briefe sind etwas Unmodernes, aber etwas Schönes. Der Zweikampf Ziege–Hund beweist es. Und der wäre verloren, wenn Du ihn nicht im Brief festgehalten hättest. Für kommende Generationen.
Ob ich Dir Ähnliches bieten kann, steht dahin. Ich glaube, Du bist mir über und Europa Amerika. Dennoch will ich es versuchen. Denn wenn ich nicht antworte, bleiben womöglich eines Tages Deine Briefe aus. Das wäre schade. Also hör.
Wir hatten gerade hier ein großes Fest. Für Studenten und -innen, von denen es viele und gar nicht unüble gibt, wird alle vier Jahre eins gegeben, wenn sie graduiert sind. Daran nehmen auch die andern und natürlich auch die Professoren teil, die hier allgemein mit dem Vornamen und du angeredet werden. Anders als per du geht es ja auf englisch und amerikanisch-englisch nicht, aber die Anrede mit dem Vornamen ist doch beachtlich. Sie sind großartig kameradschaftlich, und bei Klausuren geben sie das Thema und gehen dann hinaus. Man könnte also nach Herzenslust voneinander abschreiben. Aber keiner tut's. Erstaunlich, jedoch Tatsache.
Auch dieses ganze Fest war erstaunlich. Es gab mächtig zu essen, Truthahn und anderes Fleisch, auf die Tische gehäuft, um die man sich zwanglos versammelte. Auch Austern, diese merkwürdigerweise nicht als Vorspeise, sondern mittenmang und leider erst, als die meisten schon recht blau waren. Denn Wein gab es auch die Fülle, rot und weiß, soviel man mochte. Das Essen wurde auf Tellern serviert, die aus Teig gebacken waren und die

man hätte verspeisen können, wenn man nicht von noch köstlicheren Köstlichkeiten satt geworden wäre. Messer und Gabel lagen bereit, wurden aber geschont, man ißt mit den Händen, kannibalisch. Da das bekannt ist, bekommt jeder Gast ein seidenes Tuch, das er um die Schultern hängt wie eine Stola und an dem er sich Gesicht und Hände abwischt, sobald das nötig ist, wie an einer Serviette. Es ist sehr bald und sehr oft nötig.

Damit Du nicht denkst, solch eine Party erschöpfe sich in Fleischeslust, muß ich berichten: Uns wurde noch etwas anderes geboten. Ein Stück Shakespeare, jawohl, noch dazu Sommernachtstraum. Die Darsteller auch Studenten, männliche und weibliche, die die Teile dieses unsterblichen und von mir so heiß geliebten Stückes auf eine recht charmante Weise brachten. Nicht ganz so hinreißend wie in Göttingen, unvergeßlicherweise, aber doch sehr, sehr gut. Und diese Darsteller vergnügten sich in den Pausen, mit uns zu schmausen – jetzt fange ich schon an zu reimen – in ihren Kostümen. Sehr kostbaren Renaissance-Kostümen übrigens. Es war wahrhaft shakespearehaft, das Ganze – bunt und saftig und zart und entzückend, was ihr wollt, wie es euch gefällt. Mir gefiel es sehr.

Du merkst, ich bin gern hier. Es ist zwar heiß, unmenschlich, heißer als jeder heiße August in Deutschland, dazu noch feucht. Aber überall sind Klima-Anlagen, sogar in jedem Auto. Das macht es erträglich. Nun bin ich auf die andern Jahreszeiten gespannt. Man muß das Ganze kennen, sich nicht mit einer Kostprobe begnügen, sonst kann man es nicht einordnen. Auf einer Reise zum Beispiel, auch wenn sie über Wochen geht, bekommt man nur einen Teil mit. Und selbst ein rundes Jahr ist vielleicht noch nicht genug. Da wird man noch überrascht. Man

muß das Land nicht nur kennen, sondern erlebt, eingeatmet haben. Drücke ich mich verständlich aus? Deutsche Sprach – schwere Sprach. Verstehst Du trotzdem, was ich meine?
Sobald es kühler wird, gehe ich auf eine Farm zu Bekannten. Sie haben mich eingeladen. Einmal war ich schon dort, nur kurz, es gefiel mir sehr. Ich durfte auch reiten. Allein. »Wohin?« fragte ich, als ich das Westernpferd – ziemlich hoch, sehr schnell, aber hervorragend zugeritten, geht auf die kleinste Hilfe – bestiegen hatte. »Überallhin. That's all ours«, wurde mir geantwortet mit einer entsprechend umfassenden Armbewegung. So etwas ist schon eindrucksvoll, zumal wenn man an den Zaun und die Ziege daheim denkt. Trotzdem: nichts gegen Zaun und Ziege! Und nichts gegen Dich, mein kleines Mütterchen mit dem großen Herzen (verzeih, es klingt nach Pathos, und das sollte es nicht). Aber – wennsch doch wahr isch, sagt der Schwyzer.

Dein Krister

Wartburg, Ende Oktober

Lieber Hans,
Mutter ist schwer beschäftigt, deshalb ist es heute an mir, Dir zu schreiben. Dein Erfolg in Hebräisch hat mich sehr gefreut. Ich selbst habe mit Sprachen immer Schwierigkeiten gehabt, um so mehr schätze ich Deine Leistung. Möge es weiter gutgehen!
Und auch sonst. Laß es mich einmal aussprechen, daß ich sehr glücklich bin, Dich auf diesem Wege zu wissen. Ich habe ihn Dir weder vorgeschrieben noch suggeriert, bei Gott nicht, den ich in diesem Fall wirklich als Zeuge bringen könnte. Aber gewünscht habe ich mir, daß Du diesem Wege folgtest, und wenn alles gutgeht, werde ich

sehr dankbar sein. Lehrer und Geistlicher – das sind Berufe, die man nicht ergreift wie andere, sondern von denen man ergriffen werden sollte. Wenn Du es bist, Hans, keiner ist froher darüber als ich. Schwierigkeiten, Pannen, Hindernisse, die das Leben einem vor die Füße wirft, gibt es hier auch, ich möchte sogar sagen: mehr als in anderen Berufen, Du wirst es vermutlich erleben. Aber ebenso wie einer, der Schornsteinfeger werden will, sich darüber klar sein muß, daß er schwarz wird, ebenso muß ein Geistlicher mit Skrupeln und – ja, auch das: mit Verzweiflungen rechnen. Wichtig dabei ist, daß man sich ihnen stellt, nicht sie zu umgehen versucht. Und sie angeht. Vielleicht ist es gut, das einmal unumwunden schwarz auf weiß hinzuschreiben. Es soll nicht wieder vorkommen, einmal genügt. Und ich nehme also diesen Brief zum Anlaß, es zu tun. Es ist recht günstig, daß Mutter diesmal nicht schreibt, sondern mich gebeten hat, ihr den Brief dieser Woche abzunehmen.
Draußen liegt dunkelgoldenes Oktoberlicht über dem Garten. Wundervolles Licht, warm und klar. Ich liebe diesen Monat, wenn er so ist wie heute, übrigens auch, wenn es stürmt. Ich liebe auch den November mit dem immer weiter werdenden Horizont, wenn sich die Bäume lichten – mit dem zarten Grau, das so viel liebenswerter ist als eine klare und harte Helle, mit der Kühle draußen und dem wohligen Zusammenrücken drinnen, wenn erstmals geheizt wird und es nach frisch versilbertem Ofenrohr stinkt. Für Mutter wünschte ich schon, unser Haus wäre moderner und sie brauchte nur auf einen Knopf zu drücken, damit es warm wird. Aber wenigstens auf meiner Wartburg genieße ich es, daß es noch ist wie früher (und trage den Kohleneimer selbst herauf, sooft es mir gelingt, ihr damit zuvorzukommen).

Ja, Du kannst Dir denken, Deine Mutter ist etwas deprimiert von der Geschichte. Es wird also keine weiße Hochzeit bei Christiane – wie hat sie sich darauf gefreut, als sie die ersehnten Töchter bekam! –, sondern nur eine kleine standesamtliche Trauung in Göttingen, mit einem Frühstück hinterher und sonst gar nichts. Wir sind gottlob eingeladen, ich fürchtete, es würde nicht einmal dazu reichen, aber Christiane hat es durchgesetzt. Wir und die beiden Trauzeugen, Freunde von ihm. Weiter niemand.
Rudolf war zweimal hier, und er gefällt mir recht gut. Zielstrebig, fleißig, unsentimental – letzteres vielleicht fast zu sehr. Aber das muß Christiane ja längst gemerkt haben. Sie tut, als machte sie sich gar nichts daraus. Er geht gleich nach der Heirat in ein Entwicklungsland, wohin, steht noch nicht fest, wahrscheinlich Ostafrika oder Peru. Christiane will ihm folgen, sobald sie fertig ist mit dem Studium. Das Kind kommt zu uns, Mutter hat sich sofort bereit erklärt, es zu nehmen. Vielleicht ändert Christiane noch ihren Entschluß, wenn es erst da ist. Vielleicht aber auch nicht. Mutter – Du kennst ja unsere Bess – ist Feuer und Flamme bei dem Gedanken, wieder einen Säugling in den Arm zu bekommen. Ich sehe das Ganze mit etwas Vorbehalt, aber ...
Trotz allem: die Sache mit der Entwicklungshilfe ist gut. Ich habe mir alles, was man darüber wissen muß, von Rudolf geben lassen und sehr genau durchgelesen. Eins weiß ich: Wenn ich jung wäre, ich ginge auch dorthin. Welche Aussichten, welche Möglichkeiten! Unser Leben, als wir so alt respektive jung waren wie Ihr, war ja ganz anders, es war eingeengt und von äußerer Not gezeichnet, es zwang uns zu ewigen Provisorien, und so etwas bleibt einem wohl als Grundmotiv fürs ganze Leben. Deshalb – siehe oben – lobe ich mir ein stinkendes Ofen-

rohr, das einem so richtig den Herbst symbolisiert, und beneide keinen zentralbeheizten Kollegen. Ich ginge gern in ein wildes Land, für einige Zeit jedenfalls, vielleicht kommt ja auch Rudolf eines Tages zurück. Und ich verstehe, daß Christiane ihm nachstrebt. Die baldige Trennung nach der Hochzeit ist natürlich nicht leicht für sie. Möge sie die Kraft in ihrem Herzen haben, die dazu nötig ist.

Wir freuen uns auf Weihnachten und hoffen, daß Du es einrichten kannst, zu kommen; Dein letzter Brief klang, als wäre das nicht wahrscheinlich. Krister kommt natürlich nicht, aber Martin wird dasein. Es scheint, als habe sich hier im Dorf ein Magnet angesiedelt, der ihn hält – würde er sonst weiterhin die Strapazen der täglichen An- und Rückfahrt auf sich nehmen? Und Friederike und Daniel sind ja auch noch da. Mit beiden geht es in der Schule jetzt ganz gut. Daniel braucht nur noch gelegentlich meine Nachhilfe in Latein. Er ist nun im Konfirmandenunterricht, und ich habe meine Freude an ihm und seinen klugen Antworten. So allmählich geht er aus sich heraus. Friederike hat mit Reiten angefangen. Immer noch besser als Segelfliegen oder Fallschirmspringen, sage ich Mutter. Aber vielleicht kommt auch das noch. Ja, wenn man sechs Kinder hat . . .

Sei gegrüßt, mein lieber Dritter von diesen Sechsen. Ich wünsche Dir, daß es Dir einmal ähnlich gehen möge wie uns, Deiner Mutter und mir.

Sehr herzlich
Dein Vater

Göttingen, am . . Juni

Lieber Rudolf,

das Telegramm hat Dich hoffentlich erreicht. Sollte es fehlgeleitet oder verlorengegangen sein: wir haben einen

Sohn. Er ist genau eine Stunde alt und ein Sonntagskind. Ich schreibe Dir sofort, denn schlafen kann ich natürlich nicht, dazu bin ich viel zu aufgeregt. Man kann es noch so oft gehört, gelesen, miterlebt haben – wenn es einem selbst passiert, ist es eine ganz große Sache. Eine enorme, *das* Erlebnis. Hier in der Klinik haben sie vollstes Verständnis, nichts mit »Nun muß aber die junge Mutter erst einmal schlafen ...« und so, sondern: »Hier Papier und Kuli. Und grüßen Sie schön!«

Zu Hause habe ich angerufen. Große Freude ringsum. Und von allen soll ich Dich grüßen, besonders aber von der kleinen Hauptperson.

Ja, es ging alles glatt, ich bekam am ausgerechneten Tag prompt Wehen, erst in Abständen, dann alle drei Minuten, und legte mich hin, um erstmal abzuwarten. Als ich wußte, es ist kein blinder Alarm, ging's ab in die Klinik. Den Korridor kam ich gerade noch lang, schon mächtig krummgezogen, aber allein. Heiße Wanne, Vorbereitungsraum, Cardio-Typogramm auf den Bauch, damit man »seine« Herztöne gut hörte. Sie spritzten mir dann noch Dolantin, weil die Wehen sehr stark waren. Also das Märchen von der schmerzlosen Geburt – ich weiß nicht. Dabei tat ich alles, was man machen kann und was ich den Müttern immer empfahl: Bauchatmung und Entspannung und das alles. Bei manchen mag es ja helfen. Nach der ersten Preßwehe wurde die Elektrode an das Köpfchen angezwickt, was ich selbst in diesem recht wilden Schmerzenszustand noch als roh empfand, aber wenn es nur nützte. Drei weitere Preßwehen, und da war er: vierundfünfzig Zentimeter groß und dreitausendsiebenhundert Gramm schwer.

Ich bin sehr glücklich. Noch glücklicher wäre ich, wenn ich drauf lauern könnte, daß es klopft und der junge

Vater hereinkommt, aber das ist nun mal nicht so, und so will ich mich bescheiden. Vielleicht gelingt es Dir, von irgendwoher anzurufen, solange ich hier liege, das wäre schön. Telefon am Bett, Nummer schreibe ich ganz groß an den Schluß.
Auf Deinen Wunsch heißt unser Sohn Georg, nach Deinem Vater. Mutter freut sich schon sehr, ihn zu bekommen. Ich will auch nur sechs Tage hierbleiben, die aber ausnützen mit viel Schlaf und auch etwas Arbeit, denn ohne die wäre ich nicht ruhig. Ich denke, hier kann man ausgezeichnet arbeiten. Doch ich verspreche: nur tagsüber oder wenn ich sowieso nicht schlafen kann. Nachttischlampe habe ich, und eine wohlüberlegt gefüllte Mappe steht unterm Bett.
Morgen schreibe ich mehr. Ich schreibe Dir jetzt jeden Tag, den ich hier liege und gehätschelt werde, das darf ich doch, wenn ich außerdem arbeite. Hoffentlich klappt es mit der Milch. Ich mache mir keine übertriebenen Hoffnungen, denn heute kann keine Frau mehr stillen, woran mag das liegen? Sollte es aber trotzdem gehen, würde ich so lange zu Hause bleiben, bis die Quelle versiegt. Wenn nein, versäume ich an der Uni nur diese sechs Tage, und Mutter gibt Humana. Du bist doch einverstanden?
Ich denke sehr an Dich. Wenn es nach mir gegangen wäre, würde er Rudolf heißen. Überall, wo der erste Sohn nach dem Vater heißt, wird geseufzt, es sei unpraktisch im täglichen Leben, und man solle sich dann wenigstens einen Spitznamen ausdenken für den Kleinen. Mir wäre das egal. Alles in mir denkt »Rudolf«, wenn ich dieses süße Baby ansehe, unser Baby.

Deine Christiane

Berkeley, im Dezember

Liebe Mutter,
heute kommt ein Brief an Dich ganz allein. Wirst Du es fertigbringen, ihn nicht sofort bei Tisch vorzulesen? Ich bitte Dich darum.

Und ich bitte Dich auch herzlich um Verständnis für das, was ich Dir – und vorläufig nur Dir – in diesem Brief mitteile, zweierlei, etwas, worüber Du Dich freust, und etwas Gegenteiliges. Was zuerst? Erst das Gegenteilige, meine ich. Also: ich komme diese Weihnachten wieder nicht nach Hause. Aber: nächstes Jahr komme ich, und dann für immer. Ich bleibe nicht hier, so sehr es mich auch zeitweise verlockt hat. Es war sehr schwer, das zu entscheiden, glaub mir, man hat hier ungeahnte Möglichkeiten. Und ich wäre gern geblieben, sehr oft dachte ich, ich entscheide mich für hier. Jetzt aber, da ich es Dir schreibe, ist es bei mir eine ausgemachte Sache: Ich komme zurück und mache in Tübingen mein Diplom, eventuell dann noch den Doktor. Den Master of Arts habe ich. Wenn ich Dir das nun fest versprechen kann – ich weiß, was Du Dir wünschst –, wird es Dir hoffentlich nicht allzu schwerfallen, wenn ich noch etwa neun Monate bleibe, neun oder zehn Monate, allerhöchstens. Diese Zeit ist für mich äußerst wichtig und nützlich. Dann aber – und glaub bloß nicht, Mutter, daß ich mich nicht freue!

Meine Erwägungen, für immer hierzubleiben, hatten auch menschliche Gründe. Ich habe eine Mitstudentin kennengelernt, die ich sehr mochte und in einer Art immer noch mag. Ein kluges, sehr lebhaftes, außerordentlich gebildetes Mädchen, das schon viel von der Welt gesehen hat, Jane. Ich schrieb absichtlich nie etwas von ihr, mein Verhältnis zu ihr war immer schwierig, ständig wechselnd, kostete mich viel Kraft. Sie hat es schwer mit sich selbst, und das war einer der Gründe, daß ich mich nicht von ihr lösen konnte – einer. Jetzt aber habe ich eingesehen, daß auch ich ihr nicht helfen kann, sie muß selbst durch und wird es auch schaffen, richtiger: hat es wahrscheinlich schon geschafft. Sie ging, als sie einsah, daß sie hier nicht mit sich ins reine kommt, mit einem kurzen und sehr anerkennenswerten Entschluß weg, nach Tokio. Von dort schrieb sie mir. Sie ist eine Persönlichkeit, zweifellos.

Es war aber nicht Jane allein, die mich hierhielt. Auch wenn sie wiederkäme – was sie nicht vorhat –, bliebe ich nicht, nun nicht mehr. Ich weiß schon ziemlich lange, daß ich nicht hierhergehöre. Vermutlich bin ich zu alt, um hierzubleiben. Die ersten zweieinhalb Jahrzehnte meines Lebens haben mich eben doch entscheidend geprägt, so eindringlich, daß Amerika mit all seiner fascination für mich nur ein Meilenstein sein kann, kein Ziel. Es ist amüsant, eine Weile Kuister zu heißen – keiner kann hier meinen Namen richtig aussprechen –, Icecream statt Eis und Sandwiches statt Butterbrot zu essen und von zehn Uhr morgens an zur Passivität verurteilt zu sein, weil es so heiß ist. Amüsant, ja. Aber auf die Dauer nicht erträglich.

Seit einiger Zeit plagt mich – Du wirst lachen – eine Vision, tage- und nächtelang. Ich sah unser Haus, dieses altmodische, in Fachwerk gebaute, dessen weiße Stellen wieder einmal gestrichen werden sollten. Dieses Haus sah ich vor mir, die vordere Ecke, so deutlich, als stünde ich drei Meter vor dem Gartentürchen. Es war Winter, nicht übermäßig kalt, das sah man an dem zertretenen Schnee vor der Haustür. Pulver bei strenger Kälte ist reinweiß. Hier war der Schnee schmutzig, und die beiden

Wälle rechts und links der Haustürstufen, die wir immer aufwerfen, damit man nicht den ganzen Schnee in den Hausflur schleppt, waren zusammengebacken und rissig. Man würde sie aufhacken müssen, wenn man sie abtrug – eine Arbeit, die bekanntlich niemand aus der Familie gern tut und immer auf andere abzuschieben versucht. Jetzt sah ich, hier in Berkeley in dem kleinen Wohnhof zwischen den Bungalows, diese ekligen Schnee-, besser Harschhaufen so deutlich vor mir, daß ich glaubte, ich könnte sie fotografieren.

Ihr habt wohl noch gar keinen Schnee, meist ist ja vor Weihnachten und auch zum Fest selbst nichts da, sondern nur Regen und Matsch. Wie oft haben wir uns darüber geärgert. Aber ich sah halt diese schmutzigen Schneehaufen, und dabei geisterte mir ein Vers durch den Kopf, den ich höchstwahrscheinlich einmal von Dir gehört habe, vielleicht, als wir noch klein waren und krank und Dich quälten, Du solltest uns was erzählen oder vorlesen.

Weißverschneite Weserberge,
winterstilles Heimatland ...

Wie es weitergeht, weiß ich nicht, irgend etwas kommt wohl mit »Ferge«, auf »Berge« reimt sich ja sonst nichts als höchstens Gartenzwerge, verzeih. Und das Poem stammt zweifellos aus jener Zeit, in der sich Gedichte reimten, hinten und am liebsten auch vorn.

Versteh mich richtig: weder das Gedicht noch die scheußlichen Schneehaufen waren selbstverständlich der Anlaß, hier wegzugehen. Oder doch – alles miteinander. Ich weiß jetzt, daß es richtig für mich ist, nach Deutschland zurückzugehen, und es ist schön, das zu wissen. Daß ich die Zeit, die ich noch hier bin, gut nützen werde, wirst Du verstehen. Dann aber komme ich.

Dein Krister

Bess saß auf dem Gartenplatz neben der Küchentür und versuchte, dem kleinen Georg den Strampelanzug zuzuknöpfen, während sie auf den Briefträger wartete. Es war für Mai schon sehr heiß. Hoffentlich kam kein Gewitter, der Kleine war dann immer sehr unruhig.
Sie wartete auf eine Nachricht von Hans. Bei ihm war wieder ein Teilexamen fällig. Er nahm sein Studium sehr ernst, um so mehr bangte man um seine Prüfungen.
Überhaupt hatte Bess das Gefühl, als bestünde ihr Leben in letzter Zeit nur aus Prüfungen und Prüfungen. Friederike hatte das Schriftliche des Abiturs hinter sich, es war leidlich verlaufen. Nun paukte sie fürs Mündliche. Christiane schrieb oder berichtete dauernd von Scheinen, die sie machen mußte, und kannte nur ein Ziel: das Staatsexamen. Bess dachte manchmal, so viele Daumen habe sie gar nicht, wie gehalten werden mußten. Ein Bekannter erzählte ihr einmal, er habe seinen Freund gefragt, warum der so mitgenommen aussähe. Antwort: »Ach, meine Älteste macht Abitur, die Zweite mittlere Reife, die Dritte die Aufnahmeprüfung für die Höhere Schule, und meine Frau ist in den Wechseljahren.« Bess meinte, sie könne kein Mitleid mit diesem Mann aufbringen; bei ihnen sei es viel schlimmer.
Sobald Hans diese Prüfung hinter sich hatte, würde er endlich wieder mal heimkommen; selbst an Weihnachten war er nicht dagewesen, so angespannt arbeitete er.

»Nun halt schon still, du kleiner Zappelphilipp«, sagte sie und zog an dem Träger, der auf der Schulter geknöpft werden mußte. Der ganze Anzug war schon knapp, das lag an dem Windelpaket, das der Kleine mit sich schleppte. Bess hatte ihre eigenen Kinder in diesem Alter längst aufs Töpfchen gesetzt. Aber das tat man jetzt nicht mehr, hatte Christiane ihr gesagt. Eines Tages seien die Kinder von selbst sauber.

»Und du hast ja eine Waschmaschine, Mutter, nicht wahr, da ist es nicht so schlimm, wenn es etwas länger dauert. Zwischen dem zweiten und dritten Lebensjahr sind alle soweit, und dann gibt es keine Rückfälle.«

Bess meinte, man könnte nach der alten Methode ein Kind schon mit einem Jahr sauber haben, wenn man Glück hatte. Sie sagte aber nichts. Ihre alten Methoden – unmöglich! Und es kam ja wirklich nicht drauf an, Hauptsache, das Kind war gesund und entwickelte sich normal, und das tat der kleine Dicke, das sah man genau. Bess liebte ihn wie ein eigenes Kind, wie das so ist, wenn man einen Säugling sehr früh bekommt, ganz für ihn da ist, nachts aufsteht, wenn er mauzt, und sich am Tag bei aller anderer Arbeit stets darauf freut, ihn zu versorgen; wenn man seine Fortschritte beobachtet und ihm die ersten Worte vorspricht, immer voller Freude und Staunen, daß er zu begreifen beginnt. Auch Richard liebte den Kleinen, als wäre er sein und ihr Sohn. Und hier war es leicht, Kinder großzuziehen, hier, wo Platz im Haus war und der große Garten, wo man ein Kind nicht spazierenfahren mußte, sondern einfach zum Schlafen hinausstellte unter blühende Apfelbäume.

Freilich, manches war schwierig, gerade weil es nicht ihr eigenes Kind war. Christiane, verbohrt in ihre Arbeit, kam ziemlich selten heim, sie untersuchte den Kleinen dann stets mit Stethoskop und all dem Zauberkram, der den Ärzten heute zu Gebote stand, fand aber keine Schadstelle an ihm, wie Martin es nannte. Martin war es, der Bess immer wieder in ihre Erziehung hineinredete. Er beschäftigte sich viel mit dem Kind und wußte alles besser. Es war oft mühsam.

Martin, schon eine ganze Weile fertiger Buchhändler, wohnte noch immer zu Hause, und das hatte seine Gründe. Man sah ihn fast nur mit Nicole. Und Bess verstand ja, daß man sich in dieses Mädchen verlieben konnte, so reizend war sie. Seit anderthalb Jahren oder etwas länger – Bess wußte es nicht genau, es konnten auch schon drei Jahre sein – wohnten ihre Eltern, er Maler, sie Graphikerin, im Dorf, in einem merkwürdigen, von außen leidlich hübschen Haus, das innen hinreißend sein sollte. Es stand am gegenüberliegenden Hang des Ortes, dem Pfarrhaus entgegengesetzt, und Bess dachte manchmal, das sei symbolisch. Nicoles Eltern waren aus der Kirche ausgetreten, ihre Tochter auch. Es war die einzige Familie des Dorfes, die das getan hatte. »Es gibt Menschen, die aus Gewissensgründen austreten«, hatte Richard damals gesagt, »laß sie. Jeder wird auf seine Art selig.«

Bess hatte nichts erwidert. Sie stammte aus einer Mischehe, ihre Mutter war katholisch gewesen, und sie war nicht engherzig. Aber der Kirche ganz den Rücken zu wenden, das war schwer verständlich, fand sie. Und sie meinte manchmal, Richard sei doch mehr Idealist, als es gut war. Daß er an das Gute im Menschen glaubte, unentwegt, immer wieder, trotz aller Enttäuschungen – ihr erschien es liebenswert, ja rührend. Und sie verteidigte ihn immer, wenn jemand ihn angriff. Dennoch.

Daß Martin in Nicole verliebt war, damit mußte man

sich abfinden, und vielleicht änderte sich das auch noch. Bess glaubte dies zwar nicht, aber sie sagte es sich manchmal vor. Mit Richard sprach sie nie darüber, doch sie wußte, daß es ihn kränkte, ein bißchen jedenfalls, so wie es ihr ein wenig weh tat, daß ihr erstes Enkelkind zu früh gekommen war. Sie hatte von schönen, festlichen Hochzeiten geträumt, nun, da sie Töchter besaß. Sicher war das kindisch gewesen, und die Einstellung der heutigen jungen Menschen war eben anders.
»Daß du das nicht verstehst, Mutter!« hatte Christiane einmal etwas ungeduldig gesagt. »In Kranz und Schleier hätte ich sowieso nicht heiraten wollen. Standesamtlich getraut kann auch standesamtlich geschieden werden. Kirchlich nicht, finde ich.«
Das war ein Standpunkt, Bess mußte es zugeben. »Aber rechnest du denn damit, daß ihr euch vielleicht wieder scheiden lassen könntet?« fragte sie zögernd. Sie selbst hatte ihren Mann mit der ungeheuren Gewißheit im Herzen geheiratet, daß sie für immer und ewig zusammengehörten.
»Du liebe Zeit, Mutter, rechnen. Ich weiß doch gar nicht, wie es drüben ist und ob ich mich dort bewähren werde. Und wie Rudolf im Grunde ist, weiß ich auch nicht. Ich kenne ihn doch noch gar nicht lange. Ihr, ja, ihr kanntet einander, als ihr geheiratet habt, vielleicht zehn Jahre oder so . . .« Es klang abschätzig, ja fast verächtlich.
Bess ärgerte sich. »Keine zehn. Sechs Jahre kannten wir uns. Und zwei waren wir verlobt. In Richards letztem Kriegsurlaub haben wir geheiratet. Fünf von den sechs Jahren waren wir fast immer getrennt. Aber wir schrieben uns Briefe, viele Briefe. Es ließ sich darin oft mehr sagen als im Gespräch.«
Ein Zitat aus einem Feldpostbrief Richards fiel ihr ein;

sie wußte nicht mehr, von wem es stammte, doch es war so bezeichnend für die Art ihrer Liebe: »Das Festeste, wovon wir wissen, sind die unsichtbaren Fäden von Herz zu Herz.« Sie gab dieses Wort Christiane nicht preis, hatte noch nie mit jemandem davon gesprochen. Es gehörte Richard und ihr ganz allein, fand sie. Christiane hätte es vielleicht sentimental gefunden und darüber gelächelt.

»Na eben«, hörte sie Christiane sagen. »Ewig lange habt ihr euch gekannt. Allerdings der Krieg! Aber heute ist alles anders – das mußt du doch einsehen, Mutter. Es kommt nicht darauf an, daß man in Treue aufeinander wartet, sondern ...«

»Sondern?« fragte Bess, als Christiane stockte. Es klang ein wenig schärfer, als es gemeint war.

»Sondern daß man sich nach Möglichkeit zueinander hin entwickelt. Und dafür tu ich ja alles, wahrhaftig. Ich arbeite und schufte, damit ich bald Staatsexamen habe; ich will mich ja bewähren. Und dann geh ich rüber, und dann wird man ja sehen.«

Und Georg wächst hier auf, ohne Vater und Mutter, ohne Geschwister! Bess sagte es nicht. Aber Christiane verstand genau, was sie dachte.

»Du willst mich wohl nicht verstehen«, sagte sie ungeduldig und ging ins Haus. Bess blieb zurück, das Kind auf dem Arm.

Später entschuldigte sich Christiane. »Ich werde so leicht heftig, Mutter, verzeih. Aber ich habe so schrecklich viel um die Ohren, und Rudolf schreibt – nun, oft gar nicht glücklich, jedenfalls ... Vieles ist schwieriger, als er dachte. Die sanitären Verhältnisse drüben – also da machen wir uns wahrscheinlich keinen Begriff. Das Schlagwort ist: Construa privada com fossa. Weißt du,

was das heißt? Bau dir ein eigenes Plumps-Klo. Und das Rudolf! Nein, ich muß zu ihm, sobald es geht, und ihm beistehen. Frauen finden sich eher zurecht, und jemand muß für ihn sorgen. Ich hätte gleich mitgehen sollen, aber ich wollte doch fertigstudieren!«
Diese Einstellung wiederum fand Bess tröstlich und gut. Christiane hatte also doch nicht nur »um des Kindes willen« geheiratet. Sie sorgte sich um ihren Mann, sie strebte zu ihm.
Dieses Gespräch hatte vor etwa einem Vierteljahr stattgefunden. Seitdem war Rudolf zwischen ihnen nicht mehr erwähnt worden. Wenn Christiane heimkam und den Jungen angesehen, Bess ausgefragt und den Vater und die Geschwister begrüßt hatte, ging sie meist sofort ins Bett und schlief manchmal vierundzwanzig Stunden ohne Unterbrechung. Natürlich kam das von ihrem wilden, atemlosen Arbeiten. Bess machte sich Sorgen um sie.
Das alles ging ihr durch den Kopf, während sie, den Kleinen auf dem Schoß, auf den Briefträger wartete. Die Zeit, die sie damit vertat, würde ihr bitter fehlen, anderseits war es schön, an einem Vormittag im Mai alle Arbeit liegen zu lassen und mit einem geliebten Kind auf dem Schoß in der Sonne zu sitzen. Georg würde schlafen, wenn er gebadet war. Dann holte sie alles nach.
Da war die Post! Bess stand auf, ging zum Zaun und nahm dem Briefträger den Stoß ab, den er ihr herüberreichte.
»Geht's Ihrer Frau wieder gut? Wie schön«, sagte sie und lächelte inm zu. »Danke. Nichts zu bezahlen?«
Er schüttelte den Kopf, grüßte und kehrte um. Bess überflog pflichtbewußt die Überschriften der politischen Nachrichten auf der ersten Seite der Zeitung; man mußte doch wissen, was in der Welt geschah. Sie blät-

terte die Postsachen durch, sortierte aus, was das Pfarramt betraf. Hans hatte wieder nicht geschrieben. Eine kleine Weile saß sie da wie gelähmt, obwohl sie sich sagte, daß noch kein Grund zur Beunruhigung vorlag. Er war eben nicht dazu gekommen, und wenn etwas quergegangen wäre, hätten sie wahrscheinlich Nachricht.
»Jaja, du bist mein Bester. Wenn ich dich nicht hätte«, sagte sie gedankenlos und drückte Georg an sich. In diesem Augenblick läutete das Telefon. Sie rannte mit dem Kleinen auf dem Arm ins Haus hinein, hob ab, stammelte: »Hier evangelisches Pfarramt, Lauterbach«, horchte, verstand nicht, verstand dann doch – es war Hans.
Er hatte das Examen mit Eins bestanden, er würde kommen, er war glücklich!
Zu schade, daß Richard auswärts war. Sie hätte ihm so gern alles sofort erzählt. Nun mußte sie warten bis zum Mittag. Dann aber – oh, sie freute sich! Und sie würden eine Flasche Wein aufmachen und auf Hans anstoßen, heute konnte Richard danach einen guten und langen Mittagsschlaf halten.
Sie sah auf die Uhr. Es war elf, und sie hatte noch nichts für das Essen getan. Bess ließ die Postsachen auf dem Gartentisch liegen und beschwerte sie mit einer Spielzeug-Ente von Georg, lief dann ins Haus, legte den Jungen in seinen Wagen und schob ihn ungebadet – »ausnahmsweise«, sagte sie entschuldigend zu sich selbst – in den Halbschatten der Birke. Die modernen Kinderärzte behaupteten ja, das tägliche Bad sei nicht so wichtig, aber Mütter wissen: Nie schläft ein Kind so gut und fest wie nach dem Bad. Schon deshalb sollte man die alte Sitte beibehalten. Aber einmal ging es schließlich auch so.

Richard kam, wie das meist so war, wenn sich Bess in Zeitnot befand, an diesem Tag etwas eher als sonst.
»Aber wir brauchen doch noch nicht gleich zu essen, ich geh nochmal hoch zu mir«, sagte er und winkte ab, als sie ihm erklären wollte, warum es heute später werde. Etwas enttäuscht blieb sie stehen. Als sie ihn dann zum Essen holen wollte, antwortete er auf ihr Rufen nicht, und befremdet ging sie hinauf in die Wartburg. Da lag er auf dem schmalen Kanapee und schlief.
Später erzählte er, was geschehen war.
»Ich bin bei Heinzmanns gewesen.« Das waren Leute auf einem Aussiedlerhof jenseits des Dorfes, die Schwierigkeiten mit ihrer Tochter hatten. »Die Margrit scheint zur Vernunft zu kommen. Wahrscheinlich nur eine dumme Liebesgeschichte, wegen der sie wegwollte. In diesem Alter sind es meist Liebesgeschichten, die die Gemütlichkeit des Elternhauses stören.« Er lachte.
Bess dachte an Nicole und Martin, sagte aber nichts.
»Und als ich dann heimging, am Steinbruch vorbei, traf ich Lawes dort bei der Arbeit. Er antwortete nicht, als ich grüßte, fing dann aber plötzlich an zu schimpfen: Spazierengehen am hellichten Tag und nichts tun, aber anderer Leute Kinder verprügeln ... Du weißt ja von dem Vorfall im März.«
Ja, Bess erinnerte sich genau an Richards Bericht damals: Er hatte Lawes' zweiten Sohn im Konfirmandenunterricht zur Ordnung gemahnt, und der hatte darauf Richard mit einem ordinären Schimpfwort bedacht und ihn angespuckt. Diesem war dann die Hand ausgerutscht, und er hatte dem großen Jungen eine Ohrfeige versetzt.
»Lawes hat sich mir in den Weg gestellt und mich angerempelt«, erzählte Richard jetzt weiter. »Er war wohl

nicht nüchtern. Das hat mich ein bißchen aufgeregt, und deshalb hab ich mir zuerst mal eine Tablette genommen und mich langgelegt.«

»Aber auch hier hat es Aufregung gegeben«, sagte Bess und wurde jetzt endlich die Nachricht von der bestandenen Prüfung los, die sie viel mehr beschäftigte als der betrunkene Lawes.

Richard freute sich und ließ sich immer wieder genau schildern, was Hans am Telefon erzählt hatte.

Und dann kam der Tag, für den Hans sich angesagt hatte. Bess lief umher und stellte Blumen in die Vasen, bezog das Bett frisch und hängte Gardinen auf, und im ganzen Haus roch es nach Gesottenem und Gebratenem.

»Dabei ist er doch gar kein verlorener Sohn wie beispielsweise ich«, knurrte Martin, als er heimkam und ihm ein süßer Küchenduft entgegenwehte.

»Du bist doch nicht verloren?« fragte Bess verwundert.

Und Nicole? dachte er, sagte es aber nicht. Wahrscheinlich waren Vater und Mutter so primitiv zu glauben, er merkte nicht, was sie dachten.

Es wurde ein herrliches Wiedersehen und ein fröhliches Mahl am Gartentisch. Friederike und Daniel kamen früh von der Schule und waren ebenfalls da.

Bess strahlte. »Endlich wieder ein einigermaßen volles Nest«, sagte sie.

Und man blieb sitzen nach dem Essen, niemand störte, das Telefon schwieg. Nun müßten noch Krister und Christiane dabeisein, dachte Bess flüchtig, und Rudolf, der gehört ja nun auch dazu. Aber sie werden ja auch mal wiederkommen, und . . .

Nein, jetzt keine solchen Gedanken mehr! Sie sah Hans an, sein nicht mehr so pausbäckiges, erwachsener gewordenes Gesicht. Sie, die Mutter, erkannte noch immer das Kindergesicht darin. Das würde vermutlich für sie auch noch hindurchleuchten, wenn Hans älter und älter wurde, grauhaarig und mit Falten auf Stirn und Wangen. Für eine Mutter bleibt der Sohn in einer Weise immer ein Kind, *das* Kind, das sie empfing und zur Welt brachte, in Glück und Schmerzen und Seligkeit, ihr Kind.

FRIEDERIKE nahm den linken Fuß aus dem Bügel, hob das andere Bein über die Kruppe und ließ sich vom Pferd gleiten, ohne den Zügel loszulassen. Die Lustige machte ihrem Namen Ehre, sie versuchte stets davonzulaufen, wenn man absaß. Sie hatte den Kopf voller Schnickschnack, voller Neckereien und Albernheiten. Aber im Gelände ging sie wunderbar, leicht, schnell und ohne die geringsten Schwierigkeiten.
Friederike hatte sie heute zum ersten Mal draußen gehabt, und sie hätte sie wohl auch nicht bekommen, wenn nicht Jakob mitgeritten wäre, der alte Pferdepfleger, der noch aus der Zeit der Kavallerie Deutschlands stammte. Weil er dabei war, hatte der Reitlehrer seine Bedenken hintangestellt. Trotzdem war es eine Art Ritterschlag gewesen, und Friederike versuchte sich daran zu freuen. Im Grunde freute sie sich nicht oder doch nur mit Einschränkung.
Horst Schillingsberger war nicht gekommen. Sie hatte so fest damit gerechnet, heute mit ihm zu reiten. Und wenn er gesehen hätte, daß sie die Lustige bekam! Mußte er ausgerechnet heute wegbleiben! Es hätte ihm sicher imponiert zu sehen, wie gut sie mit dem Pferd zurechtkam.
»Gib aus, meine Schöne«, sagte sie und lehnte sich mit dem ganzen Gewicht an die Kruppe des Pferdes, damit es sein eigenes Gewicht verlagerte und den Fuß hob. »So ist's recht, brav, brav!«

Es war angenehm, mit dem Hufkratzer unter die festgetretene Erde zu fahren und sie aus der Höhlung des Hufes herauszuhebeln. Das Horn war hell und fest, der Strahl gesund. Nichts ist appetitlicher als ein sauberer Huf. Man muß Sekt daraus trinken können, hieß es. Friederike lächelte, als sie sich aufrichtete. Im selben Augenblick fühlte sie sich an den Schultern gefaßt und ein wenig herumgedreht. Sie wußte sofort, wer es war.
»Konnten Sie nicht warten?« fragte eine Stimme, diese Stimme, die dunkel war wie Samt und gleichzeitig auch ein wenig rauh, schwer zu beschreiben. Sie bürstete die Nerven, als lägen sie bloß. »Wir wollten doch zusammen reiten heute. Oder nicht? Als ich kam, sah ich nur noch den Schweif der Lustigen entschwinden.«
»Woher sollte ich denn wissen«, sagte Friederike verwirrt. »Ich bin sogar später losgeritten als sonst, ich mußte vorher noch ...« Sie stockte.
»Na, was denn?« fragte er belustigt.
Sein Ton brachte sie auf. »Auf Jakob warten. Jawohl. Nicht auf Sie«, sagte sie so patzig, wie es ihr nur möglich war. Er sollte nicht denken, daß sie auf ihn wartete, daß sie seinetwegen kam, daß sie überhaupt einen einzigen Gedanken an ihn verschwendete.
Natürlich dachte er das. Sie hörte es an seinem leisen Lachen, wollte sich losmachen – was fiel ihm überhaupt ein, sie um die Schultern zu fassen? Sie versuchte, sich aus seinem Arm herauszudrehen.
Da hatte er sie bereits geküßt. Erst kurz, wie im Spaß, dann noch einmal richtig, lang, schwer, so, daß ihr schwindlig und schwach wurde und sie alles um sich her vergaß. Daß man so geküßt werden konnte, ganz plötzlich und überraschend, aber lang erwartet und ersehnt und erträumt ...

Der Stall in seinem Halbdunkel, die Balken an der Decke, die Pfosten zwischen den Ständen schwankten und kreisten, als sie sich von ihm löste. »Nicht doch«, hörte sie sich halblaut sagen; auch ihre Stimme klang, als drehte sie sich langsam um sich selbst. »Nicht ...«
»Doch?« vollendete er und küßte sie wieder. Diesmal sagte Friederike nichts, als er sie freigab.
Angefangen hatte es damit, daß sie in dieser Zeit der immer kürzer werdenden Nächte und langen Tage mitunter frühzeitig geritten war, vor Tau und Tag, ehe der Schulbus kam. Es war eigentlich die einzige Zeit, die sie dafür erübrigen konnte; die Schule nahm jetzt fast den ganzen Tag in Anspruch mit sechs Unterrichtsstunden am Vormittag und vielen Hausaufgaben, Arbeitsgemeinschaften und Sport nachmittags. Da hatte sie sich angewöhnt, zweimal in der Woche ganz früh zu reiten, manchmal mit Gleichgesinnten zusammen. Schillingsberger hatte durch Zufall dazugefunden, jetzt aber schien er sie abzupassen.
Heute war er zu spät gekommen.
Es war immer wieder ein unbeschreibliches Erlebnis, am Morgen zu zweit auszureiten, in der klaren Luft durch das noch taunasse Gras. Der Mischwald mit dem hellgrünen Laub und den dunklen Nadelbäumen hatte jetzt, außer in der Herbstfärbung, seine schönste Zeit. Und erst die Lärchen! An jeder weichen hellen Nadel hing ein Tropfen, der aussah wie Glas; anfangs hatte sie immer geglaubt, die Zweige wären gefroren. Und diese Stille! Nur ein paar Vögel zwitscherten. Manchmal rief der Kuckuck, und neuerdings schnarrte auch ein Specht. Zu Pferde hörte man ja alles. An einer bestimmten Stelle des grasigen Feldweges, der in den Wald hineinführte, erhob sich, wenn man herankam, ein Bussard links neben

dem Weg, breitete träge seine Schwingen und flog erst niedrig, so daß man ihn aus dem Sattel von oben sah, dann höher steigend davon.
Diese Ritte am Morgen! Und Schillingsberger schien das alles auch zu sehen, zu hören, in sich aufzunehmen. Er sagte nie ein Wort darüber, aber Friederike spürte es, und es machte sie ihm gegenüber seltsam wehrlos. Er witterte und lauschte, sah sie manchmal an. Nichts war beredter als solch ein stummer Blick.
Auch jetzt sagte er nichts, als er sie losließ. Friederike vergaß die Gerte und lief hinaus. Wenn sie jetzt in ein Auto hineingelaufen wäre, es hätte sie nicht überrascht. Zum Glück gab es um diese Zeit hier im abgelegenen Reithof noch keine Wagen außer Schillingsbergers niedrigem, breitem Zweisitzer, der unter dem vorgezogenen Dach funkelte. Der junge Mann kam jetzt auch heraus, ging zum Wagen, ließ ihn an. Friederike schüttelte den Kopf, als er neben ihr anhielt.
Sie wollte nicht einsteigen und mitgenommen werden. Sie wollte das kleine Stück bis nach Hause laufen und allein sein, durch das Laufen zu sich kommen, wieder sie selbst werden, damit Mutter ihr nichts anmerkte oder Martin.

Die Kirche war wohltuend kühl, draußen herrschte um diese Zeit schon eine grelle, helle Hitze – richtiges Hochsommerwetter. Hans stand an der Kirchentür und begrüßte alle Kommenden mit Handschlag. Das war hier in der Gegend nicht Sitte, aber die Leute schienen sich zu freuen. Als Bess an ihm vorbei war, hörte sie ihn noch flüstern: »Hast du ein Taschentuch für mich, Mutter?« Sie steckte ihm ihres zu, das »gute« mit Spitzen, das sie immer im Gesangbuch liegen hatte. Hoffentlich

hatte er es sich nur für Notfälle ausgebeten. Und dafür war es ja auch brauchbar.
Rechts und links auf dem Altar standen zwei Vasen mit dunkelroten Rosen aus dem Garten. Friederike mußte sie hingestellt haben. Bess streifte sie mit einem dankbaren Blick und senkte dann den Kopf.
Nie hatte sie es für möglich gehalten, daß man in ihrem Alter noch solches Herzklopfen haben konnte. Sie bekam kaum Atem, wie sie so stand und auf ihre zusammengelegten Hände hinuntersah, Richard neben sich mehr fühlend als sehend. Sie hatten sich in die dritte Gemeindebank geschoben, nicht etwa vornhin, obwohl Richard seit einiger Zeit nicht mehr so gut zu hören schien wie früher.
Hans predigte. Er war im sechsten Semester. Sonst kamen die jungen Theologen erst im achten, neunten dazu. Aber er hatte es gewollt, vermutlich weil es ihm schwerfiel. Hans war in dieser Beziehung ganz ihr Vater, sein Großvater mütterlicherseits: Je schwerer eine Sache war, desto eher mußte man sie angehen.
Bess versuchte sich auf ein kurzes Gebet zu konzentrieren. Aber sie kam über ein immer wiederholtes »Hilf ihm!« nicht hinaus und setzte sich schließlich. Richard hatte sich auch gesetzt, er rückte nun ein bißchen an sie heran. Als sie seine Schulter an der ihren fühlte, wurde ihr besser. Und dann öffnete sich die Tür zur Sakristei und Hans trat im Talar heraus.
Bess wagte nur einen ganz kurzen Blick in sein Gesicht. Es war jetzt blaß und von tiefem Ernst erfüllt. Aber schon bei der Liturgie vor dem Altar erkannte sie, daß ihre Sorge überflüssig war. Hans schien völlig verwandelt. Er strahlte Ruhe und Würde aus. Sie atmete tief. Später erzählte er ihr, daß er daheim in seinem Buben-

zimmerchen die Liturgie mit allen Wendungen zum und vom Altar geübt hatte, immer wieder, wie eine Kür im Turnen. Auf diese Weise konnte er sich ganz dem Inhalt widmen. Das »Handwerkliche« saß, sie merkten es beide, Richard und sie. Dann kam die Predigt.
Sie war inhaltlich gut, fand Bess, nur sprach Hans ein klein wenig zu schnell für die älteren Gemeindemitglieder. Am Tage vorher hatte er bei ihr in der Küche gestanden und einiges davon mit ihr besprochen. Mit Richard nicht; er fürchtete wohl, der Vater würde ihn zu sehr prägen. Und er wollte seine Predigt selbst gemacht haben, selbst durchdacht und immer wieder korrigiert. Richard verstand das genau.
Alles ging glatt und ohne Zwischenfall. Bess war mehr erleichtert, als sie vor sich selbst zugab; allzuviel hatte Richard ihr im Lauf der Jahre erzählt von danebengegangenen Erstlingspredigten und Pannen. Wie junge Geistliche sich beispielsweise beim Erklimmen der Kanzel in den Talar getreten hatten und zurück mußten, weil das Gewand bei jedem Schritt kürzer wurde, ein wahrer Alptraum; wie einer plötzlich von der Kanzel verschwand – es gab dort eine Vorrichtung, kleinere Prediger höher zu stellen, und die hatte versagt und war heruntergeklappt – und von Fehlleistungen und Versprechern. Nein, nichts dergleichen geschah, der Schutzengel der Jungprediger schien auf dem Posten zu sein, die Glocken dröhnten zum Abschluß, und Bess konnte daheim ihrem Sohn lachend und mit nassen Augen um den Hals fallen: »Hans, es war gut. Ich gratuliere!«
»Ja, unsere Mutter. Die sieht heute aus wie ein Weihnachtsengel!« Das war Friederike.
»Du kannst dich noch freuen«, sagte Christiane ein wenig wehmütig. »Schön, so aussehen zu können.«

Bess fühlte einen kleinen Schmerz in der Brust. »Ach du, red doch nicht so! Als ob du es nicht auch könntest. Wenn du Georg siehst, strahlst du auf – man könnte in einem dunklen Zimmer das elektrische Licht sparen, so leuchten deine Augen. Wollen wir's mal probieren? Und wenn Georg erst predigt . . .«
Bess wurde vom Telefon unterbrochen. Sie lief, der Anruf war aber für Friederike. Eine Männerstimme hatte sich gemeldet.
»Ich muß nach Göttingen«, sagte Friederike, nachdem sie mit »ja« und »hm« und »na dann« geantwortet hatte. Bess kannte diese Art Telefongespräche im Beisein der Familie.
Friederike »mußte« also fort, nun ja. Bess war verstimmt darüber, versuchte aber, es die andern nicht merken zu lassen. Nach Tisch redete sie Hans zu, sich kurz hinzulegen, er sah abgespannt aus. Sie freute sich, daß er ihrem Rat folgte.
Später tranken sie einen »Pharisäer«, was nur an hohen Festtagen üblich war: In jeder Tasse wurde der Rum eßlöffelweise auf zwei Zuckerstückchen geträufelt, angezündet, dann mit starkem Kaffee aufgefüllt und zuletzt mit einer Zipfelmütze von Schlagsahne gekrönt. Es machte Spaß, das blaue Flämmchen zu beobachten, das durchsichtig und zart im Tassenkopf tanzte, und Richard erzählte Christiane und Daniel die Geschichte von der Entstehung der Bezeichnung »Pharisäer«: Wie ein Pfarrer an der Waterkant, der nicht von dort stammte, dagegen wetterte, daß die Bevölkerung bei Beerdigungen zuviel Alkohol zu sich zu nehmen pflegte, und beim nächsten Begräbnis zu seiner Verwunderung feststellte, daß diesmal nur Kaffee getrunken wurde und die Stimmung trotzdem recht angeregt war. Schließlich

– als man seine Tasse mit der des Tischnachbarn verwechselt hatte – ging ihm auf, warum. Der Rum war einfach in den Kaffee geschüttet und dergestalt inhaliert worden. »O ihr Pharisäer!« soll er gerufen haben.
Martin verlangte kategorisch, das Gebräu noch einmal genießen zu dürfen, jetzt, da er wußte, warum es so hieß.
»Du wußtest es eh! Vater hat die Geschichte schon oft erzählt«, sagte Hans. »Aber sei's drum. Und du, Christiane?« Er ging mit der Rumflasche um den Tisch.
»Danke, nein. Ich will überhaupt keinen Alkohol trinken, in keiner Form.«
»Weil?« Er sah sie ein wenig listig an. Mißbilligte sie vielleicht die fröhliche Stimmung seiner Eltern? Aber ihre Antwort beruhigte ihn sofort.
»Weil ich nach Afrika gehe. Und Rudolf schreibt, daß man dort so gut wie keinen trinkt. Es ist auf alle Fälle besser, man gewöhnt sich nichts an, was nach Wohlstand schmeckt.« Sie sagte es lustig, gleichzeitig ein wenig kläglich. Hans fand das sehr sympathisch.
Bess beobachtete mit Vergnügen, wie er sich nachher neben Christiane setzte und bald in lebhaftester Unterhaltung mit ihr war.

Ein paar Tage später rief Bess am Morgen vergeblich nach Friederike. Sie hatte für alle Frühstück gemacht und wunderte sich, daß Friederike nicht kam und auch nicht antwortete. Als Daniel dann »dumme Ziege« knurrte und allein zum Schulbus trabte, lief Bess die Treppe hinauf, um zu sehen, was los war. Sie fand Friederike in Tränen.
»Fritzi, mein Liebes! Pech gehabt in der Schule?« So etwas lag jetzt nahe. Das mündliche Abitur war in der kommenden Woche.

Aber Friederike schüttelte stumm den Kopf und schniefte laut und mitleidheischend. Bess begriff, daß sie sich Zeit nehmen mußte, und setzte sich auf den Bettrand.
»Sondern?«
Das war ja das Gute bei Friederike: sie wollte gefragt sein. Sie wartete darauf, daß jemand in sie drang. Die meisten ihres Alters taten das nicht. So erfuhr es Bess ziemlich schnell: Friederike hatte sich verliebt, unsterblich und mit Haut und Haaren, und das »durfte« ja nicht sein. Wegen Krister. Sie weinte herzbrechend. Bess erfuhr sogar, um wen es sich handelte, und da wurde sie recht betrübt. Der junge Schillingsberger war schon ein Mann, über dem man eine alte Liebe vergessen konnte. Jung, sehr gut aussehend, aus einer recht begüterten Industriellenfamilie, eigenes Pferd, eigenes Auto, trotzdem kein Playboy. Kein Wunder, daß Friederike sich in ihn verliebte, wenn er alle Register zog.
Bess streichelte ihr den Kopf und schwieg erst einmal. Sie hatte irgendwann einmal etwas Ähnliches erwartet, aber im Grunde doch gehofft, es würde nicht eintreten. Was Krister von jener Jane geschrieben hatte, war ihr immer wieder durch den Kopf gegangen.
Nun lag Friederike hier und weinte, und niemand konnte helfen.
Eine so lange Trennung war nicht leicht zu überstehen für junge Menschen. Das wußte sie natürlich. Briefe konnten zwar manches ersetzen, aber nicht alles. Besonders heutzutage, da niemand warten will.
»Jeder Raum, sei er auch noch so weit, verbindet, jede Zeit trennt«, hatte sie einmal gelesen. Krister war nun zweieinhalb Jahre fort, ohne zwischendurch einmal auf Besuch zu kommen. Er hätte kommen können, andere Studenten taten das auch. Daß er es nicht getan hatte,

ärgerte Bess, auch für Friederike. Und es bestärkte ihre Ahnung, daß sich bei beiden die Einstellung zueinander geändert hatte.
Das Leben geht weiter. Es geht über Menschenherzen hinweg, seien sie alt oder jung. Jeder Schmerz verebbt. Das aber konnte sie einer Zwanzigjährigen nicht sagen. Und mancher Schmerz verebbt auch nicht. Bess war der festen Meinung, daß beispielsweise sie, hätte sie Richard nicht bekommen, ihm ewig nachgetrauert hätte. Sie glaubte das ehrlich und überzeugt. Insofern konnte sie Friederike auch mit keinem billigen Trost kommen. Und das Mädchen trauerte ja offensichtlich genauso über die Unbeständigkeit des eigenen Herzens wie über Kristers Unerreichbarkeit.
Bess saß da und streichelte das tränennasse Gesicht und vermochte nichts zu sagen. Armes, ratloses junges Menschenkind! Was hieß hier: durfte nicht sein. Das menschliche Herz ist ein merkwürdiges Ding, anfällig und unberechenbar, anderseits auch oft zäh und unbeirrbar. Vor allem da, wo es sich um Traumbilder handelt. Krister und ihre Liebe zu ihm war bei Friederike bestimmt längst zum Traumbild geworden, schön, beseligend, auf goldenem Grunde gemalt, wie es bei Heine heißt – aber es war eben ein Traumbild. Und nun kam ein anderer, ein lebendiger, gegenwärtiger Mann und verdrängte das Bild durch sein Da-Sein, und Friederike wußte nicht aus noch ein.
Bess saß lange bei ihr, sprach gar nichts mehr und ließ sie weinen. Nein, in die Schule brauchte sie heute nicht, wenn sie nicht wollte. Sie sollte ruhig liegenbleiben, sich ausweinen, ausschlafen. Bess würde ihr eine Entschuldigung schreiben. Wenn etwas wichtig war im Leben, dann das.

Sie erreichte damit, daß Friederike sich wirklich nach einer Weile zur Wand drehte und mit einem tiefen, zitternden Seufzer einschlief. Bess blieb noch einen Augenblick sitzen und blickte zum Fenster hinaus. In einer Art war es beinah beneidenswert, so genußvoll unglücklich zu sein.

Ausgerechnet am ersten Tag seines Urlaubs, in dem er nach Spanien hatte fahren wollen, kam Martin mit einem gebrochenen Schlüsselbein nach Hause – schon bandagiert, alles in Ordnung, bitte keine Aufregung. »Kleiner Autounfall, nichts Besonderes«, sagte er. Bess fragte nicht weiter.

Sie machte sich natürlich ihre Gedanken. Es sah Martin nicht ähnlich, einen Unfall zu bauen, an dem kein anderer beteiligt war; jedenfalls war er nicht angefahren worden, wie er glaubhaft versicherte. Er selbst habe eine Kurve nicht gekriegt. Nicole sei dabeigewesen, gab er nach einiger Zeit zu, als Hans ihn fragte. Ihr sei nichts geschehen.

Das bestärkte Bess in dem Glauben, daß er nicht schuld sein konnte. Sonst wäre vermutlich Nicole die Betroffene gewesen, bekanntlich geschieht einem auf dem Nebensitz meist mehr als am Steuer. Wahrscheinlich war sie gefahren, obwohl sie noch keinen Führerschein besaß.

Später stellte sich heraus, daß es tatsächlich so gewesen war. Martin nahm ritterlich ihr Mißgeschick auf sich. Aus der Urlaubsfahrt wurde nun nichts. Es tat Bess leid für ihn und für Nicole, die zweifellos mitgefahren wäre. Daß Bess als besorgte Mutter anderseits fand, es sei vielleicht aus verschiedenen Gründen besser, daß diese Fahrt unterblieb, war ihre eigene Angelegenheit.

Aber alles Traurige hat auch sein Gutes. Nicole, die

sonst nie ins Pfarrhaus gekommen war, erschien jetzt häufig; als sie merkte, wie freundlich Bess und auch Richard sie aufnahmen, kam sie sehr bald täglich. Und das war Martin zu gönnen, es tröstete ihn wohl ein wenig über den verpatzten Urlaub hinweg.

Nicole war wirklich bezaubernd: nicht sehr groß, schlank, mit glattem, lang herabfallendem Haar. Bess mochte diese Mädchenmode von heute sonst nicht sehr, bei Nicole aber fand sie sie schön. Und das junge Mädchen hatte eine Art, auch älteren Leuten gegenüber liebenswürdig zu sein, die jedes Herz entzückte. Immer hatte derjenige, mit dem sie gerade sprach, das Gefühl, als möge sie ihn, ausgerechnet ihn, am allerliebsten von der Welt – ein Talent, das ihr im Leben sicherlich von Nutzen sein würde. Bess jedenfalls schmolz dahin, sobald sie auch nur drei Worte mit ihr gewechselt hatte. Nicole saß stundenlang neben Martin, der sich einen Liegestuhl in den Garten gestellt hatte, und sie sprachen oder schwiegen.

»Du magst sie auch so gern, nicht wahr?« fragte Bess Richard, als sie ihn wieder einmal auf seiner Wartburg besuchte. Heute erzählte sie rasch, daß Nicole nicht wie sonst mit einem zwar sehr freundlichen, aber kurzen Gruß an ihr vorbeigelaufen und zu Martin gegangen, sondern in die Küche gekommen war und nach einem Handtuch gefragt hatte, als sie sah, daß Bess spülte.

»Und richtig nett gefragt, nicht in dem Ton: ich will mal so tun als ob. Unsere Spülmaschine ist wieder anderer Meinung als ich. Es ist blödsinnig, daß Martin dieses Handicap hat. Er würde sie sonst bestimmt zur Raison bringen, er kann ja alles.«

»Er wäre jetzt vermutlich in Madrid oder Toledo«, sagte Richard und nahm seine Brille ab, um sie zu put-

zen. »Klar mag ich diese kleine Nicole, ich möchte den sehen, der sie nicht mögen würde.« Er lachte in sich hinein. Bess stand am Fenster und blickte in den Garten hinunter.
»Soll ich sagen, ich mag sie sehr?« setzte er noch hinzu. »Dann wirst du am Ende eifersüchtig.«
»Auf junge Mädchen?« fragte Bess nachdenklich, ohne den Blick von den beiden zu wenden, die im Garten saßen und sich offensichtlich angeregt unterhielten. Nicole hatte sich vor Martin ins Gras gehockt und blickte zu ihm auf. Man sah deutlich ihr klargeschnittenes Gesicht, da die Haarsträhnen bei dieser Kopfhaltung zurückfielen.
»Eher auf alte Schachteln?« fragte Richard hinterhältig. Bess schüttelte den Kopf. »Weder noch. Jetzt auf niemanden mehr, glaube ich.« Sie dachte an die Zeit, da Richard viel mit Christiane musiziert hatte. War sie damals eifersüchtig gewesen? Würde sie es sein, wenn Richard beispielsweise irgendein Hobby entdeckte, das er gemeinsam mit Nicole betrieb? Wahrscheinlich nicht, dachte sie verwundert. Liebte sie ihn demnach weniger als damals? O nein, das bestimmt nicht. Aber auch eine nun bald dreißigjährige Liebe änderte sich, schichtete sich um; sie war etwas Lebendiges, fühlte Bess, und es war, als hätte sie mit dieser Erkenntnis etwas geschenkt bekommen. Alte Liebe, junge Liebe, ewig junge – gab es das wirklich?
»Mußt du heute nochmal weg, Löwe?« fragte sie. Sie wollte ja nie lange bleiben, wenn sie hier einbrach, aber es hielt sie im Augenblick fest, als wäre sie siebzehn und für einen kostbaren Augenblick allein mit ihrem Liebsten.
»Ja, aber erst nachmittags.« Richard hatte die rechte Schublade seines Schreibtisches aufgezogen und kramte

darin herum. Bess stand halb hinter ihm. Ihr Blick folgte seiner Hand.

»Hast du das Ding noch immer drin?« sagte sie unbehaglich und zog die Nase kraus.

Das Ding war eine Mauserpistole, die er, seit sie denken konnte, hier aufbewahrte – klein, glatt, aus bläulichschwarzem Metall, hübsch anzusehen und anzufassen, aber für Bess ein Stein des Anstoßes. Sie war der Meinung, solche Dinger könnten eines Tages ohne Grund losgehen und das Haus in die Luft sprengen. Immer hatte Richard versucht, ihr das auszureden, an ihre Vernunft appelliert und dann, um sie zu reizen, die Pistole herausgenommen und hin und her gewandt. Sie lag so angenehm in der Hand.

»Geh weg, laß das sein, bitte!« sagte sie auch jetzt, als er die kleine Waffe liebkosend mit dem Daumen streichelte. Sie stammte noch aus dem Krieg. »Es paßt auch gar nicht zu einem Geistlichen.« Das hatte sie übrigens schon häufig gesagt, wenn sie auf dieses heikle Thema kamen.

»Und der ›Schuß von der Kanzel‹?« fragte Richard spitzbübisch. »Kennst du die Novelle nicht? Ich vermisse deine klassische Bildung.«

»Ich kenne die Geschichte«, sagte Bess nervös. »Aber klassisch oder nicht – tu die Pistole weg, bitte.«

Er hörte, daß es ihr ernst war. Also legte er das Ding wieder in die Schublade und schob sie zu.

»Zufrieden? Na also. Ja, Nicole – mir gefällt sie auch sehr gut. Ich verstehe Martin. Lad sie doch heute zum Essen ein, oder hast du schon? Was gibt es denn zu Mittag?«

»O du neugieriges Löwenherz! Was hättest du denn gern?«

»Paprikagemüse mit Tomaten. Dazu Reis à la Bess«, sagte er prompt.

Reiskochen war ihre Stärke. Sie lachte und gab ihm einen Kuß auf die Schläfe. Daß er sich das wünschte, kam einer Liebeserklärung gleich, das wußte sie. Trällernd sprang sie die Treppe hinunter, und trällernd ging sie wenig später in den Garten hinaus, um nachzusehen, ob schon ein paar von den selbstgezogenen Tomaten rot waren.

Martin und Nicole hörten sie kommen.

»Singt deine Mutter, um uns darauf aufmerksam zu machen, daß sie im Anrollen ist?« fragte Nicole halblaut. Sie hatten gerade eine Zeitlang geschwiegen.

»Nein. Sie singt immer. Ich meine: sie singt für sich, aus sich heraus«, sagte Martin.

Nicole sah ihn mit großen Augen verwundert an. »Wirklich?«

Er nickte.

Sie seufzten beide. Und beide dachten das gleiche. Wie kann man singen, dachten sie, wo das Leben doch so ernst ist.

Bess ahnte nichts davon. Zum Glück aber wandten sich die Gedanken der zwei jungen Menschen auch bald wieder anderen Themen zu. Wenn man sich im Alter zwischen zwanzig und dreißig befindet, der Sommer in Blüte steht und man beinah eine gemeinsame Reise gemacht hätte, hat man wichtigere Dinge zu bedenken als die Sangeslust der Mutter beziehungsweise der eventuellen Schwiegermutter.

Bess pflegte nie zu horchen, sie las keine Briefe, die nicht an sie selbst gerichtet waren – im Pfarrhaus lagen mitunter welche herum, die von den Kindern angefangen oder, an sie gerichtet, aufgemacht und liegen gelassen worden waren –, und Tagebücher, in welchem Alter auch geschrieben, waren vor ihr sicher wie der geschlossene Stahltresor vor der Kinderhand. Sie hatte als Zwölfjährige einmal erlebt, wie die Mutter einer Freundin das Vertrauen ihres Kindes mißbrauchte, und die wütende Verzweiflung dieser Tochter gesehen. Damals hatte sie sich vorgenommen, später nie so zu handeln. Sie hatte es durchgeführt.

Jetzt aber sollte sie eines Tages durch Zufall Zeuge eines Gesprächs zwischen zweien ihrer Söhne werden. Sie hörte es sogar bis zu Ende, da sie sich genierte zu sagen: »Halt! Ich bin hier und Mithörer.« Es war ihr peinlich, und sie erzählte es Richard nie. Sonst sprach sie über fast alles mit ihm, was sie bewegte. Diesmal nicht.

Es war an dem Tag, ehe Hans wegfuhr, und Nicole war nicht gekommen. So sah Hans seinen Bruder Martin allein im Garten sitzen und gesellte sich zu ihm. Es war ein heißer Vormittag, und Hans fragte, ob er ihm nicht den Liegestuhl in den Schatten rücken dürfe. Martin stand auf, ließ den Bruder hantieren und setzte sich wieder. Bess stand ein wenig entfernt von den beiden und pflückte Bohnen. Sie sprachen über die zweite Pre-

digt, die Hans am vergangenen Sonntag in einer Nachbargemeinde gehalten hatte. Richard hatte selbst Gottesdienst halten müssen, und Hans hatte sich sofort erboten einzuspringen.
»Kein Mensch kann doch heute noch an Auferstehung und ewiges Leben glauben«, sagte Martin gerade, »überhaupt an Gott, so wie es früher war.«
Hans war vor ihm stehengeblieben. »Nein?« fragte er halblaut. Es klang, wie wenn ein Erwachsener ein Kind fragt, von dem er weiß, daß es seinem Gedankengang nicht folgen kann.
»Nein«, sagte Martin verdrießlich. Er fand, diese Feststellung reichte.
Noch groß zu erklären und auseinandersetzen hatte er keine Lust.
»Du findest das also.« Hans hatte in tiefem Nachdenken die Stirn gerunzelt. »Du jedenfalls kannst es nicht?«
»Nein«, sagte Martin und schob die Unterlippe vor wie ein bockendes Kind. Dabei sah er den Bruder auffordernd an. Hans wartete eine Zeitlang, ehe er wieder zu sprechen begann.
»Vielleicht könnte man es einschränken, sagen: kein jüngerer Mensch?« fragte er.
»Ein junger schon gar nicht. Oder ...«
»Ich glaube daran«, sagte Hans jetzt. Es klang nicht rechthaberisch, vielleicht ein klein wenig fragend? Nein, das nicht. Vorsichtig feststellend, das wäre vielleicht der richtige Ausdruck, dachte Bess.
»Weil du es in der Predigt behaupten mußt«, sagte Martin. Auch seine Stimme klang behutsam. Bess verstand: Hier stritten nicht zwei Brüder, von denen jeder recht behalten wollte, sondern hier versuchten zwei junge Menschen, über sich selbst Klarheit zu finden.

Hans schüttelte gelassen den Kopf. »Ich glaube nicht deshalb.«
»Gott ist gestorben. In der Mitte des vorigen Jahrhunderts«, beharrte Martin, »als die Maschine aufkam. Der Mensch hat die Maschine erfunden und Gott umgebracht. Und was heute noch geredet wird, ist eine Erinnerung an die Zeit, in der es ihn noch gab. Fertig.« Er schwieg. Er hatte sich im Liegestuhl zurückgelehnt und betrachtete die Krone des alten Kirschbaums über sich.
Hans sah grübelnd in das Gesicht des Bruders. »Du, das ist ein Trugschluß. Gott stirbt nicht an der Erfindung der Maschine. Gott hat ganz andere Dinge überlebt.«
»So, und wenn er sie überlebte und nichts dagegen tat? Kennst du den Ausspruch: Und Gott schweigt? Was für Scheußlichkeiten sind passiert, und er – wenn es ihn gab . . .«
Bess starrte zu Hans hinüber, als käme die Rettung von ihm. Sein Gesicht sah jetzt nicht jung aus, sondern seltsam alterslos.
»Natürlich kann man so denken. Es gibt wohl keinen unter uns, der nicht einmal oder öfter so gedacht hat. Aber . . .«
»Ich kann nicht an Gott glauben, wenn er derartiges zuläßt«, sagte Martin gepreßt. »Lieber sage ich, es gibt keinen, dann kann man es ihm nicht vorwerfen, und komme ohne ihn aus.«
»Aber Gott kommt vielleicht nicht ohne dich aus?« fragte Hans jetzt leise. Es war, als fragte er gleichzeitig sich selbst und den Bruder. »Gott braucht uns – ich jedenfalls meine das. Und deshalb ist er eben für mich wirklich, so wirklich wie du und dieser Kirschbaum hier und das alles.«
»Gott ist eine Fiktion«, sagte Martin verbissen und vol-

ler Trauer, »und im Grunde wissen wir das alle. Kannst du mir einen einzigen Menschen nennen, der an Gott glaubt? Ich meine jetzt nicht dich oder Vater; ihr glaubt sozusagen beruflich, ihr müßt es, sonst könntet ihr ja nicht anderen predigen.«
»Das ist nicht so«, sagte Hans jetzt heftiger, »es ist umgekehrt. Wir glauben nicht, weil wir Theologen sind, sondern wir sind Theologen, weil wir glauben.«
»Gut gegeben.« Martin lächelte. »Schön, nehmen wir das als Tatsache. Aber sonst? Nenn mir einen einzigen Menschen, einen einzigen Erwachsenen, der glaubt.«
Hans hob das Gesicht. Es war, als spräche er jetzt nicht zu seinem Bruder, als antworte er nicht, sondern sagte etwas auf, was er ganz sicher wußte. Er sah dabei über das elterliche Haus hinweg ins Weite, in den Himmel. »Mutter«, sagte er. »Unsere Mutter.«
Bess hielt den Atem an und schloß die Augen. Ihr war schwindlig und schwach, aber sie stand ganz still.
»Mutter – nun ja.« Martins Stimme klang, als ärgerte er sich, als müßte er etwas zugeben, was zwar stimmte, ihm aber nicht recht in den Kram paßte. »Mutter schon. Das heißt Mutter – na ja, sagen wir so: Mutter glaubt an Vater. Das ist es. Stimmt's?«
Hans sagte zuerst nichts. Dann nickte er langsam und nachdenklich mit dem Kopf.
»Da hast du was sehr Richtiges gesagt. Sie glaubt an Vater. Und Vater glaubt an Gott. Folglich . . .«
»Ist das nicht etwas sehr simpel?« fragte Martin. Es klang spöttisch, aber auch fragend. Bess fühlte, beide suchten nach einer Wahrheit, und zwar gemeinsam, auch wenn sie einander widersprachen.
»Nein«, sagte Hans leise. »Das ist nicht simpel, und im Grunde weißt du das auch, genau wie ich. Es hat nur

noch niemand ausgesprochen. Mutter kann ruhig an Vater glauben und dadurch an Gott, so seltsam das klingt. Ich spreche absichtlich so – nicht theologisch. Denn Mutter hat die Liebe, weißt du.«

Das letzte klang, als habe er jetzt gefunden, was er bisher immerzu suchte. »Ja, die hat sie. Mutter liebt Vater, und dadurch liebt sie ihren Nächsten, wer es auch sei. Sie liebt die Menschen, uns und die Schwestern und den kleinen Griechen – wie hieß er? Petros? Den und alle Leute im Dorf, auch die dummen und die bösartigen – und die verächtlichen, die auch. Sie liebt ihren Nächsten und dadurch Gott.«

Sie schwiegen beide. Dann fuhr Hans leiser fort: »Und hätte der Liebe nicht – und deinen Nächsten als dich selbst – du kennst ja die Sprüche alle. Kluge Sprüche, wahre Sprüche. Mutter hat die Liebe, und dadurch lebt sie in Gott. Das ist alles so einfach und so logisch und so enorm.« Er brach ab. Es war, als könnte er selbst nicht fassen, was er da gesagt hatte. Er mußte es soeben erst begriffen haben.

Bess rührte sich nicht.

»Ja, da bin ich also überführt«, hörte sie Martin dann sagen. Er schüttelte den Kopf und lachte ein wenig. »Weißt du, was einer unserer Philosophen einmal gesagt haben soll? ›Die letzte Formel, die beinah dorthin reicht, wo keiner hinkommt, die alles in sich schließen würde, wenn es sie gäbe – die ist nicht nur kurz und ganz einfach, sondern sie ist auch schön.‹ Verstehst du? Glauben können ist schön, und Mutter kann es. Durch Vater eben.«

»Genau. Und den Vater hat Gott ihr gegeben, deshalb vermutlich«, sagte Hans. »Er kennt viele Wege. Dieser Weg ist schön.«

Sie sprachen später noch weiter, aber Bess hörte nichts mehr. Um sie brauste es wie ein riesenhafter Wasserfall, und ihr war, als würde sie gleich ohnmächtig werden, aber sie drückte die Fäuste zu und die Fingernägel in die Handballen, bis es weh tat und sie durch den Schmerz wieder zu sich kam. Sie durfte doch jetzt hier nicht schwach werden und womöglich umfallen und die Jungen dadurch auf sich aufmerksam machen.
Dann öffnete sie die Augen wieder und versuchte, alles um sich herum wieder zu sehen und zu registrieren: den sommerlichen Garten, das Haus drüben, dessen Breitseite jetzt im Licht lag, der Giebel schon im Schatten – den Hof, die Scheune. Alles war, wie es gewesen war. Dort unter dem Kirschbaum saß Martin im Liegestuhl, und Hans stand vor ihm in kurzer Hose, die Hemdsärmel aufgewickelt.
Alles wie zuvor. Dennoch: nichts war wie zuvor. Am liebsten hätte Bess jetzt geweint. Aber sie weinte nicht, es wäre undankbar gewesen. Ganz vorsichtig nahm sie die Schüssel mit den gepflückten Bohnen von der Erde auf und ging damit rückwärts, bis sie hinter den Himbeersträuchern war, die sie vor den Jungen verdeckten. Dort setzte sie sich auf die Erde und weinte nun doch.

Hans war abgefahren. Bess bedauerte es und bedauerte es auch wieder nicht. An das Gespräch im Garten wagte sie nicht zu denken, sie hatte das Gefühl, als müsse sie es noch eine Zeitlang vor sich selbst verborgen halten, verschlossen wie hinter einer Tür, durch deren Ritze es mitunter blitzt. Man weiß, was dahinter ist, aber man öffnet noch nicht. Man fürchtet, die blendende Helle nicht ertragen zu können.
Dieser Sohn war ihr diesmal so nahe gewesen, daß sie

das Gefühl hatte, er bliebe bei ihr, auch wenn er wegfuhr. Das hatte mit jenem Gespräch nichts zu tun.
Es war ein neues, merkwürdiges Gefühl, das sie den beiden fernen Söhnen gegenüber jetzt hatte: beglückend und auch ein wenig beängstigend. Als junger Mensch will man den, den man liebt, immer bei sich haben, als junge Mutter auch die Kinder. Wieso war das jetzt anders bei ihr? Wurde sie alt?
Vielleicht. An der Zeit war es zweifellos, jetzt, da sie doch schon Großmutter war. Aber wenn man alt wurde, brauchte man sich doch nicht von Grund auf, im Wesen, zu ändern? Oder war das naturgegeben? Liebte man im Alter etwa ruhiger, gemäßigter?
Wenn sie an Richard dachte – ihn liebte sie noch genauso wie früher, genauso stark jedenfalls, aber vielleicht ein wenig anders: verstehender, nachsichtiger, was seine kleinen Schwächen betraf, die man früher nicht hatte sehen wollen, jetzt aber sah, sehen mußte. Daß er beispielsweise gern viel aß, mehr als ihm zuträglich war. Und zuviel rauchte. Und in manchen Kleinigkeiten vielleicht auch ein bißchen krittelig wurde – so etwa, wenn ein Glas einmal nicht ganz kristallrein geputzt war; er hatte schon immer den Tick gehabt, daß alle Gläser makellos zu strahlen hatten. Es genügte ihm nicht, daß sie in der endlich im Vorjahr angeschafften Spülmaschine sauber wurden – die Maschine spülte hervorragend –, nein, Bess mußte sie immer noch einmal gründlich nachpolieren.
Nun, jeder hat seine Eigenheiten.
Doch Richard war ihr nahe wie eh und je. Und daß sich ihre Einstellung den Kindern gegenüber etwas gewandelt hatte, lag das vielleicht daran, daß es mehr waren als früher? Daß sich ihre Liebe mehr verteilte, durch

einen größeren Nenner dividiert wurde? Sie lachte. O nein!

Manches vergißt man nicht, vergißt man nie. So hatte sie vor langer Zeit einmal etwas gelesen in einem Buch, das Jahrzehnte am Leben blieb und dann doch verstaubte: es war ein sehr liebenswertes Buch gewesen, die Geschichte einer kinderreichen Familie. Da heiratet eine der Töchter in die Kolonien, damals eine recht ungewöhnliche Sache, und die Mutter ist traurig über die bevorstehende Trennung. Trotzdem ist sie glücklich über die andern Kinder, auch über das Glück der Tochter, die sich auf den Mann und auf das Leben an seiner Seite freut. Darüber wundert sie sich ein bißchen und fragt vor dem Abschied, der ihr trotz allem schwerfällt: »Kann ein Gefühl denn nicht so groß sein, daß es ein Menschenherz ganz und restlos ausfüllt?«

Ihr dritter Sohn, der etwas anders ist als die andern, kühler, karrierebeflissen, ehrgeizig, antwortet sachlich: »Nein. Mein Verstand sagt mir, daß es so große Gefühle nicht gibt.«

Da schaltet sich der andere ein, der nach dem ein wenig untüchtigen, aber warmherzigen Vater schlägt: »Du stellst dir, glaube ich, das Ganze falsch vor. Ein Gefühl kann zweifellos so groß sein, aber du denkst dir das Menschenherz zu klein. Neben der Traurigkeit um den einen hat das Glück um den andern immer noch Platz.« Und die Mutter gibt ihm recht. Der nüchterne Sohn wiegt den Kopf und glaubt den beiden »Idealisten« nicht, aber als es später um seine eigene Liebe geht, erfährt er manches, was ein kluger Kopf nicht ausrechnen und vorhersagen kann.

So ähnlich ist es bei mir, dachte Bess. Nie könnte ich Richard vergessen über einem der Kinder, freilich auch

keins der Kinder über ihm. Was muß mehr schmerzen, ein Kind zu verlieren oder den geliebten Mann? Beides entsetzlich, Gott, behüte und bewahre sie mir! Bewahre mir beide, alle.
Dennoch stand sie jetzt innerlich anders dazu, daß Hans wieder fort, daß Krister so weit weg war. Wenn es den Kindern gutging, wenn sie gesund und mit ihrem Leben einverstanden waren, dann wollte sie sich nicht mehr danach sehnen, sie bei sich zu haben. Freilich, immer wieder gab es Anlässe, Tage, an denen sie sie gern hier hätte. Wenn sie beispielsweise an das Erntefest dachte oder gar an Weihnachten und wer dies Jahr da, wer noch fern sein würde ...
Noch aber war Sommer, wenn er auch langsam seinem milderen, zartbunten, hohen und stillen Bruder Platz zu machen begann, dem von Bess so geliebten Herbst. Silberne Septembermorgen, sattgoldene Tage im Oktober, an denen das Licht wie eine große, klare Kristallschale über der Erde lag, wenn die Birke vorn im Garten sich färbte und der wilde Wein am Giebel blutrot wurde – schönste Zeit im Jahr!
Vielleicht war der Herbst auch die schönste Zeit im Leben?

Eines Tages stand ein überraschender Besuch vor der Tür: Rudolf, Christianes Mann. Er entschuldigte sich sofort, die Reise sei ihm selbst unerwartet gekommen, ein Kollege habe nach Deutschland fliegen wollen und sei durch Krankheit verhindert. Da sei er eingesprungen. So jedenfalls stellte er es leicht verlegen dar, als er bei Bess in der Küche stand. Daß er Christiane hier und nicht in Göttingen suchte, wunderte Bess ein wenig.
Im ersten Augenblick hatte sie ihn gar nicht erkannt.

Er hatte sich nicht wesentlich verändert, doch sie kannte ihn ja nur durch zwei oder drei Begegnungen, und so fragte sie also zunächst nach seinem Namen. Dann, als er sich amüsiert und ein wenig parodistisch offiziell vorstellte, fiel sie ihm kurzerhand um den Hals.
»Eidam, geliebter!«
Richard sprach manchmal von ihm mit diesem unmodernen Ausdruck.
»Sei willkommen! Und ausgerechnet heute gibt es Pellkartoffeln. Aber immerhin neue aus dem Garten. Helle, schöne, frische.« Sie konnte es nicht lassen, jedes Jahr ein kleines Stück ihres Gemüsegartens für Kartoffeln zu reservieren, schon um des Kartoffelfeuers und seines Duftes willen.
»Pellkartoffeln? Mit Hering etwa?« fragte Rudolf und machte ein Gesicht, als spräche er von Hummer und Majonnaise. »Hervorragend. Ich hatte solches Heimweh nach Pellkartoffeln mit Hering, sonst wäre ich vermutlich gar nicht gekommen.«
»Ich hoffe, nicht nur danach. Sondern vor allem nach Christiane – und Georg, möchte ich doch bitten! Willst du ihn sehen? Er schläft, aber wenn wir ganz leise sind... Komm!« Sie zog ihn an der Hand mit sich, stürmisch, wenn auch auf Zehen, als sie sich dem Kinderzimmer näherten. Dort schlief er am offenen Fenster. Seit er einmal aus dem Wagen gefallen war, hatten seine Schlafstunden im Garten leider ein Ende finden müssen.
»Aber es ist nichts passiert dabei?« fragte der junge Vater flüsternd.
»Nichts! Meine sind früher oder später auch alle rausgeflogen«, flüsterte Bess zurück und öffnete lautlos die Kinderzimmertür. Sie fand es rührend, daß er sich sofort sorgte.

Und er war sehr bewegt, als er seinen Sohn sah; zum ersten Mal, er kannte ihn ja nur von Bildern her. Bess stand neben ihm und schilderte ihm, wie gescheit der Junge sei und wie süß und lebhaft, um die Rührung zu überspielen, die sich von ihm auf sie zu übertragen begann. War nicht etwas verkehrt in der Welt, wenn die Väter in die Wildnis gingen und ihre Söhne nicht kannten, sei es auch um eines großen und guten Zieles willen? Sie sprachen nicht davon. Aber sie dachten beide daran, und Richard bewegte wohl ähnliche Überlegungen in seinem Herzen, als er später kam und Rudolf begrüßte.
»Sollen wir Christiane anrufen, damit sie kommt? Sie hat natürlich kein Telefon in ihrer Bude, sparsam wie sie ist, aber man könnte es ausrichten lassen. Oder möchtest du lieber unangemeldet hin und sie auch überraschen?«
Das war es wohl, was Rudolf veranlaßt hatte, erst hierher zu kommen – die Frage nämlich, ob er sie vorwarnen sollte oder nicht. Richard und Bess fanden beide, daß ihm diese kleine Verlegenheit gut stand. Er war sich seiner Sache bei Christiane wohl nicht ganz sicher. Zwei Jahre Alleinsein können eine junge Frau sehr ändern.
»Jaja, teuerer Schwager, jetzt saust dir wohl der Frack«, sagte Martin unbefangen und ein bißchen schadenfroh, als sie im Gespräch in die Nähe dieses Themas kamen. Bess und Richard hatten es in stiller Vereinbarung vermieden. Aber Martin machte sich nichts daraus. Er war heute, Samstag, schon mittags zu Hause. »Ich würde jedenfalls Nicole nie so lange allein lassen. Und in Göttingen wimmelt es geradezu von attraktiven Männern.«
»Nun mach gefälligst die Pferde nicht scheu«, brummte Richard. »Christiane ist nur in eins verliebt: in die Medizin. Und da braucht Rudolf ja nicht eifersüchtig zu

sein. Sie ist enorm fleißig, Rudolf, zielstrebig, wie ich es noch bei kaum einem jungen Menschen erlebt hab. Sie will dir ja nachkommen.«
»Wer ist Nicole?« fragte Rudolf nach Tisch, als er hinter Richard ins Musikzimmer trat. Richard wollte noch ein bißchen mit ihm schwatzen. Bess versprach, sogleich nachzukommen. Martin war wie jeden Samstag sofort in Richtung Malerbungalow verschwunden.
»Nicole? Martins Süße. Wirklich eine Süße. Ein ganz reizendes Mädchen«, sagte Richard und ließ sich behaglich ächzend in seinem Sessel nieder. »Zigarre oder Zigarette? Oder keins von beiden? Nicole ist der Magnet, der Martin hier hält. Ich weiß nicht, ob das gut für den Jungen ist. Er sollte sich mal den Wind um die Nase wehen lassen, nach London gehen oder nach Istanbul und dort eine Buchhandlung aufmachen. Ihr Vater ist Maler, er wohnt hier im Dorf.« Richards Gesicht verdunkelte sich einen Augenblick.
»Maler? Kunstmaler? Und wohnt hier?« fragte Rudolf.
»Ja, und die Mutter ist Graphikerin. Sie sind beide sehr begabt. Ich habe Sachen von ihnen gesehen« – Richards Gesicht war wieder wie sonst –, »also großartig! Aber du solltest erzählen, nicht ich.«
Rudolf entschloß sich dann doch anzurufen und Christiane ausrichten zu lassen, daß er hier warte. Am Abend war sie da, sie hatte sofort zurückgerufen, sie nehme den nächsten Bus.
Rudolf holte sie an der Haltestelle ab. Sie stellten Christianes Kollegmappe ins Büdchen, in dem es Zeitungen, Zigaretten, Sprudel und im Sommer Eis zu kaufen gab, und machten einen langen Spaziergang, ehe sie heimkamen. Bess hatte einen Salat gemacht, den man aufheben konnte, und Richard hatte ein paar Flaschen Wein

bereitgestellt. Beide taten, als sähen sie nicht, daß Christiane verweinte Augen hatte. Man kann ja auch aus Freude weinen, dachte Bess und hielt sich an diesem Gedanken fest. Richard sagte später das gleiche.
Ganz klug wurden sie beide nicht aus diesem Wiedersehen zwei so lange Getrennter.
»Das geht uns nichts an. Da müssen sie selbst durch«, sagte Richard, als Bess zaghaft davon anfing. »Leicht wird das nicht sein. Da hatten wir es leichter.«
»Dafür nichts zu essen oder doch nur sehr wenig«, sagte Bess und versuchte, auf seinen Ton einzugehen, »und kein schwiegerväterliches Auto, um spazierenzufahren.«
Das taten Christiane und Rudolf, sooft es nur ging.
»Und keine Schwiegermutter, die uns den Sohn abnahm, sobald er mühsam wurde«, fiel Richard ein. Sie sahen einander an und schwiegen dann. Jede Zeit hat ihre eigenen Schwierigkeiten.
Trotzdem schienen die beiden jungen Menschen sich zusammengerauft zu haben, wie Bess es nannte. Jedenfalls hatte man noch ein paar hübsche gemeinsame Abende miteinander, und als Rudolf wieder abgeflogen war, kam Christiane trotz dringender Arbeit noch für einen letzten Abend mit heim, ehe sie nach Göttingen zurückfuhr. Sie hatte mit Richard zusammen Rudolf nach Hannover gebracht zum Flugplatz und war traurig, aber nicht unglücklich. Als sie schlafen gingen, sagte Bess, sie habe den Eindruck, als sei alles in Ordnung bei den beiden. Richard fand das auch.
»Mach dir nicht zuviel Gedanken um sie. Wir ändern nichts, auch wenn es nicht gut ausgehen sollte«, sagte er. Bess stand in der offenen Badezimmertür, ein Handtuch in der Hand. Plötzlich ließ sie es fallen und lief zu Richard, warf sich an seine Brust, die Arme um seinen

Hals, das Gesicht an seine Schlafanzugjacke gedrückt. »Wenn ich denke, mir wäre es so gegangen ...« Sie schluchzte.
Richard klopfte ihr tröstend auf den Rücken. »Ist ja nicht. Nun weine man nicht, mein Lieschen.«
»Du sollst mich nicht Lieschen nennen.« Bess schnupfte. Sie schämte sich. Aber es überkam sie manchmal: die Liebe zu Richard, die Angst, ihn verlieren zu können. So viele Jahre waren sie nun verheiratet, einmal würde eins von ihnen allein zurückbleiben müssen. Und Rudolf und Christiane gingen mit diesen kostbaren Jahren um, als würden sie ewig leben.

Bess war zufällig bei Richard auf der Wartburg, als Lawes kam. Sie hatte Richard wie jeden Morgen die Post heraufgebracht und war stehengeblieben, während er sie durchsah. Es geschah selten, daß sie blieb, meist nahm sie nur heraus, was an sie persönlich gerichtet war, Briefe von den auswärtigen Kindern oder Freundinnen von früher und Familienbekannten, mit denen sie korrespondierte, und ging dann wieder hinunter. Heute stand sie am Fenster und öffnete einen Brief mit ausländischer Marke, dessen Adresse mit Maschine geschrieben war; sie konnte den Stempel nicht entziffern und war deshalb neugierig, von wem er kam. Richard las seine Briefe. Da hörten sie beide Schritte treppauf stampfen.

»Na, wer ist denn das?« sagte Richard zerstreut und sah auf. Bess ging zur Tür. Es konnte kaum die Stundenfrau sein, auf die sie heute noch wartete. Von den Kindern war keins im Haus.

Bess öffnete und blickte in ein häßliches, rotes Mannesgesicht mit kleinen, lauernden Augen unter einer tief herabgezogenen Schiebermütze. Ein widerlicher, scharfsüßlicher Geruch wehte ihr entgegen – unwillkürlich wich sie hinter Richard zurück, der am Schreibtisch saß. Dieser Schreibtisch stand nicht unterm Fenster, sondern quer im Raum. Richard liebte es, das Licht schräg von hinten zu bekommen, da er seine Briefe meist mit der Maschine schrieb.

»Guten Morgen. Was möchten Sie?« fragte er, als der Ankommende stumm in der offenen Tür stehenblieb.
»Das wirst du gleich erfahren.«
Schon daß dieser Mann Richard duzte, bewies, daß er stark betrunken sein mußte. Seine Augen glichen Tieren, die auf dem Sprung lagen. Bess fühlte eine kalte Angst in sich aufsteigen, spontan schob sie sich vorwärts, obwohl es ihr schwerfiel, ihm näher zu kommen. Aber sie hatte das Gefühl, als müsse sie mit ein paar beruhigenden Worten den ungebetenen Gast umdrehen und hinausschieben, sie, nicht Richard.
»Kommen Sie, mein Mann hat jetzt keine Zeit«, sagte sie halblaut und begütigend.
Wahrscheinlich war dies genau das Verkehrte.
»Was? Keine Zeit? Aber meinen Sohn zu prügeln, dazu reicht die Zeit immer. Ich laß mir das aber nicht gefallen, das werdet ihr erleben . . .«
Jetzt wußte Bess, wer er war. Lawes, der Arbeiter aus dem Steinbruch, dessen Söhne im Konfirmandenunterricht so aufsässig gewesen waren – vor zwei Jahren der ältere, im vergangenen Frühjahr der jüngere.
»So, jetzt gehen Sie hübsch hinunter, mein Mann hat keine Zeit«, wiederholte Bess.
Da packte der Eindringling sie vorn am Kleid, schüttelte sie vor und zurück und schrie: »Dir werd ich's geben! Dir und deinem sauberen Patron da!« Er stieß sie von sich, daß sie bis ans Fenster zurücktaumelte.
Richard war aufgesprungen. Bess sah, wie er die rechte Schublade seines Schreibtisches aufzog. »Nein!« schrie sie. Da hatte er die kleine Pistole schon in der Hand. »Nein!« Es klang hoch und schrill.
Richard wandte sich ihr halb zu, sie hielt sich rückwärts am Fensterbrett. Da war der Betrunkene schon auf ihn

losgegangen, hatte ihm die Pistole aus der Hand geschlagen und ihn vorn an der Jacke gepackt. Richard versuchte den Gegner aus der Tür zu drängen, die hinter ihm offen geblieben war. Lawes wehrte sich. Die beiden schweren Männer schoben sich vor und zurück, einmal gewann Richard Boden und einmal der andere. Bess hatte die Hände ineinandergekrampft, sie verfolgte den Kampf mit weit aufgerissenen Augen und wußte nicht, was tun. Sich dazwischenwerfen? Um Hilfe rufen? Keiner würde sie hören. Versuchen, ans Telefon zu gelangen? Richard keuchte. Der Kerl war stark wie der Teufel. Er hatte ihm jetzt den Kopf wie einen Rammbock in den Bauch gebohrt und drängte ihn rückwärts. Richard wich zurück, spürte Bess hinter sich, wollte seitlich ausweichen. Da ließ der andere unerwartet von ihm ab und ging mit erhobenen Fäusten auf Bess los. Richard fing seinen Arm ab, aber nur den rechten. Der linke stieß zu – Richard hörte Bess stöhnen. Er wandte sich um. Bess war in die Knie gegangen und lehnte mit verzerrtem Gesicht an der Fensterwand. Da fühlte Richard eine dunkle, irre Wut in sich aufbranden wie ein plötzliches Fieber. Seine Kräfte übersteigernd, umfaßte er den Mann in der Taillengegend, hob ihn ein Stück vom Boden – dabei merkte er, daß er sich bisher noch nie bis an die letzte Grenze seiner Kraft verausgabt hatte – und schmetterte ihn wieder hinab. Der andere brach in die Knie, taumelte aber unsicher wieder herauf. Richard nahm diesen Augenblick der Schwäche wahr und drängte ihn rückwärts, stieß ihn durch die offene Tür. Mit Donnergepolter verschwand der schwere Körper treppab.
Richard stöhnte. Dann drehte er sich um. »Bess?«
»Ja.« Es klang dünn, hoch und angstvoll. Nie hatte er ihre Stimme so gehört. Bess richtete sich auf.

»Ist dir was passiert?« fragte er halblaut. Es klang atemlos, als sei er zu schnell gelaufen, eigentlich stimmlos.
»Nein«, flüsterte Bess. »Und dir? Aber er.« Sie wies nach der Tür und die Treppe hinunter
Richard setzte sich schwer auf seinen Stuhl. »Wir müssen nachsehen«, sagte er nach einer Weile, in der er zitternd Luft geholt hatte.
Bess preßte die Faust in die Zähne. Sie sah Richard nur sekundenlang an. Dann senkten sie beide die Augen.
Der Mann war tot. Er lag seltsam verschränkt am Fuß der steilen Treppe. Die Treppe ist unser Unglück, hatte Bess oft gesagt. Richard legte den Arm um seine Frau, als sie unten angelangt waren, und schob sie weiter.
»Nicht hinsehen. Geh hinunter. Ich muß anrufen.«
»Ich bleib bei dir.«
»Aber, Bess. Bitte geh hinunter. Du kannst mir nichts helfen. Geh hinunter und sieh, daß keiner hier heraufkommt. Ich rufe von oben an.«

»Ja, es ist etwas passiert. Bitte kommen Sie sofort, Herr Doktor. Nein, ich glaube nicht. Ich rufe die Polizei an, jetzt gleich. Danke. Danke.«
Richard legte auf und wählte von neuem.
»Hier Pastor Lauterbach. Bitte kommen Sie. Ich habe einen Mann die Treppe hinuntergestoßen, Erwin Lawes, ja, den Steinbrucharbeiter. Er ist tot, soviel ich sehen kann.«
Richard kannte den Polizisten des Dorfes natürlich. Er hörte dessen entsetztes »Oh!« Der Mann tat ihm leid. Gewöhnt zu trösten, hätte er beinah gesagt: Es ist nicht so schlimm. Zum Glück verschluckte er es noch. »Ja, er hat meine Frau attackiert – und mich. Nein, wir rühren nichts an.«

Der Polizist sagte noch ein paar Worte und legte auf. Richard fuhr sich mit der Hand über das Gesicht. Er hatte beide Ellbogen auf den Schreibtisch gestützt und hielt jetzt den Kopf mit beiden Fäusten. So saß er noch, als fast zu gleicher Zeit der Arzt und der Polizist die Treppe heraufkamen.

Das Bedrohliche an der Geschichte war für Richard die Pistole. So jedenfalls sagte sein Anwalt. Ohne sie wäre es ziemlich klar einfache Notwehr gewesen. Die Obduktion hatte Herzschlag infolge der Aufregung und des Sturzes ergeben; Lawes war betrunken gewesen und litt an einer verschleppten Lues, die Herzkranzgefäße waren verengt durch häufigen Alkohol- und Nikotingenuß. Dennoch: die akute Todesursache war der Sturz.
Du sollst nicht töten. Und er hatte getötet.
Wie viele der Zehn Gebote übertritt man, ein wenig oder halb oder ganz. Und wischt es vor sich selbst wieder aus. In der katholischen Kirche gibt es den Begriff der läßlichen Sünde. Natürlich übertritt man nicht absichtlich. Es ergibt sich so, mitunter, oft, eigentlich jeden Tag...
Aber das fünfte Gebot. Im Krieg – lassen wir den Krieg jetzt beiseite. Jeder, der Auto fährt, befindet sich täglich in der Gefahr, einen andern Menschen zu töten. Wie vielen bleibt es nicht erspart, schuldig oder halbschuldig oder auch unschuldig da hineinzukommen. Trotzdem war das hier etwas anderes. Richard fühlte es genau. Und für ihn, als Pastor, war es zweifellos das Allerschlimmste.
Er wunderte sich selbst, wie ruhig er blieb, äußerlich jedenfalls. Untersuchungshaft – man mußte sich fügen. In einer Art war er sogar froh, nicht daheim zu sein; die Neugier der Dorfgemeinschaft wäre ihm sehr unter die Haut gegangen. Aber Bess.

Daß er von ihr getrennt war, daß er sich nicht um sie kümmern, sie trösten und stützen konnte, das war ihm schwer. Es gelang ihm bis zu einem gewissen Grade, es als Buße zu sehen und anzuerkennen. Für sie aber war es grausam, das wußte er. Und sie hatte es nicht verdient. Er litt alle Qualen mit, die sie jetzt in ihren Fängen hielten, Tag und Nacht. Und er konnte ihr nicht helfen. Wie sehr er selbst litt, brauchte keiner zu ahnen.
Auch die Verhöre und die erste Verhandlung brachten ihn nicht aus dem äußeren Gleichgewicht. Er gab ganz nüchtern zu Protokoll, wie die Sache verlaufen war, und auch, daß Lawes ihn schon einmal angegriffen habe, am Steinbruch, vor etwa einem halben Jahr, als er ihm allein begegnete, mit einem Messer. Dieses Messer hatte er ihm damals aus der Hand geschlagen, es aber nicht an sich genommen. Und er hatte keinen Zeugen für diesen Zwischenfall, auch keinen, dem er spontan davon erzählt hätte. Nur seiner Frau gegenüber hatte er etwas erwähnt, nichts jedoch von dem Messer. Sein Anwalt machte ein skeptisches Gesicht, als Richard zögernd mit dieser Geschichte herauskam. Er hatte wohl von vornherein das Gefühl, daß sie sehr fadenscheinig und dünn klang; Richard konnte nicht einmal mehr das Datum jenes Tages nennen. Und der Staatsanwalt bezeichnete sie sofort als unglaubhafte Schutzbehauptung.
Richard sprach mit Bess darüber, als sie ihn besuchen durfte. Sie saßen einander gegenüber im Besuchszimmer, das einen Tisch und zwei Stühle aufwies. Ein Wachtmeister war anwesend, der tat, als höre er nicht zu, aber es war klar, daß er dabei war, um zu horchen. Es war herzbeklemmend. Sie sprachen nicht viel. Schließlich fragte Bess zaghaft, wie er untergebracht sei.
»Ganz komfortabel, Bett, Tisch, Schrank. Zu lesen kannst

du mir etwas schicken. Ich werde versuchen, den Aufenthalt dort« – er lachte ein wenig – »als Erholung aufzufassen und viel zu schlafen. Zur Hauptverhandlung willst du doch auch kommen?«
»Natürlich. Mit Martin. Bleib mir gesund.« Jetzt war es um ihre Fassung doch nahezu geschehen. Er sah das Wasser in ihren Augen, zurückgedrängt durch den verzweifelten Willen, ihm das Herz nicht noch durch Weinen zu erschweren, sah ihr zusammengekrampftes Kinn, ihren bebenden Mund. Noch einmal packte ihn die übermenschliche Wut auf jenen Mann, der dies verursacht hatte. Sie sollte nicht so leiden, sie, die bei jedem Menschen, der ihr begegnete, an das Gute glaubte.
»Sei tapfer, Bess. Oh, meine Bess!« Mehr vermochte er nicht zu sagen. Und dann war er wieder allein, ohnmächtig, ihr zu helfen, ihr beizustehen. Um Lawes trauerte wohl niemand, weder die Frau noch die beiden Söhne. Er war gewalttätig und unberechenbar gewesen, Richard wußte es. Es war nicht seine Sache, darüber zu urteilen, aber von Trauer konnte keine Rede sein.
Dennoch war es schwer. Und es würde schwer bleiben, ein Leben lang. Wie auch das Gericht über ihn entschied, mit seinem Gewissen mußte er selbst fertig werden.

Krister rief von Frankfurt aus an. Er hatte sich auf die Überraschung seiner Familie gefreut und war erstaunt, als seine Mutter nicht den erwarteten Jubelschrei ausstieß. »Aus Frankfurt, ich bin in Frankfurt«, betonte er noch einmal. »Freust du dich nicht?«
Bess beteuerte, wie sehr sie sich freue. Krister ahnte also nichts; sie hatte ihm zwar geschrieben, aber der Brief hatte ihn wohl nicht mehr erreicht. So mußte sie es ihm am Telefon sagen.

Seine Stimme klang ganz verändert, als er erwiderte: »Ich komme sofort, Mutter.« Sie suchte nach ein paar tröstenden Worten zum Abschied, aber sie fand keine. Mit dem Gefühl, total versagt zu haben, stand sie noch ein paar Minuten vor dem Telefon, die Hand am aufgelegten Hörer. Den Kindern gegenüber sollte sie doch wenigstens Haltung zeigen können.
Sie versuchte es jeden Tag, jede Stunde. Wenn Daniel aus der Schule kam, wenn Martin abends seinen Anorak aufhängte und fragte: »Was Neues, Mutter?« Jede Sekunde versuchte sie, gelassen und freundlich und getrost zu erscheinen. Und immer wieder mißlang es ihr.
In dieser Minute, da sie Krister so enttäuscht hatte – sie merkte, daß es falsch gewesen war, wie sie es ihm sagte, belastend statt tröstend –, in dieser Minute glaubte sie, bis auf den allertiefsten Grund der Verzweiflung hinabzusinken. Du taugst nichts, du bist nichts, du kannst nichts, deine Angehörigen sind geschlagen mit dir. Jetzt müßtest du Richard vertreten, in seinem Sinne für die Kinder dasein – sie konnte es nicht. Eve Henning fiel ihr ein, die es nicht fertiggebracht hatte, über sich hinauszuwachsen. O Eve, heute verstehe ich dich. Auch ich bringe nicht die Kraft auf, den Vater zu ersetzen, und dabei *lebt* er doch ...
Wie auf der Flucht lief Bess ins Schlafzimmer und warf sich auf ihr Bett, mitten am Vormittag, und weinte, bis sie plötzlich eingeschlafen war. Es war eigentlich unfaßbar, daß sie mit einem solchen Kummer auf dem Herzen einschlief, aber sie sank in tiefe Bewußtlosigkeit.
Wie lange sie so lag, ahnte sie nicht. Als sie wieder zu sich kam, strich sie das Haar aus dem Gesicht und setzte sich grübelnd auf. Sie hatte etwas geträumt, besann sich aber nicht mehr darauf. Nur ihr Konfirmationsspruch,

an den sie lange nicht mehr gedacht hatte, stand noch vor ihr in großen, deutlichen Buchstaben, aus dem Traum herübergerettet. Richard war daran beteiligt, daß sie ihn vor sich sah – er hatte ihn nicht ausgesprochen, sondern darauf gezeigt.

»Seid fröhlich in Hoffnung, geduldig in Trübsal, haltet an im Gebet.«

Bess saß aufrecht da, aufmerksam wie ein Schulkind in der Prüfung, und überlegte sich, was nun zu antworten war. Fröhlich – nein, Hoffnung hatte sie, ohne Hoffnung wäre sie nicht sie selbst gewesen; aber fröhlich, nein. Unmöglich. Und geduldig in Trübsal? Ach, Geduld konnte man vielleicht lernen, vielleicht – einmal. Jetzt war sie nicht geduldig. Haltet an im Gebet.

Bess legte die Hände ineinander. Gut, sie wollte es versuchen. »Du mußt es ausüben«, hatte Richard einmal gesagt, als sie über das Beten sprachen. »Kein Mensch kommt auf die Welt mit der Fähigkeit zu beten. Aber jeder kann es lernen, wenn er nur will. Ebenso wie er schwimmen lernen kann. Niemals trägt ihn das Wasser, wenn ihm ein anderer sagt, es trüge ihn. Er muß es selbst üben und ausüben, immer wieder. So ähnlich ist es auch mit dem Beten. Bete, übe aus, was Millionen vor dir geholfen hat und noch Millionen helfen wird, wenn sie es tun. Tu es.«

Bess betete. Erst wollte sie beten: »Laß es nicht wahr sein, gütiger Gott, laß es geträumt sein und mich erwachen und sehen: es war nur ein Traum.« Dann: »Laß Richard zurückkommen!« Und dann erst, nach einer halben oder ganzen Stunde, gelang es ihr, so zu beten, wie Richard es gemeint hatte und gut finden würde. »Herr, gibt mir Kraft zu tragen, was du mir auferlegt hast.«

So und nicht anders muß man beten, sie fühlte es deut-

lich. Und ihr war, als sänke der dunkle Nebel, der sie eingehüllt und zu ersticken gedroht hatte, langsam weg. Der Boden sog ihn auf, es wurde heller um sie, hell, klar, durchsichtig. Sekundenlang war ihr, als befände sie sich in einer kristallenen Kugel, die zwar durchsichtig war, ihr aber nach allen Seiten hin Schutz gewährte.
So ist das also, dachte sie staunend, wenn man Gott erreicht. Für den Bruchteil einer Sekunde, für eine winzige Zeitspanne. So erfüllt er einen, stärkt und sättigt er und macht leicht und neu. Sie stand auf, wusch sich das Gesicht, ohne in den Spiegel zu sehen – irgendwie war ihr das peinlich –, und lief hinunter in die unteren Räume des Hauses. Noch immer fühlte sie einen Hauch jener merkwürdigen Leichtigkeit, und es war wohl kein Zufall, daß die Stundenfrau, die gleich darauf ins Haus trat, als Gruß sagte: »Heute sehen Frau Pastor aber wieder viel besser aus.« Bess nickte ihr zu und lächelte.
Sie wußte nicht, um welche Zeit Krister hier sein konnte, so schmückte sie den Tisch auf alle Fälle jetzt schon und deckte mit dem festlichen Porzellan. Krister durfte nicht um sein Heimkehrfest gebracht werden, so weh es ihr auch tat, daß Richard nicht dabei war. Um diese Zeit gab es viele Blumen; man mußte sie sowieso aus dem Garten hereinholen, da jede Nacht Frost einsetzen konnte. Bess hatte die große Bodenvase mit Dahlien und Georginen gefüllt, sie hoffte, daß die Blumen eine Weile frisch bleiben würden. Auf den Tisch stellte sie ein niedriges, rundes Glas mit Calendula, jenen sattgelben Studentenblumen, die wie von sich aus leuchten, so schön ist ihre Farbe. Es war, als würfen sie wirklich einen Schein auf ihr Gesicht, als Krister gekommen war und sie sich zu Tisch setzten. Er sah die Mutter an und nickte ihr zu.

Daniel und Martin waren da, keine von den Töchtern. Friederike war jetzt in Göttingen, sie hatte sich nach dem Abitur entschlossen, ein soziales Jahr zu machen, und betreute in einem Heim gefährdete Kinder. Sie wohnte bei Christiane. Beide wollten am Sonnabend nach Hause kommen.

»Es geht tatsächlich nicht eher«, hatte Christiane gesagt, als Bess anrief. Vielleicht bin ich doch zur Söhnemutter prädestiniert, dachte Bess und sah ihre drei Tischherren an. Aber viel zum Nachdenken kam sie nicht.

Krister fragte nach den Mädchen. Überhaupt ging die Unterhaltung ganz rege hin und her, und die Stimmung war weniger bedrückt, als Bess befürchtet hatte. Daniel wollte immerzu von Amerika hören, er fragte und fragte, und Krister gab freundlich Bescheid. Später setzten sie sich in die Couchecke zu einem Glas Wein, und Martin verschwand, um Georg zu Bett zu bringen. Das Zu-Bett-Bringen des Kleinen ging nur mit langwierigen, festgelegten Riten vor sich, auf denen Georg bestand. Er fing jetzt an zu laufen und kam ins unbequemste Alter. Bess atmete jeden Abend erleichtert auf, wenn Martin kam und ihn ihr abnahm.

Natürlich fehlte Richard. Und später, als Bess vor Kristers Tür ihrem Ältesten gute Nacht sagte, weinte sie auch ein bißchen. Wie wunderschön hätte man sich freuen können an dieser Heimkehr, wenn nicht der Fels auf aller Seelen gelastet hätte! Krister legte die Arme um sie und drückte sie an sich. Sie sprachen nichts, es war auch nicht nötig. Zum ersten Mal im Leben wurde Bess bewußt, daß Krister doch viel Ähnlichkeit mit seinem Vater hatte. Er war groß und schlank, Richard nicht klein, aber eher untersetzt und schlank schon gar nicht mehr Dennoch. –

Am Samstag kam Christiane heim, jedoch allein, ohne Friederike. Bess fragte natürlich gleich, wieso.
»Ach, das ist eine dumme Geschichte ...« Christiane winkte ihr mit den Augen zu. Bess überspielte die Sache also zunächst und nahm dann die erste Gelegenheit wahr, mit der Tochter allein zu sprechen.
Es ging um den jungen Schillingsberger, er wohnte ja in Göttingen. Eine sehr glückliche Geschichte schien es nicht zu sein, meinte Christiane. Ihrem Gefühl nach war Friederike auch mehr engagiert als der junge Mann. Sie hatten sich öfter getroffen, waren miteinander ausgewesen, eine Zeitlang sogar Abend für Abend in vielen Lokalen, bis spät in die Nacht hinein. Ob zu zweit oder in einer größeren Gesellschaft, das wußte Christiane nicht. Manchmal war Friederike in Hochstimmung gewesen und manchmal nicht.
»Wie das so ist, wenn man verliebt ist. Himmelhoch jauchzend, zu Tode betrübt«, sagte Bess.
Christiane sah sie kurz an und schwieg.
»Nun, und heute?« fragte Bess.
»Ursprünglich hatten sie vor, sich zu treffen, Friederike wollte wohl ... Nun, sie bestand, nehme ich an, auf einer Aussprache. Wahrscheinlich wollte sie Klarheit haben, ehe sie herkam – ich weiß es nicht, es sind alles nur Vermutungen. Jedenfalls sagte er ab, er habe etwas anderes vor. Als Friederike fragte, was denn, etwas Wichtiges?, sagte er: Ja, eine Hochzeit. Am Telefon, verstehst du. Friederike glaubte das nicht, Hochzeiten würden ja nicht so kurzfristig anberaumt, daß er vorher nichts davon ahnte. Statt froh zu sein, heute abend herkommen zu können ...« Christiane brach ab.
Es lag viel Unausgesprochenes in ihrem Bericht, Bess fühlte es genau. Trotzdem sagte sie: »Aber es kann doch

auch stimmen mit dieser Hochzeit. Vielleicht hat einer abgesagt, und er muß einspringen.«
Christiane wiegte den Kopf. »Natürlich kann das stimmen. Aber wenn er so zu Friederike stünde, wie sie meint, hätte er sie ja mitnehmen können. Das sagte sie ziemlich erbittert.«
»Hm.« Bess schwieg.
Dann fuhr Christiane fort: »Seit wir hörten, daß Krister heimkommt, hat sie nicht mit Schillingsberger gesprochen außer am Telefon. Er hatte immer Ausreden. Und heute wollte sie es also erzwingen. Sie hat herausgebracht, wo die Hochzeit stattfindet.«
»Wo denn?« fragte Bess, als Christiane stockte.
»Ach, es muß eine sehr vornehme Angelegenheit sein.« Christiane nannte das Lokal, das eigentlich eine Burg war, auf einem Berg südlich von Göttingen gelegen. »Sehr hübsch. Es gibt da eine kleine Kapelle, in der die Leutchen getraut werden, die sich so etwas leisten können, und dann geht man hinüber in die Burg zum Essen und gemütlichen Beisammensein. Man kann dort auch übernachten.«
»Ach ja, ich weiß. Aber so vornehm, also nur für Millionäre oder Filmgrößen, ist es auch wieder nicht«, sagte Bess. »Das Gedeck kostet etwa soviel wie in anderen Lokalen. Ich hörte erst kürzlich davon. Hübsch ist es. Und dort feiert er also heute? Und Friederike?«
»Weiß nicht. Sie wollte ihn wohl abpassen, ehe er hinfuhr.« Christiane zuckte die Achseln. Es war ihr sichtlich unangenehm, daß sie die Tugendwächterin der jüngeren Schwester abgeben sollte.
Bess ging in die Küche. Der Sonntagskuchen war noch im Herd. Sie sah danach, ohne richtig aufzunehmen, was sie sah, und klappte die Ofentür wieder zu. Nachdenk-

lich stand sie da – und plötzlich war ihr, als stieße sie etwas vorwärts. Als habe ihr jemand strikt befohlen zu handeln, und zwar sofort. Sie lief ins Musikzimmer.
Krister hatte sich gerade an den Flügel gesetzt, und Christiane stimmte ihre Geige, deren Kasten offen auf dem niedrigen Tischchen stand. Georg hatte das Kolophonium, das darin gelegen haben mußte, herausgeangelt und war dabei, es auf seinen Geschmack hin zu prüfen. Er steckte zur Zeit alles in den Mund, dessen er habhaft werden konnte. Bess nahm es ihm mechanisch aus der Hand und sagte: »Würdest du bitte auf den Kuchen achten, Christiane? Ich muß noch einmal fort.«
»Wohin denn?« fragte Christiane erstaunt. »Wir wollten doch heute mal in Ruhe die Noten durchsehen.«
»Ich bleibe auch nicht lange weg. Nein, mein Süßer, jetzt kann ich dich nicht hochnehmen, komm hier ...« Sie suchte die Büchse »Keks für Notfälle« und holte einen davon heraus. »Hier, das kannst du knabbern, das schmeckt bestimmt besser.«
»Man soll Kinder nicht mit Süßigkeiten abspeisen, wenn man sich keine Zeit für sie nimmt«, sagte Martin in lehrhaftem Ton.
Bess entwand sich den umklammernden Ärmchen ihres Enkels und rief: »Ich weiß. Laß ihn lieber Kolophonium essen ...« Hinaus war sie. Christiane sah ihr mißbilligend nach. Gleich darauf hörte man das Auto starten.
»Na sowas. Tut, als wäre es brandeilig, und vor einer Stunde wußte sie noch nichts davon. Und das am Samstagabend«, murmelte Christiane.
»Fertig?« fragte Krister. Er hatte die Noten für die Sonate, die sie beide gern spielten, vor sich aufgestellt und präludierte. Christiane vergaß Georg und den Kuchen und Bess' sonderbares Verhalten und setzte ein.

Bess war zehn Kilometer gefahren, entgegen ihrer Art schneller, als sie eigentlich verantworten konnte. Dann stoppte sie ab, fuhr rechts an den Straßenrand und holte die Karte aus dem Handschuhfach. Und dann tat sie etwas, was sie in ihrer verdeckt abergläubischen Art sonst nie tat: Sie kehrte um. Außerhalb des Hofes stellte sie den Wagen ab, schlich durchs Haus und die Treppe hinauf und klopfte am Jungenzimmer. Daniels Stimme antwortete: »Ja?«

Sie atmete auf: Daniel war also da! Er lag auf seinem Bett und las, Angelus hatte sich auf dem Vorleger davor ausgestreckt. Bess setzte sich ans Fußende und sah den Jungen an.

»Daniel, ich brauch dich. Dich und Angelus. Bitte, sei so gut und komm mit.«

Das war das Gute an ihren Kindern: Sie nörgelten zwar oft, wenn sie etwas tun sollten, was ihnen nicht in den Kram paßte, stellten sich taub, und jeder schob es auf den andern. War aber wirklich einmal etwas dringend und wichtig, da ließen sie sich nicht bitten. Sie besaßen dafür eine Art sechsten Sinn, hatte Bess oft beobachtet. Freilich, sie pflegte nur in ganz dringenden Fällen zu bitten.

Auch jetzt zog Daniel sogleich die Beine an und sprang auf.

Bess sagte nur, sie müßten Friederike abholen, lief noch ins Mädchenzimmer und nahm einen von Friederikes Pullovern aus dem Schrank. Dann schlich sie die Treppe möglichst leise wieder hinunter. Ein brandiger Geruch füllte den Flur.

Himmel, der Kuchen!

Der Herd rauchte. Bess riß die Form heraus, verbrannte sich die Finger, warf den Kuchen auf die Spüle. Herd

ausgeschaltet, fertig. Alles andere war Nebensache. Und dann fuhren sie los, der Junge, der Hund und sie.
Es lag Bess im Grunde nicht, hinter den großen Kindern herzuspionieren oder sie gar von einer Unternehmung zurückzuholen. Hier aber hatte sie ganz deutlich das Gefühl, daß Friederike sie brauchte. Das Kind durfte nicht allein sein, wenn es eine ganz große Enttäuschung erlebte.
Sie durchquerten ein paar Ortschaften und erreichten dann die Autobahn. Daniel fragte zum Glück nichts. Bess hätte ihm das Ganze jetzt auch nicht auseinandersetzen können. Sie fuhr konzentriert und so schnell sie konnte.
Sehr bald mußte sie Licht machen. Die Tage waren schon wieder kurz. Wenigstens blieb es klar. Dicht vor dem Werratal kam die Abfahrt, die Bess suchte. Sie fuhr heraus, durch den Wald, dann bergauf. Wirklich, sie fand ihr Ziel, ohne auch nur einen Kilometer abzuirren. Und dann standen sie im Burghof vor dem Lokal, dessen Fenster erleuchtet waren. Musik drang heraus. Bess zögerte nun doch.
Konnte man mitten in eine Hochzeitsgesellschaft hineinplatzen und fragen: »Verzeihung, ist hier vielleicht ein Fräulein Friederike Henning? Ich bin die Mutter, das heißt . . .« Konnte man?
Nein, man konnte nicht.
In diesem Augenblick öffnete sich die Tür. Bess schaute hin – im selben Moment bellte Angelus laut und fröhlich und sprang die wenigen Stufen zum Eingang hinauf.
»Ja, Angelus, wie kommst du denn hierher?« hörte Bess. Friederikes Stimme! Sie rannte dem Hund nach.
»Nie hätte ich das jemandem geglaubt, wenn ich es nicht selbst erlebt hätte«, erzählte Bess später immer wieder.

»Ausgerechnet in dem Augenblick, in dem Friederike aus dem Lokal kam, waren wir da. Kein Buch und kein Film könnte sowas bringen, ohne daß man ›unmöglich!‹ sagte. Aber es war doch so.«
»Komm, Fritzi, ins Auto«, sagte sie jetzt. »Wir fahren heim. Du brauchst mir nichts zu erzählen, wir fahren nach Hause und alles ist gut. Niemand fragt dich.«
Friederike gehorchte ohne ein Wort. Sie setzte sich neben Bess und nahm den Pullover, den ihr Bess mitgebracht hatte.
»Da, zieh ihn an. Es ist schon recht herbstlich.«
Friederike gehorchte schweigend.
Erst nach ziemlich langer Zeit fing sie an zu sprechen. Sie wunderte sich überhaupt nicht, daß Bess gekommen war. »Christiane hat mir erzählt«, hatte Bess nur erklärt. Eine Freundin hatte Friederike auf ihre Bitte hin zu diesem Burglokal gefahren.
»Ich hab mit ihm gesprochen«, sagte sie leise. »Dort konnte er mir nicht ausweichen. Nur ganz kurz. Fini. Eigentlich wußte ich es schon vorher. Aber ich wollte es ganz sicher hören, aus seinem Mund, und nicht durchs Telefon. Er ist – er sagte – er hat . . .« Sie schluckte.
Bess schüttelte den Kopf, während sie ihre rechte Hand rasch auf Friederikes legte. »Sag jetzt nichts. Schluß und aus und gut. Und du gehst zu Hause gleich ins Bett und schläfst dich richtig aus, bis in den hellen Tag hinein. Versprichst du mir das?«
Dann schwiegen sie. Bess fuhr jetzt langsam, sie war abgespannt, aber doch erleichtert. Auch Daniel sagte nichts. Als sie ankamen, hörte Bess die beiden andern immer noch musizieren. Sie brachte Friederike ins Bett und schlüpfte dann so leise wie möglich ins Musikzimmer. Krister saß am Flügel, und Christiane stand halb

hinter ihm. Georg war auf dem Fußboden eingeschlafen, er sah aus wie ein Engel. Jedenfalls flüsterte Christiane das Bess zu. Sie habe es nicht fertiggebracht, ihn zu wecken.
Bess lachte und schob dem Engel ein flaches Kissen unter die Wange. Sie wußte, was für ein feuersprühender Teufel er werden konnte, wenn man ihn zur Unzeit weckte.

»DAS dort ist der Staatsanwalt«, murmelte Bess und deutete auf einen jungen Mann, der von links hereinkam und sich an den Rand des Podiums setzte. Er sah eher aus wie der Schiedsrichter bei einem Fußballspiel, war noch jung, allerdings verlieh ihm der Talar eine gewisse Würde. In der Mitte saßen die Richter, rechts Richards Anwalt und davor, etwas tiefer, Richard selbst. Der Anwalt sprach leise auf ihn ein. Richard nickte und suchte dabei mit den Augen den Zuschauerraum nach Bess ab. Jetzt entdeckte er sie und neben ihr Krister. Er grüßte fast unmerklich zu ihnen herüber. Bess meinte, diesen Blick werde sie bis in alle Ewigkeit nicht vergessen. Gleich darauf wurde die Verhandlung eröffnet.
Es fiel Bess schwer zu folgen. Sie selbst war schon vernommen worden, in der allerersten Vorverhandlung. Man hatte ihr gesagt, sie als Ehefrau könne die Aussage verweigern, aber sie bestand darauf auszusagen. Jetzt schweiften ihre Gedanken immer wieder ab. Was sollte werden, wenn Richard verurteilt wurde? Wie sollte er eine lange Haft seelisch und körperlich überstehen? Er sah schlecht aus, es krampfte ihr das Herz zusammen. Und die Verhandlung drehte sich unentwegt um dasselbe. Jedesmal, wenn Bess sich zusammenriß und aufzupassen versuchte, fand sie, daß man keinen Zentimeter vorwärtsgekommen sei.
Sie fühlte sich immer verzweifelter, immer schlechter.

Frische Luft – ihr war ganz schwach, wenn sie darandachte, wie gut es tun müßte, jetzt frische Luft zu atmen. Der Zuschauerraum war dicht gefüllt, es roch nach nassen Mänteln und Fußbodenöl und nicht sehr gut gewaschenen Menschen. Sicherlich war das halbe Dorf gekommen, jetzt hatten die Bauern Zeit, und die Frauen hatten auch weniger zu tun als im Sommer. Wie mußte Richard zumute sein!

Plötzlich spürte sie, daß ein Aufmerken durch die Zuhörer ging. Jemand aus dem Publikum hatte sich gemeldet, eine Männerstimme. Sie sprach nicht den hiesigen Dialekt, sondern hochdeutsch. »Darf ich eine Aussage machen, die vielleicht dienlich sein könnte?« hörte Bess. Der Vorsitzende nickte und winkte den Mann heran.

Vor dem hohen Gericht befand sich eine Schranke, an die jeder treten mußte, der vernommen wurde. Der Mann trat vor, und Bess sah ihn nur halb von hinten. Trotzdem wußte sie in derselben Sekunde, wer er war. Nicoles Vater, der Maler aus dem merkwürdigen Bungalow. Sie hielt den Atem an.

Jetzt nannte er seinen Namen und wurde zur Wahrheit ermahnt, zunächst nicht vereidigt. Der Vorsitzende begann ihn zu fragen. Der Zeuge antwortete langsam, überlegt, manchmal korrigierte er sich.

Ja, er habe einmal etwas beobachtet, was vielleicht von Wichtigkeit sei. Den Herrn Pastor Lauterbach und – nun, den Verunglückten. Lawes hieß er, wisse er jetzt, er habe ihn nicht weiter gekannt, jedenfalls nicht bei Namen. Aber er sei wahrscheinlich der einzige gewesen, der draußen am Steinbruch gearbeitet habe. Dort sei damals im Mai Pastor Lauterbach vorbeigekommen. Und er hatte den Arbeiter gegrüßt, wie er so vorbeiging, der andere aber habe den Gruß nicht erwidert. Erst als der

Pastor ein paar Schritte entfernt war, habe Lawes ihm etwas nachgerufen, was ihn veranlaßte, noch einmal umzukehren und ein Gespräch anzufangen. Sie standen oben am Rand des Steinbruchs, das heißt, Lawes hatte sich Pastor Lauterbach in den Weg gestellt. Aus dem Gespräch schien ein Streit zu werden.

»Ich stand ziemlich weit weg, konnte nichts verstehen, aber die Stimmen hörte ich. Und dann sah ich, wie der Arbeiter auf den Pastor losfuhr. Ich wollte gerade hinrennen, weil ich dachte, das ist ein alter Mann und du kannst vielleicht helfen; da merkte ich, daß irgendwas geschehen sein mußte, was den Streit beendete. Pastor Lauterbach fuhr sich über Gesicht und Stirn und – nun, dieser Lawes ging zurück.«

»Und weiter?« fragte der Vorsitzende. »Was geschah weiter?«

»Nichts. Der Pastor ging davon, schwer atmend und mitgenommen, so schien es mir, er hatte sich wohl sehr aufgeregt. Und der andere verdrückte sich schleunigst, als er mich kommen sah. Vielleicht meinte er, ich hätte ihn noch nicht erkannt gehabt.«

»Sind Sie also doch noch hingelaufen?«

»Hin gegangen, ja. Nicht gelaufen. Es war ja nicht mehr nötig, daß ich rannte.«

»Und?« fragte der Vorsitzende. »Da ist doch noch was?«

»Ja. Hier. Das Messer. Ich habe es später gefunden. Es war hinuntergefallen, sie standen ja am Rande des Steinbruchs. Und dort lag es nicht, sondern weiter unten. Ich habe ein bißchen herumgesucht.« Er hielt dem Vorsitzenden das Messer hin. Es war eines jener Fallschirmjäger-Messer, die man mit einem gewissen Schwung aufklappt; der Ton ist jedem unvergeßlich, der ihn ein einziges Mal gehört hat.

»Ich war nämlich als junger Spund bei diesem Verein – ich meine bei dem, der vom Himmel fällt. Und ich hatte die Bewegung gesehen. So ...« Er schlenkerte das Messer, so daß die Klinge mit einem Knack heraussprang, drückte sie dann mit der anderen Hand wieder zurück und reichte dem Vorsitzenden die Waffe. »Die Dinger müssen abgegeben werden, ich weiß. Aber ich habe es ja nur gefunden. Es ist also zwar mein Besitz, aber nicht mein Eigentum.« Er lächelte.
»Stimmt«, sagte der Richter und nahm das Messer an sich. Die Geschworenen reckten die Hälse. Der Saal war stumm.

»Gar kein Zweifel, das gibt Freispruch«, sagte Krister, als er sich neben Bess aus der Tür schob. »Wer ist denn dieser Zeuge, der den Deus ex machina spielte? Kennst du ihn? Er macht einen ausgesprochen gebildeten Eindruck.«
»Ist er auch. Nicoles Vater. Nicole ist Martins Bekannte, ich habe dir von ihr erzählt, das junge Mädchen, mit dem er seit zwei oder drei Jahren befreundet ist und in diesem Sommer nach Spanien fahren wollte, als er sich das Schlüsselbein brach.« Bess sah aus, als sei sie zwanzig Jahre jünger. »Freispruch, glaubst du wirklich? O Krister!«
Er hatte richtig vermutet: Das Gericht erkannte auf Freispruch. Erwiesene Notwehr.
Zwei Tage später wurde Richard entlassen.
Es ging ihm gesundheitlich nicht sehr gut; die Untersuchungshaft hatte ihn mehr mitgenommen, als er selbst für möglich gehalten hatte. Bess setzte ihm zu, sofort Urlaub zu beantragen. Er tat es, weigerte sich aber wegzufahren.

»Ich bleibe lieber in deiner Obhut, Bess, ich möchte mich tüchtig ausschlafen. Ich weiß nicht, dort«, er machte eine vage Bewegung in Richtung Stadt, »dort konnte ich überhaupt nicht schlafen. Vielleicht machte es der enge Raum, in dem sich kein Fenster richtig weit aufsperren ließ . . .«

Krister und Bess hatten ihn abgeholt. Als sie vor dem Untersuchungsgefängnis auf Richard warteten, hatte alle Beherrschung Bess verlassen. Sie weinte so, daß sie die Straße nicht sah vor Tränen, während sie im Auto saß und sich vor Krister schämte.

»Mutter, du bekommst ihn ja wieder! Gleich wird er dasein«, flüsterte Krister, selber bewegt.

Und dann kam Richard, und Bess lief ihm entgegen, und er legte den Arm um sie.

»Fassung, mein Kleines«, sagte er, und dann wischte er sich selbst die Augen.

Krister fuhr, Richard saß rechts von ihm, Bess hinten. Sie hatte die ganze Fahrt über eine Hand auf seine Schulter gelegt. Es war, als müßte sie sich immerzu vergewissern, daß er frei, daß er bei ihr, daß er bei ihnen war.

»Ja, es ist alles gut, meine Bess, alles gut«, sagte er und wandte ihr das Gesicht zu. »Von nun an bleibe ich bei dir und lasse niemanden sonst zu mir herauf in die Wartburg als dich. Und die Treppe wird auch umgebaut. Du hast es immer gewollt, Bess, und du hattest recht damit. Ich sollte immer auf dich hören . . .« Er nickte ihr zu. Ihre Augen standen noch immer voll Wasser, aber sie lächelte zurück.

Krister zog den Wagen durch eine enge Kurve. »Gleich sind wir da«, sagte er leise.

Es STELLTE sich dann heraus, daß Richard doch in Erholung fahren mußte, zu einer Kur. Er litt schon länger an Rheumatismus in Schultern und Armen, und so waren Thermalbäder angezeigt. Bess geriet ganz außer sich, als ihr das eröffnet wurde, und verkündete, wenn es nicht anders ginge, fahre sie mit. Erst nahm die Familie diesen Vorschlag gar nicht ernst, weil Bess stets am allerliebsten zu Hause war und immer Vorwände erfand, wenn man sie einmal herauslocken wollte. Dann aber merkten sie, daß sie verbissen darauf bestand mitzufahren, und das war neu und erstaunlich. Den eigentlichen Grund verriet sie niemandem.

Ein Wort bei der Verhandlung hatte sie getroffen, und sie vergaß es nicht wieder. Nicoles Vater, der der schrecklichen Geschichte schließlich die entscheidende Wendung gab, hatte es ausgesprochen, sicherlich ohne zu ahnen, was er damit bewirkte. Er hatte gesagt: »Ich dachte, das ist ein alter Mann . . .«

Richard war noch nicht alt, noch keine sechzig. Bess fand sonst, daß man unter sechzig nicht zu den Alten gehört. Auch Richard nicht, Richard schon gar nicht, ihr Löwenherz. Aber es war ihr zum Bewußtsein gekommen, daß er alt würde, und das in nicht allzu ferner Zeit. War man erst sechzig, so fand man sicher, daß man erst mit siebzig oder achtzig alt sei. Immerhin, es hatte in sie eingeschlagen wie ein Blitz, den niemand außer ihr wahr-

nahm. Einen Mann, der in einigen Jahren – nun, zu den Älteren gehören würde, den ließ man nicht allein. Wer aber sollte zu Hause das Regiment führen, wenn sie nicht da war?
Christiane konnte nicht, es war einfach ausgeschlossen, sie aus dem Semester herausspringen zu lassen. Friederike war beruflich festgelegt. Zwei Töchter, und keine verfügbar. So war das heutzutage.
»Dann machen die Männer eben ein Paradies der Junggesellen auf«, sagte Bess hartnäckig, »ich fahre jedenfalls mit Vater. Er braucht mich. Ich lasse ihn nicht allein in die böse Welt hinaus.« Sie hatten Badgastein mit seinen warmen Quellen als Kurort gewählt.
»Paradies der Junggesellen ist prima«, sagte Martin und grinste teuflisch. »Vor allem Georg wird sich freuen.«
Ja, Georg! An ihm scheiterte der Plan. Krister war bereits für das Wintersemester in Tübingen immatrikuliert, er würde nicht zu Hause sein; blieben Martin und Daniel. Ohne Georg wäre ein Junggesellenparadies durchaus denkbar gewesen, denn die Mädchen würden natürlich jedes Wochenende nach Hause kommen. Da ließ sich manches nachholen. Aber das Kind!
»Georg hängen wir in den Rauchfang als Jungschweinernes«, sagte Martin verträumt und wartete, daß Christiane auf ihn losfahren würde wie eine zischende Schlange. Sie tat es auch prompt.
»Sei vorsichtig! Mit mir geht man nicht so um«, sagte Martin. »Ich weiß nämlich die Lösung dieses Familienrätsels. Die verrate ich aber nur, wenn ihr mich gut behandelt. Soll ich?«
Die Lösung hieß Nicole. Nicole hatte ihm bereits angeboten, den kleinen Jungen tagsüber zu sich zu nehmen, falls Bess wegfahren sollte, oder ihn stundenweise im

Pfarrhaus zu hüten, wobei sie ja auch dieses und jenes in der Junggesellenwirtschaft in Ordnung bringen konnte. Sie war zur Zeit daheim und führte ihrem Vater die Wirtschaft, da ihre Mutter verreist war. Sie hatte an der Kunstschule in Hannover ihr Examen gemacht und war sich noch nicht schlüssig, was sie nun beginnen sollte. Martin hatte also gut grinsen.

Bess flog ihm jubelnd um den Hals. Und nun ging alles schnell und glatt. Krister setzte sich nach Tübingen ab, Martin und Daniel samt Angelus strahlten darüber, jetzt einmal tun und lassen zu können, was sie wollten, und Bess war beruhigt. Sie erledigte noch viel Praktisches, sprach mit der Stundenfrau und ermahnte die Zurückbleibenden endlos.

Schließlich war es soweit. An einem klaren Tag im November, der schon nach Rauhreif aussah, fuhr sie mit Richard davon.

Sie fuhr *ihn*.

Wie zufällig und ohne es zu betonen war sie ans Steuer gerückt, und Richard hatte es schweigend und, wie sie genau fühlte, dankbar gebilligt. Es war kein Zufall, es war ein neuer Kreis, in den sie getreten waren, Bess erkannte es deutlich und versuchte, still für sich damit klarzukommen. Bisher hatte immer Richard für sie gesorgt, sie beschützt, das Fahren übernommen. Er war der Ältere, der Erfahrenere, der Mann. Jetzt hatte sich das gleichsam unmerklich umgeschichtet. Jetzt war es an ihr, der Jüngeren, der Frau, zum Stärkeren von ihnen beiden zu werden.

Sie hatten geplant, die Reise in zwei Tagen zu machen und bei dieser Gelegenheit Hans in Erlangen zu besuchen. Der war sehr erfreut und verschaffte ihnen Quartier bei der befreundeten Pastorenfamilie, bei der

er anfangs gewohnt hatte, als er noch kein Studentenzimmer besaß. Es wurde ein äußerst gemütlicher Abend, und sie blieben auf heftiges Drängen ihrer Gastgeber sogar noch einen weiteren Tag. Dann erst lenkte Bess die Kühlernase ihres Wagens wieder der Autobahn zu.
»Eigentlich ist ja Tübingen nicht sehr weit«, sagte Richard, im Autoatlas blätternd, und Bess stimmte augenblicklich zu: »O ja, wir besuchen Krister. Wunderbar! Ich komme mir sowieso vor wie auf der Hochzeitsreise.«
»Hochzeitsreise! Von einem erwachsenen Sohn zum andern, und zur Kur kommen wir nie«, rügte Richard. »Nein, jetzt wird nicht wieder abgebogen, jetzt geht es gen Süden. Krister können wir auf dem Rückweg besuchen, wenn du durchaus willst.«
Bess nickte und wußte im voraus, daß sie auf dem Rückweg »durchaus wollen« würde. In einer Art – in einer, betonte sie vor sich selbst ziemlich schuldbewußt – stand ihr der älteste Sohn eben doch näher als die andern, und da er so lange so weit weggewesen war, erst recht, und...
»Nun? Fertig mit allem ›einerseits‹ und ›anderseits‹? Dann denkst du vielleicht auch wieder mal an mich kleine schmächtige Nebenperson«, sagte Richard vergnügt. Er hatte auf ihrem Gesicht wie in einem Film ablesen können, was sie dachte: »Soll ich dir einen Rat geben? Denk nicht allzuviel nach. Freu dich lieber. Und wenn wir erst auf dem Rückweg zu Krister fahren, kannst du dich noch ein paar Wochen länger darauf vorfreuen.«
»Schön, mach ich.« Sie fand das einen guten Rat. Und dann schwieg sie lange, und diesmal wußte Richard nicht, welcher Art ihre Gedanken waren.
Hochzeitsreise, erstes Zusammensein, Glück gemein-

samen Alltags – es war schön gewesen und sie voller Verliebtheit in ihren Mann und das Leben. Sie war es lange geblieben, bis – auf einmal wußte sie es: bis zum Tag von Eves Unfall, bis zu der Minute, da Richard zu den Henningkindern gesagt hatte: »Solange ihr uns braucht, seid ihr unsere Kinder.«
Als Richard das sagte, war klar: Er stand mit seiner ganzen Persönlichkeit und allen Konsequenzen hinter diesen Worten. Von da an liebte sie ihn. Über fünfundzwanzig Jahre lang war sie verliebt in ihn gewesen, verliebt auf eine selige, zärtliche Art, in ihn und das Leben an seiner Seite, auch dann noch, als sie schon erwachsene Kinder hatten.
Seit jenem Tage aber liebte sie ihn, ihn und das Leben und dadurch Gott, der ihr beides geschenkt hatte. Hans hatte das ausgesprochen und es ihr bewußt gemacht, als er sich mit Martin unterhielt und sie ungewollt zuhörte. Es war ihr ein wenig peinlich gewesen, daß der eigene Sohn das erkannt hatte, aber es tröstete sie ein bißchen, da er ja Theologe war. Und er hatte recht. Sie sah es vor sich, tatsächlich und gleichzeitig bildhaft, so, wie der katholische Geistliche die geweihte Hostie im geöffneten Tabernakel in der schimmernden Monstranz erblickt. Für immer würde sie es nun wissen. Ihre Mutter war katholisch gewesen bis zu ihrer Heirat und hatte ihr manches erzählt von diesem »andern Weg zu Gott«, wie sie es nannte. Vielleicht kam sie deshalb auf dieses Bild.

Es wurde wirklich eine zweite Hochzeitsreise, jedenfalls eine Zeit zum Neu-Verlieben, dachte Bess. Die Hauptsaison in Gastein war vorbei, und so konnten sie sich einmieten, wo es ihnen am besten gefiel. Sie bekamen eine kleine Wohnung, bestehend aus Wohn- und Schlafzimmer und winziger Küche, alles holzvertäfelt mit dem warm wirkenden rötlichen Lärchenholz, das Bess so gern mochte und das, obwohl es schon alt war, noch immer ganz leicht nach Wald und Wein duftete. Und ringsum lag Schnee, Schnee in Massen und Bergen. Zu Hause hatte man noch nicht an Schnee denken dürfen, hier blendeten einem die beschneiten Hänge ins Fenster, so daß man, früh aufgewacht, vor Entzücken nur ganz sachte Atem holen konnte. Und das Thermalbad war immer wieder ein Genuß. Bess hatte sich nicht vorgestellt, daß Kurmachen so schön sein könnte.

Am Abend saßen sie dann in einem jener netten kleinen Lokale, die nirgends so anheimelnd sind wie in Österreich, mit Eckbänken und Herrgottswinkeln, und horchten auf die liebenswürdige Redeweise der Leute mit »Gnädigste« und »Aber gehn S'!« und »Ja, da schau her!«, und Bess mit ihrer Begeisterungsfähigkeit und ihrem Vertrauen allen Menschen gegenüber verwüstete die Männerherzen, wie Richard behaglich schmunzelnd behauptete. Sie allerdings bestritt das heftig.

»Weil sonst keine Kurgäste da sind, bleibt eben alles an mir hängen«, wehrte sie ab. Sie wollte keine Männerherzen verwüsten, sie liebte Richard. Das war ihr genug und im Grunde viel, viel mehr.

Deshalb hatte sie ja auch darauf bestanden mitzufahren. Natürlich liebte sie ihre Kinder auch, jetzt aber, wo sie größer waren, tat es ihnen gut, einmal allein auszukommen. Sie waren sicher froh, die Mutter für eine Weile loszusein, sie lachten sich ins Fäustchen, weil sie tun konnten, was sie wollten – das taten sie übrigens auch sonst, fand Bess. Sie hielt sich für eine äußerst tolerante Mutter. Daß die Kinder unter manchen ihrer Eigenheiten seufzten, zum Beispiel darüber, daß sie früh so

springlebendig und redelustig war und von jedem andern das gleiche erwartete, daß all ihre guten Ideen, die sie mitunter hatte, immer sofort mit Elan ausgeführt werden sollten – das ahnte sie nicht. Jetzt war sie plötzlich mit Richard allein. Ein neues, ein seltsames Gefühl. Es war gewissermaßen ein Vorgefühl, wie ihr drittes Leben sein würde. Ihr wirkliches, bewußtes, erfülltes Leben hatte begonnen, als sie Richard kennenlernte, erst mit ihm befreundet, dann verlobt, dann verheiratet war. Das war ihr erstes Leben. Das zweite war von ihm und den Kindern bestimmt. Von dem Tag an, da sie sicher wußte, daß sie ein Kind erwartete, zog es sich hin bis heute, bereichert noch durch die Töchter und den jüngsten Sohn, die ihr gegeben worden waren. Dann, wenn auch Daniel das Haus verlassen würde, begann das dritte, das Leben mit Richard wiederum allein.
Lange hatte sie mit Bangnis dem Augenblick entgegengesehen, da auch der Jüngste aus dem Hause ging. Das Schicksal schob diesen Moment um Jahre hinaus, als es ihr Eve Hennings Kinder anvertraute. Sie hatte die drei liebesbereit und voller Dankbarkeit angenommen. Jetzt gingen auch sie, noch nicht gleich, noch nicht heute oder morgen, und vielleicht blieb ihr Georg noch ein Weilchen. Dann aber kam das dritte Leben, das mit Richard allein, und der gemeinsame Aufenthalt hier in Badgastein ließ sie ahnen, wie es sein würde: ein neues Miteinander, eine neue, ein wenig gewandelte Innigkeit, ein neues, tief verankertes Glück. Die unsichtbaren Fäden, von denen Richard einst in der Verlobungszeit schrieb, gewannen für Bess eine neue Bedeutung. Diese Fäden verbanden sie nicht nur von Herz zu Herz, sie verbanden zugleich beide mit Gott. Denn die irdische Liebe sei ja ein Abglanz der göttlichen Liebe, hatte Richard ein-

mal in der Predigt gesagt, und das irdische Glück ein Vorgeschmack der Ewigkeit. Wieder kam ihr das Gespräch zwischen Hans und Martin in den Sinn; sie begriff es erst heute ganz. Sollte ihr auch das dritte Leben mit Richard noch eine Zeitlang beschieden sein, nachdem das erste so glückverheißend und das zweite so bunt und reich gewesen war?
Bess, die Frühaufsteherin, brachte es fertig, bei solchen Gedanken still liegenzubleiben, bis auch Richard erwachte. Gemeinsam begannen sie jeden neuen Tag. Bess genoß jede Sekunde. Den frühen Morgen, wenn sie die Gipfel der Berge aus dem dunklen Himmel langsam auftauchen sah, oder das Frühstück, von andern für sie zurechtgemacht, mit Butter und Ei und geräuchertem Fleisch und heißem schwarzem Kaffee. Das gemeinsame Schwimmen im warmen Bad und das Ruhen danach, das Lesen im Bett, wenn auch Richard ruhte, und die Abende, an denen sie einmal nicht ausgingen, sondern in ihrem kleinen Heim blieben, er ihr vorlas und sie etwas bastelte. Sie hatte allerlei Kleinigkeiten mitgenommen, um für den nächsten Bazar und auch für Weihnachten einiges vorzubereiten. Noch nie, meinte sie, war sie so zur Ruhe gekommen wie hier, zu einer süßbeschäftigten Ruhe an der Seite ihres Mannes. Und das Schöne daran war: Sie wußte es. Sie wußten es beide.

Am letzten Abend ihres Aufenthaltes hatten sie sich in Hofgastein mit neuerworbenen Freunden getroffen und ein wenig länger gesessen als geplant, weil es so gemütlich war. Als sie dann aus dem Haus traten, hatte es frisch geschneit. Würden das ihre Winterreifen aus der Ebene schaffen? Oder waren grobe Schneeketten nötig? Bess überlegte besorgt.

Sie setzte sich ans Steuer, ohne etwas zu sagen; Richard hatte es sich wie immer auf dieser Reise auf dem rechten Sitz bequem gemacht und vertraute ihr und ihrer Fahrkunst. Er war ein sehr angenehmer Mitfahrer, kritisierte nie und nörgelte nicht über ihre Fahrweise, gab nur mitunter einen kurzen Ratschlag. Heute schien er keine Bedenken zu haben.
Es war zwei Uhr, als sie losfuhren. Zwischen den beiden Ortschaften mußte eine Steigung genommen werden, und Bess konnte nur hoffen, daß der heilige Christophorus, der Schutzpatron der Autofahrer, auch für evangelische Christen zuständig sei. Vielleicht aber schlief er heute den Schlaf des Gerechten. Ein Stück vor der letzten Höhe jedenfalls, als sie schon dachte, es wäre geschafft, begannen die Räder durchzudrehen. Sie mahlten im Schnee, während der Wagen noch fuhr, langsamer wurde, nur noch kroch – und dann standen sie.
»Aus«, sagte Bess und nahm den Fuß vom Gaspedal. »Da sitzen wir nun.«
Ihr war nicht klar, was jetzt werden sollte. In der Stadt rief man die nächste Werkstatt an oder den Streifenwagen, auf der Autobahn die ADAC-Hilfe. Hier?
Aber da waren plötzlich Leute da, nachts um halb drei! Hatte der heilige Christophorus eingegriffen? Es schien so. Ein junger Skilehrer, mit dem sie abends einmal zusammengesessen hatten und der mit zwei oder drei seinesgleichen noch unterwegs war, kam zu Hilfe.
»I sitz bei Ihna eini, wir müssen's belastn«, rief er und war schon im Wagen. »Jetzt versuchn S' no amal!«
Er saß hinten, seine Kollegen stemmten sich gegen das Heck, Bess gab Gas, ganz, ganz langsam – sssst, machte der Motor, Schnee flog nach hinten, und dann begann sich der Wagen tatsächlich zu bewegen. Erst langsam und

so, als glaubte er es selbst noch nicht, dann aber kroch er Zentimeter um Zentimeter vorwärts, die Räder begannen zu greifen, jetzt hatten sie schon ein mäßiges Schritttempo drauf. Es war überaus spannend, Bess genoß es geradezu, und als ihr »Eingesessener« schließlich »Hoihoh, mir ham's gschafft!« jodelte, hatte sie das Gefühl, als könnte ihr nie im Leben wieder etwas schiefgehen. Sie hielt, die beiden Schieber stiegen keuchend und lachend zu ihrem Kollegen nach hinten, und Bess fuhr die ganze Männergesellschaft heim; jetzt ging es ja leicht bergab. Richard bat die Helfer, morgen mit ihnen zu frühstücken, und sie versicherten voller Eifer, daß sie kämen.

Bess schlenkerte ihre rechte Hand heimlich hin und her, um sich zu überzeugen, daß sie noch am Gelenk saß, so war sie geschüttelt worden, und dann schlüpfte sie zu Richard ins Warme.

»Es gibt doch noch Engel, die auf den Straßen nach Hilfsbedürftigen suchen, Hilfsengel gewissermaßen«, stellte sie fest. »Eine Abart des einfachen Schutzengels, möchte ich sagen«, und Richard fügte hinzu: »Gibt es. Und geladen hatten sie auch, alle Achtung! Hast du es nicht gerochen?«

»Ich berieche Engel nicht«, sagte Bess von oben herab. »Das tut man nicht.«

»Na, jedenfalls haben sie uns heimgebracht, und eigentlich könnten wir noch eins auf ihr Wohl trinken. Etwas Heißes, was meinst du? Kalt war es doch ein bißchen.«

»Ich mach dir noch einen Schlummertrunk«, sagte Bess vergnügt und hängte ihre Jacke auf. Sie war munter und aufgekratzt wie immer, wenn eine Schwierigkeit überwunden war, und sehr dazu aufgelegt, noch ein wenig wach zu bleiben. Schlummertrünke machen ja immer zu-

nächst einmal wach, ehe sie einschläfern. »Geh schon hinein, ich setz ihn auf.«
Die kleine Küche war vom Wohnzimmer durch eine Glastür getrennt, was sich als sehr praktisch erwies, denn da konnte man beobachten, ob auf dem Herd etwas kochte, ohne jedesmal hinauszulaufen. Bess stellte einen Emailletopf mit Rotwein auf die elektrische Platte und tat Gewürze hinein, von denen sie wußte, daß Richard sie liebte: Zitronenschale, Nelken, Stangenzimt, den er »Caneel« nannte. Caneel – so sagten die Balten zu Zimt, und Bess fand, daß das geheimnisvoll und vielversprechend klang. Richard hatte einen Onkel gehabt, dessen Tonfall er gut imitieren konnte. »Ich durchfloch die Schule bis Quarta, dann häiratete ich mäine Kusine, und säitdem bin ich so miede . . .«
»Bitte sag es! Bitte. ›Ich durchfloch . . .‹«, bettelte Bess auch jetzt. »Löwenherz, tu mir den Gefallen, nachdem wir aus Schnee und Grauen so wunderbar errettet wurden!«
»Laß vor lauter Grauen den Rotwein nicht überkochen«, mahnte Richard mit einem Blick durch die Glastür.
Bess winkte ab. »Ich paß schon auf. Bitte!«
»Also: Ich durchfloch . . .«
In diesem Augenblick dampfte es so beängstigend aus dem Rotweintopf, daß Bess lossprang, abgelenkt, weil sie Richard angesehen hatte – er machte bei diesem Satz auch ein baltisches Gesicht, wie sie immer behauptete – und die blankgeputzte Glastür zur Küche für Luft hielt. Klirr, war sie mit der Nase drin! Das Glas lag in Splittern teils in der Küche, teils im Wohnraum.
»Na, so brauchtest du ja auch nicht durchzufliechen«, sagte Richard und fing Bess auf, die zurücktaumelte, beide Hände an der Nase. »Ist sie noch dran?«

Sie war noch dran und nicht einmal gebrochen, sie hatte sich stärker als das Glas erwiesen. Aber sie blutete so heftig, daß Bess' Bluse sofort wie gebatikt aussah. Und . . .

»Halt, halt, der Glühwein!« schrie Bess, riß die Tür auf und rettete den Schlaftrunk vorm Überkochen. Und dann stand sie rotbekleckert, den Stieltopf in der Hand, inmitten der Scherben und mußte so lachen, daß Richard angesteckt wurde.

»Und dabei tust du mir wirklich leid«, sagte er.

Lachend sanken sie einander in die Arme, und später sah man an Richards Vorderfront den Abdruck von Bess' Farbenfreude.

Das begab sich in der letzten Nacht von Richards Kur, und sie nannten sie in der Erinnerung immer die Blutnacht von Badgastein.

SCHNEE AUF Stiftskirche und Schloß, Schnee in den engen, winkligen Gassen, die man nur zu Fuß zu betreten wagte, weil man das Gefühl hatte, der Wagen bliebe rechts und links hängen, Schnee am Schimpfeck und auf dem Österberg – Schnee in Tübingen vor Weihnachten! Bess war wie betrunken davon, sie hatte gemeint, wenn sie Gastein verließen, würde es wieder trüber November. Und Richard, der einige Semester in Tübingen studiert hatte, war schier außer sich vor Entzücken, das Städtchen so weihnachtlich geschmückt wiederzusehen, und schleppte sie zu Fuß mit sich, daß sie kaum nachkam. »Komm, das mußt du noch sehen, so hübsch ist Tübingen nicht mal im Frühling. Nein, noch zum Hölderlinturm – und in die Platanenallee! Dort hab ich mal eine ganze Nacht auf einer Bank gesessen, siehst du, sie steht noch, wahrhaftig. Eine ganze Mondscheinnacht.«
»Allein?« fragte Bess.
»Bist du närrisch: allein! Wozu sollte man denn allein hier auf einer Bank sitzen«, sagte Richard entrüstet. »Und dort, die Neckarbrücke, aber Tante Emilie lebt nicht mehr . . .«
Wie oft hatte er ihr von Tante Emilie erzählt, dem lebenden Wahrzeichen von Tübingen! Hier hatte sie gewohnt. Und die Studenten hatten ihr einen Fackelzug gebracht, als man sie zu Grabe trug, und alle Professoren, die sie immer geduzt hatte, gingen mit, und hier – und dort...

Sie hatten ein Stück vor Tübingen angehalten, es fuhr sich wirklich nicht gut, und Krister angerufen, daß sie erst am nächsten Tage kämen. Am Morgen hatten sie ihn nur ganz kurz gesehen, er mußte ins Labor, versprach aber, um elf zurück zu sein. Und – Bess leuchtete auf vor Freude – dann mit ihnen weiterzufahren!

»Wenn ihr mich mitnehmt, und ...«

»Und?« fragte Bess.

»Und die Rückfahrt spendiert, am Sonntagabend«, sagte er mit gespielter Schüchternheit. Als ob es darauf ein Nein geben könnte, selbst wenn Bess das Geld dafür hätte stehlen müssen! Sie sagte das, und Richard drohte ihr mit der Faust.

»Es ist ja nur, weil ich durch das Fahren so wahnsinnig kaputt bin und er mich dann ablösen kann«, erklärte sie und sah aus, als würde sie im nächsten Augenblick kopfstehen vor Vergnügen.

So blieb ihnen also der Vormittag dafür, sich Tübingen im Schnee anzusehen. Es war kein verlorener Vormittag, wahrhaftig! Sie konnten sich nicht sattsehen und kehrten schließlich im altgewohnten Café am Markt ein, wo es sich behaglich auf rotem Plüsch saß wie einst.

Es war der Freitag vor dem ersten Advent, und Bess überlegte, was alles bis zum Sonntag noch zu tun sei: den Adventskranz binden, das Rad im Flur schmücken, alle Noten heraussuchen und backen. Ein wenig mußte es schon weihnachtlich riechen, wenn erster Advent gefeiert wurde, zumal Krister das drei Jahre lang nicht gerochen hatte. Hoffentlich waren recht, recht viele Kinder daheim. Bess konnte es nicht erwarten, nach Hause zu kommen, und als sie schließlich im Wagen saßen, fand sie, daß Krister sich reichlich Zeit lasse, während sie sonst immer der Meinung war, ihre Söhne rasten.

»Aber es war sehr schön in Gastein, herrlich beschaulich«, versicherte sie immer wieder.
»Bis auf deine arme Nase«, sagte Krister.
Bess winkte ab. »Ist ja schon wieder abgeschwollen. Erst sah sie aus wie eine mittelgroße Melone, sag ich dir! Jetzt sind es nur noch die Farben. Ich war immer schon sehr farbenfroh.« Nichts konnte ihre glückliche Stimmung trüben.
Die beiden Männer lachten.
»Und wenn er sich beim Rasieren die Nasenspitze abgeschnitten hätte, er hätte ein Heftpflaster draufgeklebt und weitergestrahlt«, zitierte Krister. »Woraus ist das?«
»Denkst du, das wüßte ich nicht?« fragte Bess hoheitsvoll zurück. »Ich kenne doch meine Klassiker. Aus dem Weihnachtsabend, ›Cristmas-Carol‹, von Dickens. Aber daß du mich mit dem häßlichen alten Geizhals Scrooge vergleichst, ich danke!«
»Da war er ja schon geläutert, und wie!«
»Ach ja. Wir sollten es wieder vorlesen dieses Jahr, ich hätte solche Lust dazu . . .«
Lauter schöne zukunftsfrohe Aussichten! Und dann kamen sie endlich an. Krister ließ die Hupe ertönen, als sie in den Hof einfuhren, Martin kam gelaufen mit Georg auf dem Arm und winkte, Daniel erschien, und Angelus bellte ohrenzerreißend. Christiane und Friederike konnten erst am folgenden Nachmittag hier sein. Nicole hatte den Abendbrottisch gedeckt und wollte sich dann taktvoll verziehen, Bess aber merkte es und erwischte sie noch rechtzeitig. Nein, sie dürfe keinesfalls weg, sie müsse bleiben und mitessen und dann mitfeiern. Und morgen werde wieder gefeiert, und übermorgen . . .
Am andern Tag ging Bess sozusagen mit aufgekrempelten Ärmeln ans Werk. Das Paradies der Junggesellen

mußte gesichtet und wieder ins Heim einer nicht kleinen Familie zurückverwandelt werden; einfach ist so etwas nicht, wenn die Zeit drängt. Zwar hatte man alle Spuren vergangener Parties gut beseitigt, daß aber welche stattgefunden hatten, ließ sich nicht übersehen. Die Vorräte waren aufgegessen, die Speisekammer war besenrein leer, das Geld war zu Ende, die Wäsche häufte sich in hohen Bergen. Aber Bess ließ sich nicht entmutigen. Für eins hatten die jungen Menschen gesorgt: Der Adventskranz hing im Musikzimmer an seinem gewohnten Platz, und das Rad im Flur war mit wundervoller Douglasfichte umwunden. Bess stand eine kleine Weile da, gerührt, aber auch ein bißchen enttäuscht. Es gehörte zu ihren liebsten Arbeiten im Jahr, den Adventsschmuck selbst zu machen. Aber sie freute sich doch sehr. Nicole hatte das aufs liebevollste gemacht. Nicole, die mit ihren Eltern aus der Kirche ausgetreten war.

Es war rührend lieb von dem jungen Mädchen, und Bess nahm sich vor, das Nicole noch einmal ausdrücklich zu sagen. Sie selbst sparte viel Zeit dadurch, und die brauchte sie wirklich dringend. Allein die Noten in Ordnung zu bringen dauerte über eine Stunde; die Kinder mußten viel musiziert haben. Bess kramte und sortierte, und dann fand sie etwas, lächelte, legte es beiseite und tat, als hätte sie es schon wieder vergessen. Jetzt mußte sie schleunigst in die Küche laufen, um für das große Fest ihrer Heimkehr alles vorzubereiten, und so sehr schleunig kam sie nicht voran, da Georg sich an ihre Hosenbeine geklammert hatte und sie keinen Schritt allein gehen ließ.

Als er dann schlief – er befand sich noch im gesegneten Alter des Vormittagsschlafes – und die Stundenfrau die Küche übernommen hatte, sah Bess endlich die Post

durch, die ihr nicht nachgeschickt worden war. Sie fand ein paar schwarzumränderte Umschläge dabei. Die öffnete sie bangen Herzens immer zuerst. Eine entfernte Familientante, über achtzig, man mußte ihr die Ruhe gönnen; ein Kollege von Richard, jünger als er, Herzinfarkt, drei Kinder. Bess stand lange und starrte auf die schwarze Schrift.
Diese Art Briefkarten kam nun schon eine ganze Zeitlang immer wieder mit der andern Post zu ihnen. Bess wußte es, sie befand sich in dem Alter, in dem es Zeit wurde, sich ein Schwarzseidenes anzuschaffen, wie ihre Mutter einmal gesagt hatte. Natürlich schaffte man sich heutzutage keins mehr an. In dem Alter aber war sie, auch wenn sie, wie Richard sagte, aussah wie ein Eisläufer und nicht wie eine Pfarrsche. Bess ging langsam hinauf, um es Richard zu berichten. In der Mitte der steilen Treppe jedoch hielt sie an und kehrte um. Das Datum lag zwei Wochen zurück, man konnte also ohnehin nur noch kondolieren. Ob das heute oder am Montag geschah, war für die betroffene Familie ohne Belang. Richard aber sollte sich nicht aufregen, sie gönnte ihm diesen Tag so sehr.
Am Nachmittag kamen Christiane und Friederike. Sie hatten von Göttingen aus angerufen, und Krister fuhr zur Bushaltestelle, um sie abzuholen. Bess meinte, sie hätten ruhig laufen können, sagte aber nichts. Ihr war ein wenig bange zumute.
Christiane machte einen abgespannten Eindruck, sie war erschöpft von pausenloser Arbeit, aber aufgeräumt. Einiges hatte sie hinter sich gebracht, vor dem ihr gegraut hatte, und sie erzählte lebhafter als sonst davon. Nun rückte das Staatsexamen in greifbare Nähe. Sie hatten ein festes Team zusammengestellt, drei Studenten und

sie, die alle Stationen miteinander durchstehen wollten. Einer davon sei ein Perser. Er habe es schwer als Ausländer, der die Sprache noch nicht genug beherrschte, aber tüchtig sei er. Die beiden andern – sie nannte die Namen, Bess kannte sie aus Erzählungen – hatten, wie sie selbst, alle Semester zielstrebig gearbeitet und mußten nicht allzuviel befürchten. Da ist sie in guter Hut, dachte Bess aufatmend.

Friederike war sehr still. Sie trug ihr Haar jetzt anders als früher, ziemlich lang, rechts und links der Wangen gerade herabfallend. Bess fand, daß das schade sei, man sah so wenig von ihrem Gesicht. Sie hatte einen dunklen Pullover mit Rollkragen angezogen, in dem sie noch dünner aussah als sonst, beneidenswert dünn, dachte Bess. Sie selbst hatte sich bei dem beschaulichen Leben in Gastein und der herrlichen österreichischen Küche leider eine ganz schöne Speckschicht zugelegt, die wieder herunter mußte. Aber sie gönnte es Friederike natürlich, daß sie so schlank war, wie man es heute zu sein hatte. Nur ein wenig zu blaß sah sie aus, das war nicht erfreulich. Und daß sie gar so still war . . .

Der Nachmittag verlief überhaupt stiller als erwartet; Bess bedauerte das und versuchte, nicht enttäuscht zu sein. Am Abend setzte sich Richard an den Flügel. Und als Christiane berichtete, wo dieses Jahr das Weihnachtsoratorium in Göttingen aufgeführt werden sollte, bat sie, ihnen auf jeden Fall Karten zu besorgen.

»Wir kommen, und wenn die Welt voll Teufel wär«, sagte sie. Jedes Jahr war es das gleiche, man freute sich drauf, und dann gab es tausendundein Hindernis. Wie oft hatten sie ihre Karten verfallen lassen müssen oder sie im letzten Augenblick verschenkt, weil wieder etwas Wichtiges dazwischengekommen war! »Und ich möchte doch so gern wieder hören: ›Jauchzet, frohlocket, auf, preiset die Tage‹ – und die Bläser und ...«

»Und wenn die Welt voll Teufel wär«, sagte Richard und schmunzelte, »sehr passend. Aber du hast recht, Bess. Die Bachtrompeten – es gibt nichts Besseres, um verzagte Herzen hochzureißen. Sursum corda, reißt hoch die Herzen! Wenn es sich irgend machen läßt, fahren wir hin.«

»Diesmal werde ich dafür sorgen, daß wir fahren«, sagte Daniel. Bess lächelte ihm zu.

Richard deutete die Melodie »Schlafe, mein Liebster, genieße der Ruh ...« ganz leise an. Christiane holte die Geige.

Nicole war auch gekommen, sie saß neben Martin, sagte wenig und sah schön aus. Aber die Lieder, die gemeinsam gesungen wurden, kannte sie alle. Und sie ließ sich nicht bitten, mitzusingen. Es war wieder ein guter Chor.

Krister und Friederike fehlten eine Weile in der Runde. Bess versuchte, das nicht zu bemerken. Sie mochte auch nicht hinsehen, als die beiden wieder hereinkamen. Vielleicht hatten sie sich ausgesprochen, vielleicht auch nicht, es war ja überhaupt nicht gesagt, ob und wie sie noch aneinander dachten. Drei Jahre sind eine lange Zeit, und drei Jahre war es nun her, daß sie damals von ihrer Morgenfahrt zurückkamen, entrückt und umleuchtet von dem, was ihnen geschehen war.

Drei Jahre! Drei Jahre hatte sie nun schon sechs Kinder, drei Jahre ruhte Eve auf dem kleinen Dorffriedhof. Die beiden Töchter waren gleich nach ihrer Ankunft hinausgegangen und hatten einen kleinen Tannenkranz mit vier Lichtern hingetragen. Das taten sie alljährlich.

Und dann wurde Bess doch noch mitgeteilt, was ihr Herz so sehnsüchtig gern erfahren hätte. Richard blätterte in den Noten, und jetzt gerieten ihm die in die Hand, die

sie heute vormittag gefunden, angesehen und klopfenden Herzens bereitgelegt hatte. »Drei Könige wandern ...« von Peter Cornelius.
»Es ist ja eigentlich etwas verfrüht am ersten Advent, es gehört zum Dreikönigstag«, sagte er. »Aber wer weiß, ob ihr dann da seid. Wer kann es? ›Drei Könige wandern aus Morgenland, ein Sternlein führt sie zum Jordanstrand ...‹«
»Ich«, sagte Friederike und wurde rot wie damals, als sie mit Krister im Duett das Lied sang, das Bess an jenem Tage zum ersten Mal hörte und seitdem nie vergessen konnte: In Sternennacht.
»Los, Junge, du singst den Choral!« Richard sah Krister auffordernd an. Der lachte und trat neben den Flügel.
»Wie schön leuchtet der Morgenstern ...«
Die andern hörten zu. Friederikes Stimme klang zunächst zaghaft, langsam wurde sie sicherer, man merkte, wie eifrig sie zählen mußte. Aber sie blieb im Takt.
»Nochmal«, ermunterte Richard, als sie gut zu Ende gekommen waren und aufatmeten. Und nun ging es noch besser, sie konnte einmal sogar Kristers Blick erwidern, der in zärtlichem Ernst auf ihr ruhte.
»Lieblich, freundlich, schön und prächtig, groß und mächtig, reich an Gaben ...«
»Warum guckst du denn so?« fragte sie halblaut, als der letzte Ton verklungen war.
Er lachte. »Hast du nicht gehört? ›Mein König und mein Bräutigam‹?« fragte er neckend so leise, daß niemand außer ihr es verstand.
Friederike wurde noch röter. »Heißt das wirklich so?«
»Da sieht man wieder, wie wenig du im Gesangbuch Bescheid weißt«, tadelte er. »Warte, von jetzt an wird das anders. Ich werde dich diese schönen Lieder auswen-

dig lernen lassen und jeden Sonnabend abfragen.« Er sagte das wiederum so leise, daß niemand außer ihr es hörte. Zwei aber hatten es doch gehört.

Die beiden sprachen später davon, in der Nacht, als alle schlafen gegangen waren und das Haus still zu werden begann. Bess saß auf Richards Bettende; sie hatte ihm den Abendtrunk gebracht.
»Ob es gut wird mit den zweien?« fragte sie gedämpft. »Ich hab es mir so sehr gewünscht, und nun glaube ich beinah, das dürfe man nicht. Sehr wünschen ist gefährlich und wohl nicht erlaubt. Sich zu wünschen, daß der Älteste und die Jüngste ...« Sie brach ab.
Richard sah sie an. Er hatte die Brille abgenommen. »Für Wünsche kann man nichts«, sagte er leise. »Ich wünsche mir auch, daß du immer, immer bei mir bleiben mögest, hier – und drüben. Ich weiß es nicht, und kein noch so kluger Theologe kann es mir sagen, ob man das wünschen darf. Aber ich wünsche es mir ...«
Sie sah in seine Augen und konnte nichts erwidern. Vom Turm der Kirche schlug es zwölf. Man hörte es deutlich in der weichen Stille der Schneenacht.

BÜCHER VON LISE GAST
IM EUGEN SALZER VERLAG

Eine Frau allein
Ein Schicksal aus unseren Tagen
26.–30. Tausend. 240 Seiten

Neu
Mit Büchern unterwegs
Erzählung
80 Seiten. Salzers Volksbücher 204

Heimat hinter Grenzen
Eine Fahrt ins alte Schlesien
16.–20. Tausend. Salzers Volksbücher 187/188

Jeder Tag ist neu
Von Mensch und Tier im Hause Gast
21.–25. Tausend. 80 Seiten
Salzers Volksbücher Band 125

Ritt in den Morgen
Eine Liebesgeschichte
31.–35. Tausend. 88 Seiten
Salzers Volksbücher Band 104

Weil wir uns lieben
Eine heitere Ehegeschichte
16.–20. Tausend. 80 Seiten. Salzers Volksbücher 147

Besuch am Heiligabend
Zwei Weihnachtsgeschichten
36.–40. Tausend. 80 Seiten
Salzers Volksbücher Band 107

Wunder im Schnee
Weihnachtserzählungen
66.–70. Tausend. 80 Seiten
Salzers Volksbücher Band 61